MR.POTTERMACK'S OVERSIGHT

論創海外ミステリ77

ホームズのライヴァルたち

ポッターマック氏の失策

R.Austin Freeman

オースティン・フリーマン

鬼頭玲子 訳

論創社

Mr. Pottermack's Oversight

(1930)

by R. Austin Freeman

目次

主要登場人物

マーカス・ポッターマック……引退した実業家
ジェイムズ・ルーソン……パーキンズ銀行の出張所所長
ミセス・ベラード……未亡人
ミセス・ギャドビー……ポッターマックの家政婦
ストーカー……パーキンズ銀行、及びグリフィン保険会社の重役
ジョン・ソーンダイク……法医学者、弁護士
ポルトン……ソーンダイクの助手
ミラー……スコットランド・ヤードの警視

ポッターマック氏の失策

レディ・リンデン＝ベルに

プロローグ

七月も終わりに近い蒸し暑い日の午後、次第に黄昏の気配が色濃くなってきていた。傾いた太陽の真っ赤な瞳が、夜の眠りにつく前の見納めとばかりに、ねずみ色の雲の切れ間から茫漠《ぼうばく》たる大地や海面を覗いている。一方、東の緑がかった薄い灰色の空には、早くも真珠のような月が姿をみせていた。

ひっそりとした光景だった。侘びしい、いや、穏やかと表現してもいいだろう。片側には大きな鏡のような入江、反対側には広大な湿地。その間には、護岸壁があり、海岸線の屈曲を忠実になぞりながら、遠くの両端が見えなくなるほど遠くまで続いている。

何もかも静寂に包まれていた。浅瀬の沖合の穏やかな海面には、沿岸航行の船がちらほら停泊しており、さらに沖では帆船《スクーナー》が一艘《いっそう》、荷船が二艘、上げ潮にのってゆったりと進んでいる。また、陸地では羊が何頭かのんびり湿地の草を食《は》み、護岸壁と境を接する掘り割りでは、ミズハタネズミが泳ぎ回ったり、土手に上がって毛づくろいをしている。聞こえる音といえば、海岸のかすかな波音と、時折響く不満げなカモメの鳴き声だけだった。

この場を満たす平穏な静けさと妙に対照的なのが、視界にいるただ一人の人間だった。悲劇という文字が全身に刻み込まれているような姿、惨めさと恐怖と緊迫感。男は護岸壁の下、海側を走っていた——いや、ごつごつした岩場や背の高い草むらを、必死で走ろうとしていた。よろめき、息を弾ませ、額から目に流れ落ちる汗をひっきりなしに手で拭いながら、ふらつく足で懸命に前へ進んでいた。男はたまに足を止め、アザミとサワギクをかきわけて傾斜のついた護岸壁をよじ登り、頭を壁の上へ突き出すことすら警戒しながら、前後を窺う。が、特に気にしているのは背後、湿地のはるか向こうにぼんやり見えている、灰色の建物群の方角だった。

男の行動は当然といえば当然だった。服を見れば、全て説明がつく。男が着ているのは、英国官有物を示す太いやじり印と監房の番号がついたままの、灰色の囚人服だった。間違いない、男は脱獄囚なのだ。

ヨーロッパ大陸のとある研究所の犯罪学者達は、犯罪者を確実に見わけるための顔つきや身体的特徴を、驚くほど細かく指摘できるらしい。もしかしたら、大陸のような恵まれた地域の犯罪者には、実際そういった便利な〝烙印〟が備わっているのかもしれない。しかし、この進歩の遅れたイギリスでは事情が異なる。イギリスの犯罪者達は厚かましくも未だ一般人となんら変わらぬ結構なご面相を有している事実を、遺憾ながら認めざるをえないのだ。もっとも、いくらイギリスでも犯罪者達が特に美貌や立派な体格に恵まれているわけではない。犯罪者は下等な人々だ。が、だからといって他の下等な人々と目立った違いがあるわけではないのだ。

しかし、いま目の前で護岸壁をたてに逃げていくこの脱獄囚は、そのおおざっぱな定義にすらあてはまらなかった。それどころか、際だってハンサムな若者だった。やや小柄で細身だが、筋肉質でたくましい。今は不安げな、いや、怯えきった表情だが、顔立ちは知的で洗練されていると同時に、しっかりした意志の強い性格を表している。どういった事情で投獄されたにせよ、男を一般の囚人と十把一絡《じっぱひとから》げにはできなかった。

やがて前方の見通しが利かない岬にさしかかり、男は走るのをやめて早足になった。軽く前屈みになり、反対側の海岸の様子を慎重に窺う。この壁を回り込んだら、思いもよらない事態が待ち受けているかもしれない。ついに壁の突端にたどり着いた男はいったん動きを止め、その後、警戒しながらじりじりと這い進んでいった。

突然、男は足を止め、一歩下がった。イグサに似た背の高い草越しに首を伸ばし、目の前に開けた海岸を、素早くなめるように見渡す。しばらく間をおいて、男はやはり海岸や護岸壁に油断なく目を配りながら、再びそろそろ進み始めた。もう一マイル近く先まで見える。が、実際に男の目に入ったのは、壁を回り込んだ直後に発見したものだけだった。脱獄囚は立ち上がり、まじまじと見つめた。

衣服の小さな山。一式完全に揃っているから、海水浴客が脱いだものに違いない。おまけに、細長い〝塩湿地〟の先、土混じりのなめらかな砂の上には、裸足の足跡が一列、海へ向かって続いている。しかし、肝心の海水浴客はどこだろう？　足跡は一組しかない。つまり、まだ泳いでいるか、もっと下手《しもて》で岸に上がったはずだ。が、穏やかな海面にも、一望できる寂しい海岸にも、人っ子一人見あたらない。

実に妙な話だ。あのなめらかな海面を泳ぐ人がいれば、嫌でも目につく。見通しのいい下手の海岸に裸の男がいれば、さらに目立つ。逃亡犯はいよいよ胸をとどろかせながら、あたりを見回した。海岸、水面、そして再び視線が一列の足跡に留まる。そのとき初めて、男は非常におかしな点に気づいた。足跡が水際まで続いていない。塩湿地の端からまっすぐ砂浜を横切る、いずれも深くてはっきりした足跡が、波打ち際から二十ヤードほど手前でいきなり途切れている。最後の足跡から小さな波が打ち寄せる地点まで、まっさらのきれいな砂浜が広がっていた。

いったいどういうことだろう？　男は眉をひそめ、なめらかな砂の空間を睨んだ。と、見る間に解答が閃《ひらめ》いた。今は満ち潮だ、停泊している船の様子でわかる。しかし、この足跡がつけられたのは、引き潮のときだったのだ。海水浴客は、足跡の終わっている地点で水に入ったのだ。つまり――潮は干潮線まで引き、今は中ほどまで差してきている――海水浴客が海に入ってから、五時間ほどが経過しているに違いない。

これら全てが一瞬で頭に閃いた。同時に、脱獄囚は悟った。この貴重な一揃いの服は、捨てられているのだ。服の持ち主のその後については、なんらかの形でこの世から永遠に消えてしまったのだろうと、深く考えなかった。脱獄囚は護岸壁の斜面をよじ登り、再度上の道の前後をよく確認した。やはり、人影はまったくない。そこで、男は壁を滑り降り、息をするのも忘れ、自分の忌まわしい不名誉な制服を震える手で脱ぎ捨てると、理屈では割り切れないある種の嫌悪感はなくもなかったが、なんとか捨てられた衣服に袖を通した。

衣服が着用者の自尊心に及ぼす影響については、多くのことが――いささかわかりきったことも含めて――指摘されてきた。しかし、今ほど極端な例はなかったはずだ。どこからみても脱獄囚だった男は、ものの一分も経たないうちに立派な職人に生まれ変わった。その変化は、即座に効果を発揮した。逃亡を再開した脱獄囚は、まだ壁の上から頭を出さないよう用心はしていたが、もう壁の裾に身を潜めて進んだりはせず、屈んだり、走ったりもしなかった。背筋を伸ばし、起伏の少ない塩湿地を早足で、しかしあまり慌てないように歩いていった。歩きながら、前所有者がどんな置きみやげを遺してくれたかと、服のポケットを探る。最初の一回でパイプと煙草入れとマッチ箱を探りあてた。初めはどこかうさんくさそうな目で眺めたものの、誘惑には抗しきれなかった。パイプの吸い口を小さな潮溜まりで洗い、一握りの草で拭く。それから、たっぷり中身の入った袋から煙草を出し、火皿に詰めて火をつけ、いかにも久しぶりらしくパイプをうまそうにふかした。

次に男は、先日の大潮で塩湿地に散乱した、大量の漂着物に目をつけた。まず古いロープの切れ端を見つけ、それから目についた流木を拾い歩く。たきぎがほしいわけではないが、流木の束は変装の小道具にもってこいだし、砂浜を歩いていても不審がられずにすむ。ロープで木を少しばかり束ねて肩に担ぎ、流木拾いは終了した。

男はまだ時折壁を登り、来たるべき追っ手への警戒を怠らなかった。何度そうやって偵察しただろうか、とうとう掘り割りに頑丈な厚板がかかり、湿地をくねくねと横切る小道に続いている場所を見つけた。どこに着こうが構わない、男は即座に小道を行くことに決めた。最後に建物の方角を確認し、男は思い切って護岸壁を登り、その上の道を横切って陸側へ降りた。小さな橋を渡り、湿地を抜ける小道を足早に歩いていく。

間一髪だった。脱獄囚が橋を下りた途端、三人の男達が護岸壁に通じる海岸の小道から姿を現し、壁の上のでこぼこした道を急いで進み始めたのだ。二人は刑務所の看守で、三人目は自転車を押す巡査だった。

「もうちょっと早く連絡が来ればな」看守の一人がぼやいた。「あっという間に暗くなる。やつめ、うまく出し抜きやがった」

「そうでもないさ」巡査は自信たっぷりだった。「隠れる場所なんてろくにないからな。この壁がありゃ、袋のネズミだよ。一方は海、反対は深い掘り割りだ。ちゃんと俺達で捕まえられるって。さもなきゃ、クリフトンからのパトロールに引っかかるさ。今頃はもう、向こうも出発してるだろう」

「巡査部長には、なんて電話したんだ？」

「脱獄囚が護岸壁づたいに逃げてるって説明したよ。自転車に乗ったパトロールを一人よこして、こっちと合流させるって話だった」

看守はうなった。「やつが草むらや掘り割りの横のイグサに隠れててみろ、自転車ならあっさり見逃すぞ。とにかく、俺達は絶対に見逃すわけにはいかない。護岸壁の両側を一人ずつ歩いて、よく調べようじゃないか」

看守の意見はすぐさま採用された。看守の一人が護岸壁を降りて塩湿地に沿って歩き、もう一人は掘り割りの横を羊が通ってできた、いわゆる獣道を進む。巡査は壁の上で自転車を押す。この形で三人は懸命に先を急いだ。壁の下の二人は足下が悪くて思うように進めないが、それでも護岸壁の左右の斜面、背の高い草むらを、いなくなった羊、脱獄囚の手がかりを求めて、できるだけ音をたてないように捜索した。三人は無言のまま虱潰《しらみつぶ》しに探し続け、道なき道を一マイル以上も苦労して進んだ。上の道にいる巡査の姿が両側の看守から確認できるため、ばらばらにはならずにすんだ。

突然、塩湿地側の看守が足を止め、歓声をあげた。すぐさま巡査が自転車を放り出し、壁を滑り降りる。もう一人の看守も興奮で身震いしながら壁を乗り越えてきた。集まった三人は、服の山を見下ろした。発見した看守は早くも上着を引っぱり出して調べている。

「やつの服だ、間違いない」看守は言った。「もちろん、やつ以外のはずはないが、番号もついてる。決まりだな」

「ああ」もう一人が相づちを打つ。「たしかにやつの服だ。だが、肝心なのは、本人がどこかってことだろう？」

三人は塩湿地と砂浜の境目まで歩いていき、その先の足跡を眺めた。このときには、上げ潮がまっさらの砂浜を飲み込み、既にいくつか足跡を消しかけていた。足跡はもう、ちゃんと波打際まで続いている。

「意外な展開だな」巡査が凪《なぎ》の広い海をじっと見つめた。「海にはいないぞ。暗くなってきたが、泳いでいればすぐにわかる。海は油みたいになめらかじゃないか」

「遠くの下手で岸に上がったんだろう」若い看守が意見を述べた。

「なんのために？」巡査が問いただす。

「掘り割りを越えて、湿地を抜けて逃げるつもりじゃないか」

巡査は鼻で笑った。「おいおい、やつは丸裸だぞ？　そりゃないだろう。いや、やつはそれなりの理由があって、海に飛び込んだのさ。きっと、海岸の近くを荷船が通っていたんだよ。船の連中は引き上げてやるしかない、だろ？　俺の経験からすりゃ、荷船の連中はやつに服をやって口をつぐんでるだろうよ」

年かさの看守は海面を眺め、考え込んだ。

「そうかもしれないな」看守は言った。「ただ、このあたりじゃ荷船はあんまり近くに来ない。航路はずっと沖だよ。航行中の船に向かって泳ぎだすなんて、俺としちゃぞっとしないな」

「ムショから逃げたばかりなら、話は違うさ」巡査は煙草に火をつけた。

「そうだな、ちょっとくらい危ない橋を渡る覚悟はできてただろうな。まあ」看守は締めくくった。「やつがそのつもりだったんなら、拾い上げられてりゃいいけどな。水の底に沈んでるなんてのは、後味が悪いや。なかなか礼儀正しくて、いいやつだったし」

しばらく沈黙が続き、三人は物思いにふけりながら煙草をふかしていた。やがて、巡査が一応自転車で壁の上を走り、この先に脱獄囚が隠れていないか確かめると言い出した。しかし、まだ出発しないうちに、遠くに自転車が見え、勢いよくこちらに走ってきた。ほどなく到着したもう一人の巡査は、壁の上の道で自転車を降り、看守が手にしたままの上着を食い入るような目で見下ろした。

「やつの服か？」クリフトンから来た巡査が尋ねる。

「ああ」こちらの巡査が答えた。「ここに来る途中、海水浴をしている男を見たりしなかっただろうな?」

到着したばかりの巡査は首を振った。「見なかったよ。クリフトンからここまで、ずっと護岸壁を調べてきたが、羊飼いのバーネットじいさん以外は一人も見かけなかった」

年かさの看守は残りの服をかき集め、後輩に手渡して「つまり」と言った。「やつは海に消えちまったと考えるしかないな。俺達にできるのは、税関の汽船に同乗させてもらって、このあたりに停泊している船を片っ端からあたってみることくらいだ。どの船でも見つからなけりゃ、後は警察に任せるしかない」

三人の男達は壁をよじ登り、町を振り返った。クリフトンから来た巡査は既に向きを変えていた自転車に颯爽《さっそう》とまたがり、黄昏が夜に変わる前に署へ戻ろうと、軽快にペダルをこいで去った。

ちょうどそのとき、脱獄囚は湿地を抜けて家畜の逃亡防止の踏み越し段をまたぎ、木陰の小道へ入ろうとしていた。男はそこでいったん足を止め、流木の束を生け垣へ放り込み、煙草をパイプに詰め直して火をつけた。それから、足取りも軽く、次第に濃さを増す闇と月明かりの中に姿を消した。

第一章　ポッターマック氏、発見する

今日《こんにち》の歴史学者が歴史について、そもそもの始まりから細大漏らさず忠実に語り尽くしたいと真剣に考えるなら、否応なく一つの疑問にぶつかる。そもそもの始まりとはいったい何か？　いつもすんなり答えが出るとは限らない。我々が日常のとある出来事を思い出し、そもそもの始まりにさかのぼろうとしたとしよう。考えれば考えるほど、その始まりよりもっと前の時点で、以後の展開に絶対欠かせない役割を持った出来事があったと気づくものだ。

これからお話しする物語に関しては、原因と結果の連鎖の始まりは、ポッターマック氏の庭での奇妙な発見だったと考えていいだろう。ただし、煎じ詰めると、日時計がなければ、その発見自体されたかどうか疑わしくなる。そう、ポッターマック氏の人生を左右するあの時期に、発見されなかったのは間違いない。そして、もしあの発見がなければ——いや、いたずらに空論をもてあそぶのはやめよう。単純かつ無難に行けばいい。日時計から話を始めよう。

ポッターマック氏が最初に見たとき、日時計は町はずれの石工の仕事場にあった。見るからに歴史を感じさせる代物で、仕事場の現所有者であるギャレット氏の作品とは考えにくい。また、嫌味なくらい真新しい石碑や切り出されたばかりの石材と一緒に並べられていると、どことなく侘びしげでうらぶれてみえた。さて、ポッターマック氏は以前からたびたび、日時計を手に入れたいと密かに考えていた。四方を壁で囲まれた自宅の広い庭園には、ぱっと目を引く中心的なものがぜひとも必要だ。周囲を彩る花や木と同じく、黄金の日光の恵みだけで息づき、存在を維持していける日時計。あそこにこれ以上ふさわしい装飾品が考えられるだろうか？

ポッターマック氏は開け放たれた門の前で足を止め、日時計（便宜的に石の柱も含めてこう呼ぶことにする）を見やった。なかなか優美な日時計だ。ノルマン様式のようなねじれ入りの柱がついていて、台座は広く、柱頭は角形だ。いい具合に風雨にさらされ、苔がついているが、状態は申し分ない。ポッターマック氏はそのいかにも古めかしい風雅さに、なんともいえない強い魅力を感じた。柱頭の側面には、ラテン語の格言も刻まれていた。石工の仕事場に足を踏み入れ、日時計を一周してその言葉を読むと、ますます気に入ってしまった。いい言葉だった。心の弦をかき鳴らす格言だ。ソレ・オルト・スペス、デケデンテ・パクス。ポッターマック氏自身の座右の銘といってもいい。日の出に希望を、日没には平穏を。ポッターマック氏の人生を例に引けば、日の出は希望に満ちていたし、今一番の願いは平穏のうちに人生の黄昏を迎えることだった。さらにこの格言は、日の出と日没の間については、さりげなく言及を避けている。つまり、過去にぜひ葬り去りたい道行きがあったとしても、希望に満ちて日が昇り始めた人生は、黄昏時の平穏で有終の美を飾れるかもしれないということなのだろう。

「この古い時計が気になるんだろ、ポッターマックさん？」売り込むつもりらしく、石工が奥からやってきた。「なかなか立派な彫刻だろう？　保存状態だって最高さ。こいつは長い時間を刻んできたんだよ。一七三四年製だからな。これからだって、同じくらい長もちするさ。錆びる歯車はない。指時針の手入れはばっちり。すり減ってもいないし、ひびだってない。止まったりもしないし、ぜんまいを巻く必要もない。それが日時計ってもんだからね」

「もとは、どこにあったんだね?」

「アプスリー・マナー・ハウスの庭から持ってきたのさ、現代風に建て直すときに。屋敷の新しい主人が持っていけって言ったんだよ。日時計なんか時代遅れだとさ。他の連中にはゴミ同然だからね、俺が引き取った。自分ちの庭にほしいんじゃないのかい? 安くしとくよ」

尋ねてみると、馬鹿みたいに安い値段だった。そのため、ポッターマック氏は二つ返事で購入を決めた。

「持ってきて、据え付けてくれるかな?」ポッターマック氏は頼んだ。

「いいとも。据え付けるのは、たいした手間じゃない。場所を決めておいてくれたら、運んでいって組み立てるよ。ただし、地面の準備は前もってちゃんとしておいた方がいいな。下層土までしっかり掘り下げて、底を平らにならしておくんだ。そうすりゃ煉瓦で基礎を作れるし、傾く心配もない」

そう、これが始まりだった。人の運命はこのようなちょっとした偶然という名の、白刃の上でバランスをとっているのだ。石工の仕事場を出たポッターマック氏は、庭作りの大まかな計画を練りながら、足取りも軽く家路を急いだ。バラに覆われたポーチの奥の玄関から家に入ったときには、すぐにも穴を掘る予定の場所へ向かうつもりだった。

しかし、そうはならなかった。ドアを開けたとき、近くの部屋から話し声が聞こえたのだ。そして、家政婦が現れ、ミセス・ベラードが訪ねてきていると告げた。この知らせが悪い知らせでなかったことはたしかだ。ポッターマック氏にがっかりした様子は微塵もなかった。いや、かえってさらに顔が明るくなったかもしれない。

ミセス・ベラードは一目で未亡人とわかる女性だった。ただし、一昔前に女性が着せられたあの嫌らしい〝喪服〟、見苦しく、故人の思い出を汚すわざとらしい格好をしていたわけではない。それでも、未亡人なのは明らかだった。近頃の考え方からすれば、明らかすぎるほどだ。とはいえ、地味な衣装は吟味され、上品でよく似合っていた。いや、むしろ落ち着いた身なりが、穏やかで気品のある端正な顔立ちを引き立てているようだった。ミセス・ベラードはポッターマック氏に親しみを込めた笑顔で挨拶をし、握手をしながら、うっとりするほど美しい声で切り出した。

「こんな風にお邪魔して、本当に申し訳ないと思っていますわ。でも、せっかくぜひにと言ってくださったことですし」

「たしかに言いましたとも」ポッターマック氏は優しく請け合った。ミセス・ベラードがバスケットから小さなブリキの箱を取り出す。ポッターマック氏は尋ねた。「カタツムリですか？」

「カタツムリです」ミセス・ベラードが答え、二人は笑った。

「自分でもわかってますわ」ミセス・ベラードが言葉を継いだ。「私って、本当に馬鹿みたい。あなたの言うとおり、熱湯に落とせばあっという間に死んでしまうのでしょうね。でも、どうしても自分ではやれなくて」

「当然ですよ」ポッターマック氏は言った。「代わりに処理してくれる仲間の貝類学者がいるんですから、どうぞお任せください。今晩、始末して殻から取り除き、明日には空き家だけお渡ししますよ。お宅まで届けましょうか?」

「いえ、そこまでしていただかなくても。お宅の家政婦に預けてくだされば、買い物帰りにこちらへ寄りますから。でも、私ったら本当にご厚意につけ込んでばかり。あなたはかわいそうなカタツムリを始末して、殻をきれいにして、名前も調べてくれるじゃありませんか。私がやることといえば、カードに殻を貼りつけて名前を書き、標本箱に収めるだけなんですもの。自然研究家の集まりで自分の標本として見せるとき、自分がとんでもない詐欺師のような気がして」

「そんな、ベラードさん」ポッターマック氏は異議を唱えた。「カタツムリを採取したのはあなたじゃないですか。あなたが自分でカタツムリの隠れ家を発見し、白日のもとに引っぱり出したんですよ。その行為こそ、貝類学の真に科学的な部分です。殻を標本にしたり、種類を調べるのなんて、単なる職人仕事ですよ。博物学者の本分は、実地調査です。あなたはこの小さな貝――蛹殻《さなぎがら》とかヤマボタルガイなど――を見つける天才間違いなしですよ」

ミセス・ベラードはいかにも嬉しそうな笑顔で応じ、小さな箱を開けて〝獲物〟を見せ、手に汗握る狩猟劇の模様を語った。ポッターマック氏も熱心に耳を傾ける。多少堅苦しいところはあったが、二人はおしゃべりを楽しんだ。その様子を見れば、二人が非常に仲のよい友人だと一目でわかっただろう。ある意味、博物学の研究は互いに親しく付き合うための、便利でもっともらしい口実ではないか、と勘ぐられたかもしれない。人の目もうるさく、少々口さがない田舎で暮らしていれば、こういうちょっとした用心が必要になる場合もあるのだ。

しかし、よくよく見れば、その他の事実にも気づいたはずだ。例えば、この二人にはある一つの変わった共通点があった。ぱっと見ただけでは、二人は実際より老けた印象を与えるのだ。眼鏡にひげをたくわえた厳めしいポッターマック氏を初めて見たときには、五十にさほど間があるとは思えないだろう。が、もっと注意深く観察すれば、その第一印象が間違っていたことに気づく。やや小柄な体に秘められた敏捷《びんしょう》な動きと柔軟な筋力、眼鏡の奥の油断のない瞳の輝き。それらを考慮に入れれば、顔のしわや白いものが混じった髪は、単なる年齢の積み重ねではなく、何か別の原因があると察しがつく。同じことがミセス・ベラードにもあてはまる。ちょっと顔を合わせただけでは、年の割に若い中年女性だ。だが、今のように友人と笑顔で話しているときには、重ねられた年月が消え、茶色い髪の間で光る白髪やかすかな目尻のしわにもかかわらず、まるで若い娘のようにみえた。

しかし、それだけではない。さらになんとも奇妙な点があった。二人の親友は、お互いに相手のことをこっそり探っているようにみえるのだ。反感や敵意を持っているそぶりはまるでない。むしろまったく逆だった。それでも、やり方こそ異なるものの、互いに相手に疑念を持ち、目が離せないでいるような、妙な気配が感じられるのだ。ポッターマック氏の場合は、ある種の期待感が顔に表れる。相手が先に何か言うか行動を起こすのを、待ち構えているような感じだった。しかし、その表情はミセス・ベラードに視線を向けられると途端に消えてしまう。一方、未亡人はやり方こそ違うが、こそこそ探りを入れている点は同じだった。ポッターマック氏が何かに心を奪われているとき、ミセス・ベラードは決まって相手をじっと見つめる。額に再びしわがより、唇が引き結ばれ、いつしか悲しみと不安と当惑をない交ぜにした表情が浮かぶ。なかでも当惑の色が濃い。視線をたどると、特に相手の横顔と右の耳に注目しているのがわかるだろう。この二つには、たしかに一風変わったところがあった。ポッターマック氏の横顔は典型的なギリシャ彫刻そっくり——額から鼻筋にかけて、目立った落ち込みがない——という、実際の人間には滅多にない特徴を備えていたのだ。耳はよい形で文句のつけようがない。ロンブローゾ（犯罪学に科学的手法を導入したイタリアの法医学者）は見向きもしないだろう。しかし、人目を引く変わった点が一つあった。耳たぶに医学用語でいう〝散在性の母斑〟、俗にいう〝ぶどう酒色の痣《あざ》〟があるのだ。ごく小さいが、色ははっきりしている。耳たぶを暗紫色のスモモジュースに浸したかのようだ。とはいえ、こんなとまどい混じりにじろじろ見る理由になるとは、とても思えない。

「まあ、すっかり話し込んでしまって！」ミセス・ベラードは声をあげ、テーブルからバスケットを取り上げた。「あの時計だと三十分もここにいましたのね、何か大事なお仕事の邪魔をしたのはわかってましたのに。庭の小道を歩いてくるとき、お急ぎのようでしたもの」

「仕事ならたっぷりやっているじゃありませんか——陸性と淡水性の軟体動物に関する研究をね。いや、大変有意義なお話でしたよ」

「そうでしたわね」ミセス・ベラードがにこやかに相づちを打つ。「いつもどおり有意義でしたわ、特にあなたのお話が。でも、本当にもう失礼しますから、他のお仕事をして下さいな」

　ポッターマック氏はミセス・ベラードのために開けたドアを押さえ、続いてホールを抜けて庭へ出た。ポーチでいったん足を止め、おみやげにバスケット一杯のバラを摘む。門口で別れた後も、ポッターマック氏はその場を去りかね、村へ向かうミセス・ベラードを見送っていた。いかにも未亡人らしい気品がある一方、足取りや身のこなしは軽快で若々しいのが、よくわかる。

家へ入ろうと向きを変えたとき、郵便配達夫がやってくるのに気づいた。しかし、手紙をもらう心あたりはないし、帰ったばかりの客のことでまだ頭が一杯で、ポッターマック氏は足を止めなかった。すぐ後で独特のノックの音が聞こえたときも、引き返して郵便受けを覗きはしなかった。状況を考えれば、取りに行った方がよかったのかもしれない。が、代わりにポッターマック氏は裏口から外へ出て、広い家庭菜園と果樹園の真ん中を通る長い小道を歩いていった。やがて赤煉瓦の高い壁が見えてきて、ノッカーとブザーが並んでいるドアの前に着いた。鍵でイェール錠を開けて中に入り、またきちんとドアを閉めた。

もともとこの場所は、今住んでいる古い屋敷の果樹園兼家庭菜園だったのだろう。その名残《なごり》で昔の果樹がまだかなり残っているが、現在は花壇に造り替えられていた。広さ四分の一エーカーを超す大きな長方形の庭で、周囲を七フィート近い高さの頑丈な古い壁が囲み、出入口は二つしかない。一箇所は今ポッターマック氏が入ってきた扉、もう一箇所が横の通用口で、やはりイェール錠に差し錠も二つついていて、戸締まりはしっかりしていた。

この庭の主が孤独と静けさに重きを置くのなら、理想的な場所といえよう。庭のしつらえからみて、ポッターマック氏もまさに同じことを望んでいたに違いない。中央にはなだらかな広い芝生、そこを取り巻くよく手入れされた小道、小道と壁の間には幅広の花壇。片隅には、煉瓦造りの東屋《あずまや》があった。立派な瓦葺《かわらぶ》きの屋根に板張りの床、かなりの広さがあり、肘掛け椅子二脚と大きめのテーブルがゆったり置いてある。東屋の向かいの壁際には、屋根に明かりとりのガラス窓がある離れ、というか、長屋があった。最近建てられたとみえ、少々目障りだが、手前にあるイチイの植え込みが育って目隠しになれば、気にならなくなるだろう。この長屋は作業場、いや、作業場の集まりだった。ポッターマック氏は多趣味、かつまた几帳面なきれい好きだったため、目的別に建物を区切って使用していたのだ。

今日のポッターマック氏は、庭仕事の用具一式が保管してある端の小部屋に入った。そして鋤《すき》、木槌、長いロープ、先の尖った六本の杭を持って中央の芝生へ戻り、周囲を見回した。日時計を置く場所については、もう心が決まっていたが、正確に位置を決定する必要がある。それで、計測用のロープと杭が登場したのだ。まず歩幅でおおよその距離を測り、次に日時計の中心が来る正確な地点に目印の杭を打ち込む。

この中心点から、ロープを使って直径約四ヤードの円を描いた。すぐに芝生をはがし、また敷き直せるように、きれいに巻いてよけた。さて、ここからが本格的な仕事だ。下層土まで掘り下げなくてはならない。いったい、どのくらいの深さまで掘ったらいいのだろうか? ポッターマック氏は意を決して上着を脱ぎ、鋤を握りしめ、力強く円の縁へ打ち込んだ。花壇用の黒土の下から、きめの細かい砂状の黄色っぽいローム土が少量、鋤の先に付着してきた。ポッターマック氏はちょっと気を引かれたが、手は止めずに円周に沿って浅い溝を掘り続けた。

そのまま二周して溝の深さが八インチほどになったとき、円の外側には掘り返された黄色いローム土の輪ができていた。こんな浅い溝から掘り出されたとは思えないほどの量だった。ポッターマック氏は再度その土に目を引かれた。ポッターマック氏には様々な趣味があるが、時折鋳造《ちゅうぞう》も行う。その鋳型砂《いがたずな》はこれまでずっと、袋単位で購入してきた。しかし、このローム土には踏みつけた足跡がくっきり残っているし、鋳型砂にはぴったりなのではないだろうか。おまけに目の前で掘りさえすれば、手に入る。ポッターマック氏は粘着性を試すために、掌一杯に土を取ってぎゅっと握りしめてみた。手を開いたとき、土はしっかり固まっていて、皮膚のしわまで完璧な指の跡が残っていた。

この発見に大いに気をよくしたポッターマック氏は、掘り出したローム土を作業場で保管することに決め、穴掘りを再開した。やがてローム土の密度が増して固くなり、鋤で掘り起こされた土が柔らかい岩のように崩れなくなった。ここが下層土、つまり必要な深さに達したのだ。ポッターマック氏はこう判断し、今度は円の内側も同じ深さまで掘っていった。

かなりの重労働だった。それに、しばらくすると、退屈で飽き飽きしてきた。それでもポッターマック氏は手抜きをせず、黙々と仕事をこなしていった。だが、単純作業のせいで注意は散漫になり、体は変わらぬ力強さで機械的に動いているのだが、心はいつのまにか別のところをさまよっていた。あるときは日時計のこと、そしてあるときは——こちらの方がやや長い時間を要したようだ——近所の魅力的な未亡人や、ブリキの缶の中で処置を待っている未亡人の戦利品のことを考えていた。

円の中心近くまで来たとき、鋤がカビでぶかぶかになった木片を断ち切って掘り起こした。ポッターマック氏はちらっと見たきり、無造作に円の外へ放り出し、また同じところへ力一杯鋤をふるった。いつになく手応えが固く、さらに体重をかける。と、いきなり手応えが消えた。鋤が何もない空間へと突き抜けてしまったのだ。ポッターマック氏は驚いて叫び声をあげ、一瞬バランスを失いかけたものの、かろうじて体勢を立て直した。

しばらくは震えが止まらなかった。無理もない。ポッターマック氏は一、二歩よろよろと後退し、鋤を握りしめたまま立ちすくみ、危うく自分を飲み込むところだった黒い大きな穴を恐怖に目を見張って見つめた。が、結局無事だったこともあって、まもなく落ち着きを取り戻し、慎重に調査を開始した。鋤でおそるおそる探っただけで、全てが明らかになった。たった今掘りあてた穴は、古い井戸の口だったのだ。開口部を保護する笠石《かさいし》こそあるが、地面と同じ高さに穴があいていて、普段は蝶番《ちょうつがい》つきのふたでふさがれている、きわめて危険な種類の井戸だ。さっき叩き壊した腐った木片がそのふたの一部だったらしく、今見ると錆びた蝶番の残骸がついていた。井戸を使わなくなったとき、どこかの大馬鹿野郎が、閉じたふたの上に土を積んだだけでよしとしたのだろう。

ここまで観察したポッターマック氏は、井戸の口全体がよく見えるように、丁寧に土をどけた。それから四つん這いになって進み、井戸の縁からそろそろと顔を出し、暗い穴を覗き込む。穴は真っ暗ではなかった。汚い煉瓦の壁は数フィート先で漆黒の闇に飲み込まれていったが、地球の内奥そのものと思われるほどはるか下に小さな丸い光が見え、豆粒ほどの頭の黒い影が映っているのがわかった。小石を拾い上げ、穴の中心で手を広げて落としてみた。一瞬の間をおいて、明るい点は急にぼやけて小さな頭も見えなくなった。すぐに虚ろな〝ぽちゃん〟という音がして、くぐもったかすかな水音が続いた。

つまり、井戸には水があるのだ。またふさいでしまうつもりのポッターマック氏にとっては、どうでもいいことだった。しかし、ポッターマック氏は健全な好奇心の持ち主であり、この井戸をもう一度忘却の彼方へ葬り去る前に、くまなく調べておきたいと思った。作業場へ戻り、金属細工の工房で、適当なおもりはないかと見回した。やがて〝がらくた〟入れの引き出しから、時計用の大きな鉄のおもりが見つかった。重すぎるが他に手頃な品はなく、ポッターマック氏はそのおもりを持って井戸端へと引き返し、計測用のロープの片端に結びつけた。ロープには最初から一尋《ひとひろ》（一尋は六フィートで約一・八三メートル。一フィートは三〇・四八センチメートル）ごとに結び目が作ってあるから、それ以上手をかける必要はない。井戸の縁に腹ばいになり、おもりを落として両手の中でロープを滑らせていく。結び目を数えながらロープを繰り出し、おもりが水面に近づく頃には上下に動かして様子をみた。

待っていた鈍い水音が聞こえたとき、手は四つ目と五つ目の結び目の中間点を握っていた。ということは、井戸の縁から水面までは約二十七フィートだ。数字を頭の中に刻み込み、さらに手早くロープを滑らせていった。七番目の結び目を過ぎてすぐ、突然ロープの緊張がゆるんだ。おもりが底に達したのだ。つまり、水深は十六フィート、井戸全体の深さは四十三フィートほどとなる。考えてみれば、紙一重の差で、今、ポッターマック氏自身が時計のおもりのある場所にいたかもしれないのだ！

かすかな身震いをして立ち上がり、ロープを引き上げてきれいに巻き、おもりはつけたまま数フィート離れた地面に置いた。さて、今度はこの井戸の存在が日時計の設置にどの程度邪魔になるかを見極めなくてはならない。なんら問題はなさそうだ。それどころか、どのみち井戸には間違いのないようにふたをする必要があるのだから、日時計を上に載せれば万事丸く収まる。何しろ、井戸は日時計の設置予定場所のぴったり一フィート内側にあるのだ。おそらくこの庭を作る際の基本計画に従って、まったく同じ測量方法で両者の位置が決定されたのだろうが、そうと気づくまでは、偶然にしてもできすぎに思えるほどだった。

ともかく、一つはっきりしていることがある。予定していた煉瓦以外の土台が必要になるだろうから、この発見をすぐさまギャレット氏に連絡しなければならない。そこでポッターマック氏は上着に袖を通し、簀《す》の子《こ》を探してきて井戸の上に載せ――こういう場合、慎重すぎるということはない――すぐに石工の仕事場へ出かけることにした。玄関のドアを開けたとき、郵便受けの下にある針金製のかごに入れっぱなしの手紙に気づいた。が、取り出さなかった。帰ってきてからでも大丈夫だろう。

ギャレット氏は井戸の話に興味津々だったが、少し残念そうでもあった。計画が変更になり、時間も費用もかさむ。かなり大きい石板を二枚使用したいが、準備に少々手間取るだろう。

「だいたい、なんだって井戸をふさぐんだい？」石工は尋ねた。「十六フィートも水が入ってる立派な井戸を、粗末にするもんじゃないよ。冷え込みがきついと、家中の水道管が凍って破裂しちまうかもしれない」

しかし、ポッターマック氏は首を振った。都会育ちの人間にありがちなことだが、井戸がなんとなく好きになれなかったし、先ほど間一髪で難を逃れた経験も偏見を和らげるどころではなかった。自分の庭に井戸はいらない。

「問題は一つ」ポッターマック氏は結論を述べた。「井戸の真上に日時計を置いても大丈夫かどうかだ。石板は重みに耐えられるかな？」

「馬鹿言っちゃいけませんや」ギャレット氏が応じた。「厚い敷石砂岩の板なら、セント・ポール大聖堂が載ったって大丈夫さ。それに、二枚重ねるつもりなんでね。一枚の上にもう一枚載せて階段にする。日時計の台座そのものだって幅二フィートもある。立派な家みたいなもんだよ」

「じゃあ、いつ頃設置できるかな？」

ギャレット氏は考え込んだ。「そうだな。今日は火曜か。石板を岩の塊から二枚切り出して形を直すのに丸一日かかるな。金曜はどうだい？」

「金曜なら結構だ。別に急ぐ必要はないんだが、井戸がさっさとふさがれて安全になればほっとするのでね。ただし、無理はしないでくれよ」

ギャレット氏は無理はしないと約束し、ポッターマック氏は作業の続きに取りかかるために家に帰った。

再度家に入ったとき、ポッターマック氏は郵便受けのかごから手紙を取り出し、封は切らずに手に持ったまま庭へ向かった。外に出てから、手紙をひっくり返し、住所に目を走らせる。途端に、ポッターマック氏の表情が一変し、顔からのどかな明るさが消えた。足を止め、怒りと不安に眉を寄せて宛名を睨みつける。封を破り、引っぱり出した手紙を広げて素早く目を通した。内容はごく短かったに違いない。ポッターマック氏はすぐに手紙を畳んで封筒に戻し、ポケットへ滑り込ませた。

壁つきの庭園に入り、上着を脱いで東屋に置き、穴掘りを再開した。円を四角に直し、井戸の周りを平らにならして石板を置く下地を作る。しかし、やる気はまるでなくなっていた。黙々と丁寧に作業を進めているが、いつも明るいポッターマック氏の顔は曇り、荒々しい。どこか遠くを見るような目つきになり、気持ちは今やっている作業ではなく、あの曰くありげな手紙の一件に向いていているようだった。

やがて日が落ち、ポッターマック氏は簀の子を戻し、鋤を手入れして片づけた。上着は洗濯するつもりで腕にかけて家に戻り、一人きりで夕食をとる。ふさぎこんで目の前を見つめたまま機械的に飲み食いし、食事はあっさり終わった。夕食が片づけられた後、ポッターマック氏は沸騰したお湯の入ったやかんとたらいを用意するよう言いつけ、戸棚から柄《え》つきの針、先の尖った鉗子《かんし》、吸い取り紙を一枚取り出して、ミセス・ベラードのブリキ缶と一緒にテーブルに並べた。缶を開け、囚われのカタツムリを慎重にたらいに移し、熱湯をなみなみと注ぐ。その結果、不幸な軟体動物はそれぞれ一筋の気泡を放出し、あっという間に殻の中へ縮んでしまった。

やかんを暖炉に置き、椅子をテーブルへ引き寄せた。目の前にたらいを、右手に吸い取り紙を置いて、腰を下ろす。しかし、仕事に取りかかる前に、ポッターマック氏は例の手紙を引っぱり出してテーブルに広げ、ゆっくり読み直した。手紙には差出人の住所もサインもない。封筒の宛名はマーカス・ポッターマック様だが、奇妙なことに本文の書き出しは「親愛なるジェフへ」となっていた。

「この手紙を送るのを、心から残念に思っている。お前だって同じ気持ちだろう。しかし、どうしようもない。最後に送った手紙が、実際に最後になることを願っていたが、結果的に最後の一通前となったわけだ。金の融通を頼むのも今度こそ絶対に最後だから、気を落とすな。それに、今回はほんのはした金だ。百ポンド――もちろん紙幣で頼む。五ポンド札が一番いい。いつもの場所に水曜の午後八時に行く（黄昏時に！　愛しい人よ！（ミータ・オルドの詩からの引用））。この時間なら、午前中ロンドンに顔を出して金を都合する暇だってあるだろう。いいか、金は絶対に必要なんだ。変な真似をしようなんて考えるな。背に腹はかえられないってことさ。俺は追いつめられている。お前は俺を助けなくちゃいけないんだ。では、水曜の夜に会おう」

ポッターマック氏は手紙から目を逸らし、柄つきの針を持ち、反対の手で繊細な黄色い殻のカタツムリ（ニワノオウシュウマイマイの変種）を一匹、たらいから拾い上げた。じっくり観察し、慣れた手つきで軟体動物の縮んだ体を慎重に引き出す。一見仕事に全神経を集中しているようだが、実際は心ここにあらずで、ともすれば横に置いた手紙に目がいく。

『俺は追いつめられている』あたり前の話だ。手の施しようのない博奕打ちは、いつだって追いつめられているものだ。『俺を助けなくちゃいけないんだ』そのとおり。実際、身を粉にして働き、必死に倹約して貯めた金を『俺』に渡してやらなければならない。博奕打ちの負けを飲み込む、底知れぬ奈落に放り込むために。『今度こそ絶対に最後だ』そうだろうとも。前回も前々回もそうだった。次も、そのまた次も同じだろう。いつまでたっても切りがない。ポッターマック氏には嫌というほどわかっていた。他の大勢の餌食と同じく悟った。恐喝者は、どうにもしっぽのつかみようがないのだ。いくら交渉しても、片はつけられない。恐喝者はなんらかの売り物を持っており、その品を売る。しかし、見るがいい！　支払いがすんでも、商品は売り主の手に戻り、もう一度、またもう一度と売りつけられる。どんな契約を結んでも、拘束力はない。どんな取り決めも、強制はできない。損害を食い止める方法などありえないのだ。どんなに思い切った犠牲でも、払った途端にまたもとの状態《スタトゥス・クオ・アンテ》に戻ってしまう。

　ポッターマック氏は憂鬱な気分で、このような現実を反芻した。そして他の犠牲者達がたびたび思ったことを、同じように自問した。あんな悪党には、くたばれ勝手にしろ、と最初に言ってやった方がよかったのではないだろうか。しかし、とてもそんなことはできなかった。そうすれば、やつはおそらく『勝手』にしただろうし、その『勝手』は、最悪の事態を招いたに違いない。かといって、この状態を永久に受け入れていくのも不可能だ。あの寄生虫はこっちを金持ちだと決めつけるが、決してそうではない。このままの調子なら、遠からず骨までしゃぶられてしまう――完全な無一文になるだろう。が、たとえそうなったとしても、一件落着とはいかないのだ。

　自分の耐えがたい立場に対する激しい怒りは、今やっている作業のためにさらに燃え上がった。ポッターマック氏はある女性のためにこの標本を作っている。その女性はポッターマック氏にとって、かけがえのない人だった。自分の理想の未来図を思い描くとき、どの絵にも彼女の姿は欠かせなかった。ポッターマック氏の最大の願いは、彼女に結婚を申し込むことだ。相手が断らないだろうとの、ささやかな自信もある。しかし、あの吸血鬼がとりついた状態で、結婚を申し込むことなどできようか？　到底無理だ――今は奴隷、どんなによくても将来は乞食。最悪の場合には――。

全ての殻をきれいにして標本にふさわしい状態に仕上げた頃には、いつしか夜も更けていた。後は必要に応じて『英国軟体動物』の便覧を参照しながら名前を小札に書き、それぞれ殻と一緒にして薄葉紙に包み、丁寧に小さなブリキの缶にしまうだけでいい。作業に精を出していたところ、家政婦のミセス・ギャドビーが〝退け時〟を告げ、自室に引き上げた。最後の殻を詰め終え、ブリキの缶をきちんと包んで、包装紙に受取人の名前をきれいに書き込んだとき、ホールの時計が十一時を打った。

家の中は物音一つしない。畑や生け垣に夜の帳《とばり》が下り、村は眠りについた。普段のポッターマック氏なら、人間の生息地に訪れた安らかな静けさを心ゆくまで楽しむ。本棚から信用のおける心の友を一冊抜き出し、大きな安楽椅子を暖炉に――今夜のように温かく、炉格子の中が空であっても――引き寄せるのは、この上ないくつろぎのひとときだった。今でさえ、ポッターマック氏は習慣の力で本棚へと歩み寄った。しかし、本は取り出されなかった。今夜は読書をする気にはなれない。かといって、眠る気にもなれない。代わりにポッターマック氏はパイプに火をつけ、静かに室内を歩き回った。表情は暗く、厳しかったが、何か難しい問題に取り組んでいるような緊張した面持ちだった。

行ったり来たり、行ったり来たり、ほとんど音もたてずに歩き回る。時間が経つにつれ、ポッターマック氏の表情には微妙な変化が生じた。厳しさには変わりないが、問題の解答がみえてきたかのように、晴れ晴れとしてきたのだ。

　ホールの時計が一日の終わりを告げ、ポッターマック氏は足を止めた。懐中時計にちらっと目をやり、燃え尽きたパイプから灰を落とし、燭台に火をつけてランプを吹き消す。階段に向かいかけたときの表情は、結論が出たことを物語っているようだった。心配で途方に暮れたような様子はもうない。顔つきは依然厳しい。しかし、心が決まったような穏やかさがあった。決意を固めた男の穏やかさだった。

第二章　秘密の訪問者

翌朝、ポッターマック氏は見るからに落ち着きを欠いていた。朝のうちは仕事が手につかず、ただ家や庭の周りを難しい顔でぼんやり歩いていた。ミセス・ギャドビーは気を揉み、いつも快活な主人に何があったのだろうかと、内心いぶかりながら見守っていた。

しかしながら、一つだけはっきりしていることがあった。ポッターマック氏には『ロンドンに顔を出して』くる気はないようだ。以前その種の遠出をしたときの嫌な記憶が、心に焼きついていた。〝持参人払い〟の大金の小切手をおどおどしながらカウンターへ出す。出納係が一瞬驚きの目を見張り、小切手をためつすがめつしてから、分厚い五ポンド札の束を差し出す。ポッターマック氏は枚数の確認を求められ、頬をほてらせながら数える。その後、紙幣を内ポケットに入れてボタンをはめ、惨めな気分で銀行を出る。わざとらしく知らん顔を決め込んだ出納係には、取引の内容が一目で見抜けたのではないか。そんな不愉快な疑いが頭を離れない。まあいい。今回はもうあんな真似をするつもりはない。段取りが変更になるのだから。

これといって何かに集中することができないため、ポッターマック氏はその日一日を作業場の徹底的な整理に費やすことに決めた。ためになるし、いずれやらなければならない仕事だ。さらに都合のいいことに、滅多に使わない道具や資材がしまいっぱなしになっている場所を再確認できる。やってみれば、片づけは願ってもない気晴らしになった。忘れ去られた道具や保管しておいた材料を再発見するのがおもしろくて夢中になってしまい、目の前にちらついている重大な会見のことさえ、しばし忘れることができた。

こうやって時間は過ぎていった。ミセス・ギャドビーが渋い顔でこっそり様子を窺うなか、ポッターマック氏は昼食を機械的に口へ運び、不作法なくらいそそくさと食べ終えた。家の周りをぶらぶらして美しい友人と立ち話をしたい気持ちもなくはなかったが我慢をし、その後お茶に戻ってきたとき、小包がちゃんと引き取られた旨を家政婦から告げられた。

わざと時間を潰すように、だらだらとお茶を飲む。ようやく腰を上げたとき、ポッターマック氏は、重要な仕事があるから絶対に邪魔をしないでくれとミセス・ギャドビーに言いつけた。それから、もう一度壁つきの庭園へ行って閉じこもり、鍵をポケットへしまった。しかし、片づけを再開はしなかった。作業場に入るには入ったが、八インチの鉄のボルトと小さな懐中電灯を探し出して、二つともポケットの中へ入れただけだった。その後は庭に出て、ゆっくり芝生を歩き回った。手を後ろに組み、顎を引いて、考え事にふけっているようにもみえるが、時折懐中時計に目をやる。八時十五分前になると、眼鏡を外してポケットにしまい、井戸に近づいて暗い奈落の上に置いてあった簀の子をよけ、壁際へ持っていって立てかけた。それから、そっと通用口のかんぬきを外し、鍵つきの取っ手を回して一インチ弱の隙間を開けた。扉はそのままにして東屋へ行き、椅子の一つに腰を下ろす。

訪問客にはある種の美徳は欠けているにせよ、少なくとも時間には正確だった。村の教会の時計が八時を打ち終えるのとほぼ同時に、通用口の扉が音もなく開いた。東屋のポッターマック氏には、濃くなってきた闇を透かして、でっぷりした大柄な男がこそこそ入ってくるのが見えた。男は静かに背後の扉を閉め、上のかんぬきをそっと滑らせた。

客が近づいてくるのを見てポッターマック氏は立ち上がり、二人の男は東屋のすぐ外で顔を合わせた。この二人は何もかもあきれるほど対照的だった。体格、顔つき、物腰。新来の客は大兵《だいひょう》肥満で、力がありそうだが動きが鈍い。腹に一物ありそうなずるがしこい顔――今は不安そうな笑いを浮かべている――には、よく〝贅沢な暮らし〟の証拠と誤解される特徴がはっきりと現れている。特に刹那的な雰囲気がそう受け取られるのだろう。一方、出迎えた男は小柄でやせており、身軽だ。鋭敏な知性を示す彫りの深い顔立ち。客の落ち着きのない目をまじろぎもせずに覗き込み、石のように冷静だった。

「よう、ジェフ」客は咎めるような口調で声をかけた。「俺が来たってのにあんまり嬉しそうじゃないな。それで歓迎しているつもりかね。昔なじみと握手をするつもりもないってのか？」

「別に必要ないだろう」ポッターマック氏は冷たく答えた。

「ああ、そうかい」相手は応じた。「代わりにキスしたいって言うんだな」男はしまりのないにやにや笑いを浮かべて東屋に入り、肘掛け椅子にどっかり腰を下ろした。「景気づけに軽く一杯やりながら話そうじゃないか？　そんな渋い顔をしているんじゃ、味気ない話になりそうだ」

ポッターマック氏は何も言わずに小さな戸棚を開け、デカンター、炭酸水の瓶、タンブラー一つを取り出し、客の前のテーブルに置いた。軽くかどうかは知らないが、客がもう景気づけに一、二杯飲んでいることはすぐにわかった。しかし、そんなことはどうでもいい。ポッターマック氏は自分の頭をすっきりさせておくつもりだった。相手は勝手にさせておけばいい。

「付き合わないつもりか、ジェフ？」客は文句を言った。「おいおい、元気を出せよ！　たかが数ポンドのことで、不景気な顔をしたって仕方ないだろうが。昔なじみを助けるのに、少しばかりの寄付を惜しむわけはないよな」

ポッターマック氏は返事をせず、腰を下ろして無表情な顔を向けた。相手はタンブラーに半分ほどウィスキーを注ぎ、炭酸水で割って大きくあおった。それからしばらく、男も黙って暗くなっていく庭を見つめていた。顔から徐々に笑みが消え、不安混じりのふてくされた表情になる。

「芝生を掘り返してたのか」やがて、客は口を開いた。「どういうお遊びだ？　旗でも立てようってのか？」

「いや。日時計を置くつもりなんだ」

「日時計だって？　ただで時間を知ろうってのか？　そりゃ結構。俺は日時計が好きだよ。ごちゃごちゃ言わずに仕事をこなすからな。格言を彫ったらどうだ？　よくあるのは『光陰矢のごとし《テンプス・フーギット》』だな。不変の真理ってやつだが、特に昔〝おつとめ《タイム》〟をして、〝逃げた《フーギット》〟野郎にはぴったりじゃないか。昔の『二度と味わいたくない日々』（アルフレッド・テニスンの詩『王女』より）を思い出すのに役に立つってもんだ」客はおかしくもなさそうな顔で高笑いをして、むっつり押し黙っているポッターマック氏に悪意のこもった視線を向けた。再び、緊迫した気まずい沈黙が続く。客は時折タンブラーを傾け、不機嫌な顔で困ったように相手をじろじろ見ている。ついに酒がなくなり、男は空になったタンブラーを置いてポッターマック氏に向き直った。

「ドアを開けておいたってことは、手紙は読んだんだろう？」

「ああ」簡単な答えが返ってきた。

「今日、ロンドンへ行ったのか？」

「いや」

「そうか。じゃ、金の準備はできてたんだな？」

「いや。金はない」

大男は身を固くして座り直し、うろたえて相手を見つめた。

「おい、ふざけんな！」男は声を荒らげた。「大至急だと言ったろ？　もう後がないんだ。明日、百ポンド払わなきゃならない。いいか、絶対に、朝にはロンドンに行って支払わなきゃいけないんだぞ。手元にそんな金はなかったから、仕方なく借りてきた――どこから借りたかはわかってるな。お前ならすぐに穴埋めしてくれると、あてにしてたんだよ。遅くても明日中には金がいる。朝、急いでロンドンへ行けよ。お前の銀行の外で落ち合おう」

ポッターマック氏はかぶりを振った。「それはできない、ルーソン。他の手を考えるんだな」

ルーソンは驚きと怒りの入り交じった目でポッターマック氏を見た。呆然として、しばらくは口も利けないほどだった。やっとのことで、ルーソンは怒鳴りつけた。

「できないだと？　はん、どういうつもりだ？　お前は銀行で金を用意して、こっちに渡すんだよ。さもないと、とんでもないことになる。いったいどうするつもりなんだ？」

「俺は」ポッターマック氏は続けた。「取り決めを守らせるつもりなんだよ、一部だけでもな。お前は沈黙の代償として金を要求した——大金だ。それは一度きり、最初で最後の支払いの約束だった。だから、俺は払った。お前はそれ以上要求しないと神聖な誓いをたてたんだ。それなのに、二ヶ月もしないうちにまた金を要求してきた。俺はもう一度払った。あれからずっと、お前は神聖な約束を反故《ほご》にして、ことあるごとに要求を重ねてきた。もうやめなければならない。いつまでも続けるわけにはいかない。だから、これが終わりなんだ」

静かに、しかし断固とした口調で話すポッターマック氏を、ルーソンは自分の目や耳を信じられないような顔で見つめていた。こんなポッターマック氏は初めてだった。怒りをこらえ、ようやくルーソンはなだめるような口調で応じた。

「わかった。ジェフ。今回で終わりにしよう。今度だけ助けてくれれば、二度と連絡したりしない。名誉にかけて約束する」

この最後の言葉を聞いて、ポッターマック氏は苦笑いを浮かべた。しかし、穏やかなきっぱりした口調に変わりはなかった。

「だめだ、ルーソン。お前は前回も前々回も同じことを言った。実際、ずっと同じことの繰り返しだったじゃないか。金を要求するたびに、必ずこれで絶対に最後だと誓う。甘い顔をしていれば、これからだって繰り返すさ。何から何まで搾り取ってしまうまでな」

これを聞いて、ルーソンは全ての仮面をかなぐり捨てた。ポッターマック氏に顎を突き出し、怒りを込めてわめく。「甘い顔をしていればだと？　なら、どうやって止めるつもりか、聞かせてもらおうじゃないか？　ああ、お前の言うとおりだよ。お前は俺のものだ、とことん搾り取ってやる。これでわかったな。いいか、明日の朝金を渡さなきゃ、ただじゃすまないぞ。スコットランド・ヤードは手紙を受け取って、さぞかし驚くだろうよ。死んだはずの脱獄囚ジェフリー・ブランドンがぴんぴんしていて、現在はマーカス・ポッターマックと名乗り、バッキンガムシャーのボーリー、栗の木荘に住んでるとわかるんだからな。それでもいいのか？」

「ちっともよくない」ポッターマック氏は相変わらず落ち着き払っていた。「しかし、お前が行動を起こす前に一つ、二つ思い出させてやろう。まず、かつてお前の親友だった脱獄囚は、お前も知ってのとおり無実で――」

「そんなことはどうでもいいさ」ルーソンが口を挟んだ。「やつは有罪になったんだし、今だって有罪犯だ。だいたい、どうして俺に無実だとわかる？　同胞の陪審員が有罪と判断――」

「いい加減にしろ、ルーソン」じれたポッターマック氏が遮る。「今は俺達二人きりだ。お互い、小切手を偽造したのが俺じゃないことは知っている。誰がやったのかも」

ルーソンはにやにやしながらデカンターに手を伸ばし、ウィスキーをタンブラーに半分ほど注ぎ直した。「誰の仕業かわかってたんなら」くすくす笑う。「何も言わないなんて、お前もとんだ間抜けだよ」

「あのときは知らなかった」ポッターマック氏の声に悔しさがにじむ。「お前のことを親切で正直なやつだと思ってたんだ。馬鹿だったよ」

「そうだ」楽しげに低い笑い声をあげ、ルーソンも同意した。「お前はどうしようもない馬鹿だ、つまりそういうことさ。よく気づいたな、長生きはしてみるもんだ」

テーブルの向かいで怒りに顔を紅潮させているポッターマック氏を尻目に、ルーソンはしまりのない笑いを浮かべ、タンブラーを思い切りあおった。と、ポッターマック氏は急に椅子から立ち上がり、庭へ下りた。十数歩歩いて立ち止まり、東屋に背中を向けたまま、じっと芝生を見つめている。曇り空の切れ間から時折月がぼんやり顔を出すが、もう真っ暗だった。それでも、暗がりの向こう、日時計のために平らに掘り返された地面の、明るい土の色はなんとか見わけがつく。井戸は見えないが、黒い奈落が口を開けている場所は正確にわかっていた。ポッターマック氏の暗い目はその位置を探りあて、微動だにしない。

ポッターマック氏の黙想は、ルーソンの声に断ち切られた。今度はおもねるような口調になっている。

「さて、ジェフ。考えたか？　そりゃ、結構だ。怒ったところで始まらない」

ルーソンは言葉を切った。返事がないのを知り、先を続ける。「なあ、おい。古い付き合いじゃないか。仲よくやろうぜ。必要もないのに、ムショへ逆戻りさせるのは気の毒だ。今回だけ助けてくれ。これが絶対に最後だ、俺の名誉にかけて誓うよ。これでいいか？」

ポッターマック氏は顔を少し後ろに向け、肩越しに返事をした。「名誉にかけて誓うだと！　脅迫者、泥棒、嘘つきの名誉か？　そんなんじゃ、いわゆる一流の担保とはいえないが」

「ふん」ルーソンはだみ声で言い返した。「一流であろうとなかろうと、受け入れて金を払った方がいいぜ。さあ、返事を聞かせろよ」

「返事か」ポッターマック氏は穏やかな口調できっぱりと告げた。「どんなことがあっても、お前にこれ以上びた一文やるつもりはない」

数秒間、ルーソンは言葉を失って、芝生の上の黒い姿を見つめていた。にべもない最後通牒《つうちょう》を突きつけられるとは、夢にも思っていなかったのだ。完全に虚をつかれたルーソンは、しばらく途方に暮れていた。その後、不意に困惑は怒りに変じた。椅子を蹴り、かすれた声で叫ぶ。

「払わないだと、ええ？　いいか、よく考えろよ！　お前が金を払うか、それとも俺がお前を徹底的に痛めつけるか、二つに一つだ。手切れとなりゃ、警察がお前の正体を確かめるために指紋を採りにくるんだぞ」

この恐ろしい脅しの効果と返事はいかにと、ルーソンは言葉を切った。影のような姿はぴくりとも動かず、返事もない。ルーソンはがなった。「聞こえたか？　金を払うのか、それとも痛い目に遭いたいってのか？」

ポッターマック氏はほんの少し振り返り、静かな、優しいといってもいいような口調で答えた。

「どっちもご免被りたいな」

他人事のように落ち着き払った答えは、ルーソンにとってまったくの予想外だった。ルーソンは相手をはるかにしのぐ自分の体格にものをいわせて、自信たっぷりで脅迫したのだ。が、どうやら脅しを実行しなくてはならないようだ。実をいうと、ルーソンは暴力行為には気が進まなかった。しかし、今更引っ込みがつくわけでなし、もう徹底的にやるしかない。数秒の間をおいて、ルーソンは凄みを利かせて（が、背中を向けたままのポッターマック氏は見ていなかった）前に出た。上着を脱ぎ、テーブルに投げつける。上着は床へ滑り落ちた。東屋の外に出たルーソンは低く身構え、殺気をはらんだ怒号をあげて、猛り立つサイのように襲いかかった。

荒々しい足音に、ポッターマック氏はくるりとルーソンに向き直った。しかし、その場から動かず、相手が一ヤードまで迫ったとき初めて軽やかに横に飛んだ。大柄で動きの鈍い襲撃者は止まりきれない。ポッターマック氏はすかさず追撃した。ルーソンはかわされた勢いを殺すが早いか、足を止めて振り向く。途端に鮮やかな左パンチが頬を直撃し、強烈な右パンチが脇の下の肋骨を打った。苦痛で逆上すると同時にすっかり慌てたルーソンは、唸り声をあげて毒づき、憤怒《ふんぬ》と恐怖が入り交じった悪意をむき出しにして、闇雲に殴りかかった。予想に反して、痛めつけてやるつもりの相手が自分を圧倒していることに気づいたのだ。力任せのパンチは身の軽い相手には一つも通用しない。ルーソン自身は無防備なサンドバッグさながらに、痛烈なパンチを息つく暇もなく次々と浴びせられる。鋭い攻撃に押され、最初はゆっくりと、徐々にスピードを速めながら、ルーソンは後退し始めた。冷静で技に優るポッターマック氏が、容赦なく後を追う。牛追いが頑固な牛の動きを巧みに御すように、ルーソンの後退する方向を操っているようだった。

二人は次第に東屋から離れ、暗い芝生の上を進んでいった。悪党はうろたえ、息を弾ませ、大汗をかいている。敏捷な敵にひっきりなしにフェイントとパンチで攻撃され、もはや防戦と退却一方だ。と、ルーソンが後ろへ倒れかかった。掘り起こした地面の縁に盛り上げられた、柔らかい土に足をとられたのだ。しかし、ポッターマック氏は相手の隙につけいったりはしなかった。

ルーソンが体勢を立て直すのを待ち、改めて攻撃を仕掛ける。再び二人は移動し始めた。怯えが募るに従って、大男のルーソンはますます後退のスピードを速め、もう完全な逃げ腰だ。遠回りしたり、左右に動いたりもするが、確実に掘り起こされた地面の中心へと向かっている。ここでいきなり、ポッターマック氏の攻撃方法が一変した。軽めの素早いパンチの連続が、一瞬止まる。決定的な一打のために、力をためているかのようだ。左の軽快なフェイント、続いて電光石火の強烈な右拳のストレートが、見事ルーソンの顎の先に決まった。歯が打ち合わさり、ぽきんという音がした。ルーソンが斧で殴られた雄牛のようにくずおれる。倒れたとき、腰から上がちょうど井戸の口をふさぎ、頭が煉瓦の縁にぶつかった。嫌な音だった。

ルーソンはいったん横たわったものの、やがてぐんなりした胴体が沈み始め、顎が胸の方へ下がりだした。突然、頭部が煉瓦の縁から滑り、帽子が脱げ、穴に落ちた。上半身も下がった。その重みで、始めはゆっくりだったが、みるみるうちに下半身も滑り出す。最後に足が一瞬跳ね上がり、反対側の笠石を蹴って消えた。黒い穴ではくぐもった音が反響し、やがて虚ろな水音が響き渡った。それきり、なんの音も聞こえない。

ほんの数秒の出来事だった。見えない奈落の底で、洞穴で耳にするような反響音が低く響いていたときも、ポッターマック氏の拳にはまだ最後の一撃のひりつく痛みが残っていた。その一発を決めた瞬間から、ポッターマック氏はまったく動いていなかった。仇敵が倒れるのを見た。頭が煉瓦にぶつかる音を聞いた。そして、ルーソンの体が沈み、滑り出し、ついには地下の奥底にある埋葬所へと、死に向かって転落していくのを、不気味なほど落ち着き払って見下ろしていた。

が、指一本、動かしはしなかった。血も凍るような出来事だった。しかし、仕方がなかったのだ。決めたのはポッターマック氏ではない、ルーソンだ。

最後の反響音が消えたとき、ポッターマック氏は恐ろしい暗黒の丸い穴へと近づき、縁に膝をついて下を覗いた。むろん、何も見えなかった。耳を澄ませても何も聞こえない。ポッターマック氏はポケットから小型懐中電灯を取り出し、暗い穴の底へ光線を向けた。身の毛のよだつような、異様な光景だった。どこまでも続く管を見下ろしているようだった。どこか遠く、地球の奥底で小さな光が瞬きもせずに光っている。つまり、最後のさざ波も、もう消えてしまったのだ。地下の世界は静寂そのものだった。

懐中電灯はポケットに戻したものの、ポッターマック氏は井戸の縁に膝をついたまま片手で体を支え、真っ暗な虚空へ目を凝らし、下から音が聞こえはしまいかとぼんやり耳を澄ませていた。表面上は冷静だが、実際は生きた心地もしなかった。心臓は破れんばかりで、額は汗に濡れ、全身がわなわなと小刻みに震えている。

ただし、安堵感もあった。恐怖に怯えながらそのときを待ち、勇気を振り絞って決行した仕事は、もう終わったのだ。考えてみれば、もっと恐ろしい展開になっていたかもしれない。ポケットのボルトに手を触れ、胸をなで下ろす——使わずにすんでよかった。自分の手で死体を引っぱってきて突き落とすという、忌まわしい手間をかけるまでもなく、ルーソンは勝手に墓の中へ滑り落ちたのだ。あれは一種の事故だった、ポッターマック氏はそう自分に言い聞かせ始めていた。いずれにしろ、終わったことだ。憎むべき敵は消えた。自由を脅かすもの、自分にとりついていのは誰にも見られていないに違いない。

そこそ入ってきて、扉を用心深くそっと閉めていたルーソンのそぶりを考えれば、ここに入った

いた方がいい」と言っていたのだ。世間的には、お互いの存在すら知らない赤の他人だった。こ

二人が知り合いであることをひた隠しにしていた。ルーソン自身が「卵を抱くなら自分で抱いて

露見するのではないかとの恐れは、一切感じていなかった。ルーソンは自分の利益のために、

た恐怖ともお別れだ。ようやく――やっとのことで、自由になったのだ。

ポッターマック氏はいくらか混乱した頭でこんなことを考え、同じ姿勢のまま無意識に耳を澄ませ、何かを待ち受けているかのように目の前の黒い穴を覗き込み、ときには暗い庭を眺めた。やがて、空を覆っていた厚い雲の帳に切れ間が生じ、月が顔を出して、庭がぱあっと明るくなった。暗闇から冴え冴えとした月明かり――その夜は満月だった――への変化はあまりにもだしぬけで、ポッターマック氏は電灯を向けた相手を探そうとするかのように、ぎょっとして顔を上げた。妙に無表情なおぼろ月が、カーテンの陰から盗み見をしている人そっくりそのままに、雲の切れ間から自分を見下ろしているような気がする。興奮さめやらぬポッターマック氏は、その青白く輝く円盤にまでどことなく不安を感じた。立ち上がって深呼吸をし、あたりを見回す。そのとき、目があるものをとらえ、ポッターマック氏はより現実的で、より根拠のある不安を覚えた。芝生の端から井戸の縁まで、二組の足跡が続いている。前後左右に蛇行しているが、井戸端で途切れていることは一目瞭然だ。

背筋が寒くなるような光景だった。明るい月の光の中で、足跡が淡黄色の地面からこちらを睨

み、悲劇の発生を声高に訴えている。警察の目には典型的な〝格闘の痕跡〟と映るだろう。向かい合った二人の男の足跡が井戸へと向かい、その後一組だけが引き返している。これらの足跡の意味は、火を見るよりも明らかだ。言い抜けのしようがない――井戸の底に何があるかを考えれば、なおさらだ。

最初に足跡を見たとき、ポッターマック氏は雷に打たれたようなショックを感じた。しかし、すぐに立ち直る。これはほんの一時的な跡だ。熊手と枝ぼうきでちょっとなでてやれば、ものの一、二分で消してしまえる。それはさておき、ポッターマック氏は漠然とした不安を感じながらも、なぜか足跡に興味をそそられ、屈んで調べてみた。びっくりするような足跡だった。この庭のローム土の特性は既に気づいたとおり、鋳型砂にはもってこいだった。ここにそのすばらしい実例がある。ポッターマック氏の足跡は靴底そっくりそのままで、無頭釘まではっきりわかる。ルーソンの足跡はといえば、まさに噴飯《ふんぱん》ものだった。前の部分のゴム底や丸いゴムの踵《かかと》が、塑像《そぞう》の型取りに使用する蠟でも使ったかのように、細かい点まで鮮やかに写し取られている。まず、目につくのは飛び跳ねる馬――靴底は新品同様で、馬はケント州の標語、「不屈《インヴィクタ》」を表している――で、次にその標語と製造元の名前があった。そして踵の星形模様の中央には、ネジの跡がくっきりついている。足跡が驚くほど鮮明なのは、昨夜の激しいにわか雨で、ローム土がプロの鋳型工に水差しで調整されたかのように、適度な湿り気を帯びたせいに違いない。

鋳型工としてみれば興味深い足跡だが、さっさと消してしまうに越したことはない。ポッターマック氏はこう考えながら、作業場へ熊手と枝ぼうきを探しに行った。そして扉の取っ手へ、手をかけようとしたまさにそのとき、動きが止まった。腕を伸ばして口をあんぐり開けたまま、凍りついたようにしばしその場に立ち尽くす。潜在意識の中である考えがうごめいていたのは間違いない、それが不意に意識の表面に浮かび上がってきたのだ。このとき初めて、ポッターマック氏は本当の恐怖を味わった。突然、このすばらしいローム土が自分の敷地内だけのものではないことに気づいたのだ。近所一帯が同じ土質だ。さらに、町から庭の壁の脇を通る小道も、たまま同じ土質だった。その小道には一組の足跡が残っているに違いない。大きくて目立つ足跡、一つ一つがジェイムズ・ルーソンのサインのような足跡が。それが町から続き、ここの通用口で途切れている！

恐怖にしびれた頭で一瞬考えたのち、ポッターマック氏は物置に飛び込み、短いはしごを引っぱり出した。最初は通用口の扉を開けて覗きたいという衝動に駆られたが、次の瞬間には考え直した。人に見られる危険がある。顔をさらすのはまずい。特に、足跡が向かっている当の扉から顔を出すなど、愚の骨頂だ。ポッターマック氏は壁の上へ枝を伸ばしている古い洋なしの木に向かい、葉が一番多い枝にそっとはしごを立てかけ、音を殺して上り、しばらく耳を澄ませた。足音は聞こえないし、ちょうど月も細長い雲に隠れていたため、用心しながら壁の上に顔を出し、様子を窺った。暗すぎて、左右どちらも遠くまでは見えないが、あたりに誰もいないのはたしかだ。周囲は静まり返っていて、物音一つしない。ポッターマック氏は思い切って首を伸ばし、真下の小道を覗き込んだ。

ほぼ真っ暗だ。が、それでもなお、かろうじて一列の足跡が見えた。大きな足跡で、間隔が広い。背の高い男のものだ。しかし、おぼろげな足跡に目立った特徴はないかと闇に目を凝らしたそのとき、再び月が急に顔を出し、あたりは昼間のように明るくなった。その途端、かろうじて見えていた足跡が恐ろしいほどはっきり浮かび上がり、ポッターマック氏は息をのんだ。インヴィクタの標語がついたあの派手な飛び跳ねる馬の模様、製造元の名前が、壁の上からでもちゃんと見える。丸い踵の中央には浮き彫りの星、ネジの溝までしっかり見えるではないか！

ポッターマック氏は身の危険をひしひしと感じた。ただ、いたずらに取り乱したりはしなかった。この足跡には、自分を絞首刑にするだけの証拠能力がある。が、自分はまだ絞首刑にされたわけではない。それに、できればそんな不愉快な目には遭いたくない。自分から金を〝搾り取る〟つもりでやってきた男の足跡を、はしごの上から瞬きもせずに見つめながら、精神を集中して冷静に状況を判断し、最善の対応策を考える。

一番単純なのは、外に出てあの足跡を踏み消す方法だ。が、この方法にはいくつか問題点があった。第一に、あの大きな足跡は踏み消すのに手間がかかる。ポッターマック氏の足は小さめで、一回上を歩いたくらいでは消えないし、ルーソンの足跡は一部でも残れば簡単に見わけがつく。さらに、踏み消す行為は、自分自身の足跡をはっきり残すことになる。ルーソンが小道に入るのを見られていた場合――大いに考えられる――致命的な結果を招きかねない。この先には、他に便利な間道がある森とヒースの生い茂った荒れ地しかないため、小道自体を通る人は少ないが、道の始まりは大勢の人が行き来する郊外の大きな通りなのだから。最後の問題点は、足跡を踏み消しているところを誰かに見られる可能性が高いことだった。とんでもない。つまり、足跡を踏み消す計画はまったく現実的ではないのだ。

しかし、他にどんな選択肢があるだろう？　なんとかしなくてはならない。ルーソンがいなくなったことはすぐに判明して、捜索が開始されるだろう。今のままでは、一組の足跡が捜索隊を町からこの――ポッターマック氏の――通用口まであっさり案内してくるはずだ。庭では井戸が口を開けている。絶対に何か手を打たなくてはならない、それも今すぐに。しかし、どんな手を？

何度も何度もこの質問を自分に投げかける一方、ポッターマック氏は意識の裏で今の状況を考えていた。これまでのところ、ルーソンの足跡は小道のこのあたりでは誰にも見られていない。他に新しい足跡、ルーソンの足跡を踏んだものは一つもないから、大丈夫だ。そして、後三十分もすれば壁の影が小道にかかり、足跡はほとんど見えなくなるだろう。おまけにもう九時を過ぎたし、このあたりの人は早寝だ。明日の朝までは、この小道を通る人はまずいない。だから、まだ時間はある。しかし、何をするための時間だろう？

すばらしい計画を一つ思いついた。だが、なんということか、それを実行する手段がない！もし、ルーソンの靴さえ手元にあれば、それを履いて通用口からどこか遠く離れた場所までこっそり足跡をつけていけただろうに。これなら完璧だ。だが、ルーソンの靴は二度と人間の手の届かないところへ――少なくとも、ポッターマック氏はそう思いたかった――消えてしまった。だから、この計画は無理だ。

いや、待て。はたしてそうだろうか？　こう自分に問いかけたとき、ポッターマック氏の態度は一変した。はしごの上に立つポッターマック氏の顔には、新たな意気込みが生まれた。すばらしい考えを思いついたときの意気込みだ。ポッターマック氏は、まさにすばらしい考えを思いついた。問題を完全に解決するこの理想的な計画は、結局実行可能だったのだ。たしかにルーソンの靴には手が届かない。しかし、ルーソンの足跡なら選り取りみどりではないか。足跡は靴底によってつけられる。それが普通だ。ただ、ちょっと工夫すれば、逆転可能となる。靴底は足跡から作れるのだ。

ポッターマック氏は頭をフル回転させながら、はしごを下りた。また雲が月を隠していたため、簀の子を取ってきて慎重に井戸にかぶせた。そして、今やかけがえのない足跡を踏まないようにしながら、ゆっくり作業場へ向かいつつ、計画を練り上げていった。

第三章　ポッターマック氏、昆虫採集に出かける

有能な作業者は、あらかじめ待ち時間が発生しないようによく考えて工程を組み、多くの時間を節約するものだ。さて、ポッターマック氏はずば抜けて能率的な男だったし、目下の状況では時間が貴重なことを十分に理解していた。従って、計画は頭の中でおおざっぱにできあがった程度だったけれども、具体的な手順が固まった作業から直ちに取りかかり、細かい点は作業をしながら考えていくことにした。

最初に手をつけるべきことは、考えるまでもなかった。雨がちょっとでも降ればだめになるもろい足跡を、耐久性のある頑丈な型にしなければならない。このため、ポッターマック氏は、小型、もしくは精密な型を作るために保存しておいた、細かい焼き石膏粉入りの缶を作業場から取ってきた。小さなランプの明かりを頼りに、特別深くてきれいなルーソンの右の足跡を選び、その表面に厚さ半インチほどの平らな層ができるまで粉をそっと振りかけ、ランプの平らな底で優しく押しつけた。その後、適当な左の足跡を探し、同じような処理をした。次に二組目の足跡を選んだが、今度は乾いた石膏粉は振りかけず、目印にほんのわずか落としただけだった。このように型取りの方法を変えたのには、わけがある。液体の石膏をローム土の型（足跡はまさしく型

だった）に流し込んでも、表面を傷つけたり模様を損ねたりしないかどうか、自信が持てなかったのだ。

作業場に戻り、大きめのボウルで石膏を混ぜ合わせ、クリーム状になった液体を大きなスプーンで力強くかき混ぜる。手は休めずに、ボウルを持って外へ出た。まず、粉末の石膏を振り入れた足跡へ向かい、液状の石膏をスプーンで少量ずつすくって、一杯になるまで慎重に注ぐ。それが終わる頃には、石膏の液もだいぶ固くなり、直接足跡に流し入れても問題なさそうになった。急いで次の足跡へ行き、手早く、しかし細心の注意を払いながら、急速に固くなっていく石膏液を型の表面が盛り上がるまで流し込んだ。

石膏が固まるまで、少なくとも十五分は待たなくてはならない。が、その間に次の混合に備えてボウルとスプーンを洗浄し、ブラシや型取りの道具類を用意し、にじみ止め用のカリ石けんの液を皿一杯に注いでおいた。ここまで準備した後、小さな水差しに水を入れ、最初の二つの足跡へ行って水を注ぎ、下の粉末の石膏が吸収する水分を補った。次の二つの足跡では、思い切って軽く石膏に指を触れてみた。もうすっかり固くなっている。石膏をはがし、運試しの結果を確かめたくてたまらなくなった。だが、誘惑には負けずに作業場へ戻り、完全に乾くまでそのままにしておいた。

この間、ポッターマック氏はあくまで気を抜かずに作業を進めながらも、頭を活発に働かせ、おおざっぱだった計画を早くも細部まで完全に仕上げようとしていた。幸い、午前中の作業場の片づけで、板状のグッタペルカ樹脂を見つけたことがふと記憶に蘇り、最大の難問は解決していたのだ。そのため、これからの作業の準備として、小型石油コンロ《プライマス・ストーブ》に火をつけ、大きめのシチュー鍋に水を入れて載せた。この時点で石膏を固めるのに必要な時間は過ぎた。原型の出来はどうだろうか。はらはらしながら外へ向かう。型の出来は、計画の成否を左右する決定的に重要な問題なのだ。そう、靴底の完全な複製さえ手に入れれば、残りの作業は手間こそかかるが、とんとん拍子に運ぶだろう。

　慎重の上にも慎重を期して、二組目の足跡の石膏の下に指を入れていき、そっとひっくり返した。ランプの光をあてたとき、この足、右足についての懸念は跡形もなく消えた。信じられないほどの出来映えだった。まさしく靴底そのものではないか。真っ白な点を除けば本物と区別がつかないほどで、細かい模様から製造元の名前に至るまで完璧だった。次の左足も同じように申し分なかった。従って、念には念を入れた予備の型も不必要だったことになる。それでも、ポッターマック氏は一組目の足跡へと向かった。先ほどの原型よりもさらに出来がよく鮮明で、かつ、べとべとした粘土からすっきりはがれるなどという代物が存在するのなら、まさにこの型がそうだった。ポッターマック氏は安堵のため息と共に四つの原型を拾い上げ、そっと作業場へ運び、台に載せた。まばゆい電灯の下で改めて眺めると、型の出来は一層申し分なかった。しかし、手を止めてほくそ笑んだりはしなかった。そんなことは作業しながらでもできる。

　最初の作業は、ばりをへらできれいに削り落とすことだった。次が〝にじみ止め〟だ。沸騰させたカリ石けんの液を塗りつけ、ついでに粘着性のあるローム土のかけらもきれいに落とす。石けん液が染み込み、表面が〝のりづけ〟されると、余計なものを水道で洗い流し、柔らかいブラシで薄くオリーブオイルを塗りつけた。これで、次の作業へ進む準備はできた。次は鋳型の作成だ。最初に浅い容器に庭のローム土を入れ、表面を定規で平らにならした。そこへ、より出来のいい原型一組を底を上に向けた状態で軽く埋め込む。それから、また石膏を混ぜ合わせた。早くしっかり凝固させるために、今回はかなり固めに調合した。石膏を手早く、ただし、鋳型を台無しにする泡ができないように、細心の注意を払いながら容器に流し込んだときには、シチュー鍋の水が沸騰していた。ボウルとスプーンを洗った後、引き出しからグッタペルカ樹脂を取り出してシチュー鍋に入れ、もとどおりふたをする。それから、眼鏡をかけ、ランプと電灯を消し、作業場を出て足早に家へ向かった。

壁つきの庭園から出て、背後の扉を閉めたとき、ポッターマック氏は夢から覚めたような不思議な感覚を覚えた。今歩いている見慣れた果樹園や家庭菜園、そして木々の間できらめく家の明かりが、ポッターマック氏を静かで平穏な日常生活という現実的な世界へ引き戻したのだ。同時に、先ほどまでの悲劇的な幕間《まくあい》は、現実離れした空想の産物のように思われた。長い小道を歩きながら、ポッターマック氏は例の悲劇を、数時間前最後にこの小道を通った後の出来事を思い返し、漠然とした驚きを感じた。あれから自分の世界は、いや、自分自身もどんなに変わってしまったことか！　悲劇の前、ポッターマック氏は無実なのにもかかわらず、投獄の恐怖につきまとわれている人間だった。今や、投獄の恐れこそ消えたものの、もはや無実の人間ではない。法律的には――厳密な法解釈に従った場合には、と自分を取り繕う――ポッターマック氏は殺人犯だ。投獄の恐怖は、絞首刑のロープの恐怖に変わった。ただし、こんな違いもある。前者は終生つきまとう永遠の恐怖だった。一方、後者は一時的な危険、いったん逃れてしまえばその後はずっと自由なのだ。

家に戻ったポッターマック氏を見て、ミセス・ギャドビーは喜び、安堵のため息をついた。腕によりをかけて作った夕食が無駄になるのではないかと気を揉んでいたようだ。ミセス・ギャドビーは期待に胸を膨らませて主人を食堂に導き、豊富な経験に培われた自信をにじませつつ、おほめの言葉を待った。

「すごいじゃないか、ギャドビーさん！」テーブルの上を見て、ポッターマック氏は歓声をあげた。「すばらしいご馳走だ！　バラまである！　その肩掛けの下には瓶があるんじゃないかね？」

ミセス・ギャドビーはにこやかに肩掛けを持ち上げ、氷で一杯の小桶に入った白ワインを見せた。「私としては」ミセス・ギャドビーは解説した。「シャブリはロブスターに割とよく合うのではないかと思ったもので」

「割とよく、だって！」ポッターマック氏は叫んだ。「合うに決まっているよ。だが、この特別なご馳走のわけはなんだね？」

「それがその」ミセス・ギャドビーは答えた。「昨日、今日と、旦那様はお元気がないようにみえまして。まるで人が変わったように。それで、ちょっとしたご馳走とワインがあれば、少しは元気になられるのではないかと」

「もちろんだとも」ポッターマック氏は請け合った。「明日の私はコオロギのように元気で、ヒバリのように陽気だろうね。ああ、ところでギャドビーさん。今夜はテーブルをこのままにしておいてくれるかな。もうじきしたら、蛾を捕まえに行くんだ。帰りは遅くなるだろうから、寝る前に軽く夜食をとると思う。もちろん、かんぬきはかけないでおいてくれ――まあ、出発はあなたが休んだ後だと思うがね」

ミセス・ギャドビーは了解し、かしこまりながらも得意げに下がっていった。ミセス・ギャドビーは鼻高々だった。主人はシャブリを見たとき、いかにも満足そうな顔をしていたではないか。ミセス・ギャドビーは無邪気にそう考えた。その考えはおおむね正しかったのだが、ある一点だけは間違っていた。ポッターマック氏の顔が輝いたのは、ワインのせいではなかった。氷だった。ミセス・ギャドビーの親切な心遣いが、ポッターマック氏の最後の難問を解決したのだ。

夕食の席につく前に手洗いや身繕いが必要だといわんばかりに、ポッターマック氏はそそくさと上の寝室に向かった。が、その前に大きな戸棚に行き、下の段から大雨や大雪のときに使用するオーバーシューズを取り出した。甲の部分は強力な防水布で、革製の中底にはバラタゴムの靴底が接着してある。実際、最初の靴底がすり減ったとき、張り替えたのはポッターマック氏自身で、作業場にはまだ接着剤の大きな缶がほとんど手つかずのまま残っていた。ポッターマック氏は靴底を改めて厳しく吟味した上で、手を洗い、身支度を整え、オーバーシューズを持って食堂に戻り、テーブルの下の死角に隠した。

力仕事や骨の折れる作業続きの夕べを過ごした後で腹ぺこだったが、食事は簡単にすませた。時間が惜しい。ご馳走の残りは仕事を終えてから平らげればいいのだ。席を立ってオーバーシューズを取り上げ、こっそり庭へ出て小道の脇に置いた。そして忍び足で食堂へ引き返し、そこから足音高く台所へ歩いていってドアをノックした。

「お休み、ギャドビーさん」ポッターマック氏は明るく声をかけた。「用意ができたら、出かけてくるよ。食堂はそのままにしておいてくれ。帰ってきたら軽く食べ直すからね。お休み！」

「お休みなさいませ」家政婦は戸口から笑顔を覗かせ、丁寧に挨拶した。「蛾がうまく捕まるとよろしいですね。ただ、私にはわざわざ捕まえるほどのものとは思えませんけど」

「いやいや、ギャドビーさん」ポッターマック氏は答えた。「まあ、あなたは博物学者ではないってことだよ。蛾が食用に適していたら、きっとあなたも見直してくれたんだろうね」こう言ってくすくす笑う。家政婦も笑った。そのままポッターマック氏は台所を離れて庭へ出た。オーバーシューズを拾い上げ、長い小道を歩いて庭園の入口へ向かう。ドアの鍵を開け、壁の内側に入ったとき、再び空気が変わるのがわかった。先ほどの死闘が恐ろしいほどはっきりと目の前に蘇り、再度絞首刑のロープの恐怖をひしひしと感じた。はしごを上って、小道に新しい足跡がないか、いずれ目撃者となる人が通っていないかと、壁の上から目を凝らした。しかし、小道は濃い闇に包まれ、あるはずの足跡すら見えない。仕方なくはしごを下り、井戸のそば――なぜだか自分でもわからないが、足を止めてしばらく耳を澄ませずにはいられなかった――の芝生を通って作業場へ戻り、電気をつけてオーバーシューズを作業台へ置いた。

最初にシチュー鍋に触って、まだ熱いのを確認した。次は鋳型だ。石のように固い。鋳型の石膏は量を多くして固くしてあったため、思い切って原型をはがそうと少し力を加えてみた。しかし、びくともしない。ナイフで無理にはがせば跡が残る恐れがあるため、バケツに水を入れ、鋳型を左右それぞれ原型ごと数秒間浸してみた。今度は、簡単にはがれた。

ポッターマック氏は片手に右足の原型を、もう片方の手に鋳型を持ち、喜び半分驚き半分で眺めた。まぶしいくらいに白いが、おもしろいほど本物そっくりだ。原型は白い靴底そのものだった。鋳型はもとの足跡と寸分違わない。両方とも信じられないくらい完璧で、模様や文字はもちろん、前足を上げた馬の首を横切るなめらかな切れ目——尖った石でできたものだろう——や、ゴムの踵に埋まっている角張った石のかけらのような、ごく細かい偶発的な特徴まで一つ残らず写し取っている。しかし、感心している暇はない。肝心なのは、この二つの型が完全無欠だという事実だ。このまま残りの作業もうまくいけば、今の危機を切り抜け、永遠の平穏を手に入れられるだろう。

まず、右の鋳型に取りかかった。シチュー鍋から少量のお湯を注いで、表面をさらにきれいにし、作業台に丁寧に畳んだタオルを敷いて、型を置いた。次に火箸でシチュー鍋からグッタペルカ樹脂を一枚——すっかり柔らかくなっていて、成形にはもってこいだ——を引き上げ、鋳型の上に載せる。少々はみ出したが完全に型を覆った。樹脂は熱すぎてすぐには素手で触れないため、濡らしたヤスリの柄で型へ押し込んでいたが、ある程度冷めると早々にヤスリをやめて親指で押した。指でやった方がずっと具合がいい。どんなに細かい点も欠けないように樹脂をくまなく押し込んでいると、だんだん嫌気がさしてきた。が、樹脂が冷えて固くなり、押しても無駄とわかるまで、ポッターマック氏は手を止めなかった。続いて、もう一つの鋳型でも同じ作業を行った。

両足の鋳型に樹脂を押し込むと、冷やして早く固めるためにバケツの冷水へ入れた。鋳型はそのままにして、今度はオーバーシューズに目を向ける。重要なのは、大きさだ。どうやったら、ルーソンの靴と比較できるだろう？　だいたい似たような大きさだと見積もっていたが、ひっくり返したオーバーシューズを同じ向きの原型の横に並べたところ、少々心配になった。しかし、巻き尺で慎重に採寸した結果、ポッターマック氏は胸をなで下ろした。オーバーシューズの方が若干大きい――幅八分の一インチ、長さ四分の一インチ、原型よりも大きかった。つまり両脇がそれぞれ十六分の一インチ、つま先と踵が八分の一インチずつはみ出すことになる。たいした問題ではない。気になるなら、削り落とせばいい。

すっかり気が楽になったポッターマック氏は、オーバーシューズの加工に取りかかった。バラタゴム製の靴底のことはよくわかっている。今貼りつけてある底は、つま先から平たい踵まで一枚でできていて、強力な可融性の接着剤を使って自分で貼りつけたものなのだ。コンロで慎重に熱し、接着剤が溶けたらはがすだけでいい。実際に作業が終わると、べたべたした接着剤が一面についた平らな革の底がむき出しになり、後はグッタペルカ樹脂の〝圧写物〟の貼りつけを待つばかりとなった。

思わぬ障害の発生する可能性が、まだ一つ残っていた。圧写した樹脂が鋳型にくっついてしまうかもしれない。熱いグッタペルカ樹脂は、粘着性が強いのだ。しかし、鋳型は水に入れてあるし、樹脂は通常濡れた面には貼りつかないから、きっとうまくいくだろう。とはいえ、型をバケツから引き上げ、樹脂のはみ出た部分を先の平たいペンチでつまみ、おそるおそる引っぱったときには、やはり多少の不安を感じた。樹脂はまったくはがれない。別の部分をつまみ、再度慎重に引っぱってみたが、やはりだめだった。次につま先からはみ出している部分を試してみたところ、今度はうまくいった。力を込めて引っぱると、樹脂はちゃんとはがれ始めた。さらに力の加減を工夫してみると、きれいにとれた。

苦労の成果やいかにと無我夢中で樹脂をひっくり返し、なめらかな茶色の表面を一目見た途端、ポッターマック氏は大きく会心のため息をついた。これ以上望めないほどの傑作だ。樹脂は何一つ残さず写し取っていた。首に小さな傷のある馬、標語に製造元の刻印。丸い踵に彫り込まれた五つの先端のある星、ちょっとした摩耗、真ん中のネジの溝もはっきり見えている。挟まっていた小石のかけらの跡まで、ちゃんとある。完璧だった。ルーソンの靴底を一度も見たことはないが、今はどのような形状だったか正確にわかる。何しろ寸分違わぬ複製が目の前にあるのだから。

グッタペルカ樹脂はいったん柔らかくなると、完全に固まるまで時間がかかる。取り扱いに細心の注意を払いながら、バケツの中へ戻した。そして、反対の足の鋳型も取り出し、再度慎重に樹脂を引きはがし、同じように申し分のない結果を得た。後は周囲の余計な部分を削り取り、裏面のわずかな突起を一つ二つ鋭いナイフでそぎ落とし、表面の水分を完全に拭き取るだけだ。その仕上げもすみ、靴底をオーバーシューズに貼りつける準備は整った。

コンロのそばの作業台に今やなくてはならない接着剤の缶を用意して、一つ目のオーバーシューズをあぶり始めた。それから、強力な接着剤を一塊すくいとり、熱した金属製のへらで温めた底へ平らに塗り広げる。次の作業はこれより難しくて、失敗する可能性もなくはない。グッタペルカの裏面にも接着剤を塗らなくてはならないが、表面の模様を損なうほど靴底全体を熱してはいけないのだ。しかし、溶かした接着剤をへらですくい、手早く裏面に塗りつけたところ、この危険な作業も無事に終わった。さて、いよいよ最終段階だ。オーバーシューズを作業台の万力で固定し、接着剤の塗られた面を再度熱したへらでならす。そしてグッタペルカの靴底を取り上げ、慎重に位置を見極めた上でオーバーシューズに貼りつけた。両脇とつま先の余裕をほぼ同じにして、踵の部分を少し大目に――踵の方が厚みがあるので――余らせたが、特に問題はない。

二つ目のオーバーシューズも同じような加工をし、同じように成功した。一組のオーバーシューズが作業台で、底を上にして冷えて接着剤が固まるのを待っている。ポッターマック氏はバケツの水を捨て、片手に提げてそっと作業場を出た。庭園から果樹園に入り、こそこそ進んでいく。やがて家が見えてきた。階下は暗く、二階の窓に二箇所――ミセス・ギャドビーとメイドの寝室――明かりがついているのを目にして、ポッターマック氏は安心した。覚悟を決めて家に忍び込み、足音を殺して閉めきっておいた食堂に向かい、急いで氷と冷水を桶からバケツへ移す。それから同じように忍び足で引き返し、庭園に戻って背後の扉をそっと閉め、作業場に向かった。

まずは、写真家が使うような、大きな磁器の深皿を棚から出した。作業台の上に置き、バケツの氷水を注ぐ。それから一足ずつオーバーシューズを取り上げ、底を下にしてゆっくり慎重に沈めていき、仕上げに周りを氷で覆った。そして靴底が完全に冷えて固まるまで放っておき、その間に別の重要な仕事を一つ、二つ片づけることにした。

最初に手をつけなければならないのは、井戸へ続く告げ口屋の足跡だ。大役を果たした今、消す必要がある。ポッターマック氏はすぐに熊手と枝ぼうきを使って処理した。通用口の外にも消さなくてはならない足跡が、一つ、二つあるはずだ。熊手とほうきを手に通用口へ向かい、しばらく耳を澄ませた。それから扉をそっと開け、再度物音がしないか確かめてから顔を出す。誰もいない。好都合だ。身を屈めて地面を凝視し、ついには四つん這いになった。案の定、疑いを招きかねない意味深長な足跡が四つあった。二つはそれまでの進路から通用口の方向へ曲がっているし、もう二つは明らかに通用口へ向かっている。見つけたときには、少々胸が騒いだ。既に誰かに見られてしまったかもしれない。しかし、もっと新しい足跡がないかと穴があくほど地面を調べた結果、ポッターマック氏は胸をなで下ろした。この小道を最後に通ったのはルーソンだ、間違いない。この喜ばしい事実を確認したポッターマック氏は、扉の陰に隠れたまま四つの足跡を軽く熊手でかき、表面をほうきでならしておいた。

これで準備はほぼ整った。通用口の扉をもとどおりに閉め、身支度を整えるために作業場に戻る。昆虫採集はただの口実だったが、自分の言葉どおり忠実に行動するつもりだった。この念の入った行動が、いずれ運命を決する切り札となるかもしれない。そのため、いつも昆虫採集に持っていく大きなリュックサックを用意し、必要な道具を詰め始めた。採集箱を一揃い、殺虫用の毒ガス入りの瓶、ピンを一束、折り畳み式の捕虫網、作業灯《ワーク・ランプ》、気密性の金属容器。この容器には、香りづけのビールやラムを混ぜた砂糖液に浸しておいたぼろ切れが、たっぷり入っている。全てリュックに詰め、捕虫網の棒も並べた後、ポッターマック氏は改めてオーバーシューズに目を向けた。

グッタペルカの靴底は、もうすっかり冷えて固くなっていた。ただ、柔らかい布切れで丁寧に水分を拭き取っているうちに、周囲のわずかなずれが目に留まった。別に問題はなさそうだ。よほど柔らかい地面を歩かない限り、なんの跡も残らないだろう。それでも、ルーソンの靴底と靴には、ずれなどなかった。用心に越したことはない。こう考えたポッターマック氏は、工具掛けから靴の修理用のナイフを取って砥石で一、二回研ぎ、オーバーシューズのはみ出した部分を片足ずつきれいに斜めに削り落とした。これでどんな地面を歩こうと足跡は完璧だ。

最後の仕上げも終わり、出かける準備ができた。リュックの肩紐に両腕を通し、捕虫網の棒を持ち、釘にかかっていた作業用エプロンを取って、小脇にオーバーシューズを抱える。そして作業場の電気を消し、芝生を通って通用口へと向かった。扉の前でエプロンを地面に広げて上に乗り、物音がしないか確かめた後、そっと扉を開けた。目を皿のようにして周囲を窺い、誰もいないのを確かめた上で、オーバーシューズを履き、ひもを締める。その後、ワーク・ランプをリュックサックから取り出し、電池をポケットに入れ、半球レンズをボタン穴にぶら下げた。小道に一瞬光をあて、最初の一歩の正確な位置を目測する。そして、ルーソンの最後の左足跡の前、きれいにならした地面の上に一歩分の間隔をあけて横向きに右足を踏み出した。

捕虫網の棒で体を支え、かちりと音がするまで扉を引いた。それから、適当な歩幅で左足を前に踏み出し、いよいよ長い旅への出発だ。足の長いルーソンにできるだけ合わせるように、歩幅を慎重に調整しながら進んだ。

あたりは森閑《しんかん》としている。時折月が顔を出すものの、真っ暗闇の状態がほとんどで、小道からはずれないように何度かワーク・ランプをつけなければならなかった。しかし、時々閃光が照らし出す小道の様子から判断する限り、状況はなかなか結構なようだ。踏みならされた小道の上には数え切れないほどの足跡があったが、大半が薄く不明瞭で、つけられたばかりの足跡は一つも見あたらない。つまり、この小道はほとんど人通りがなく、今つけている非常に特徴のある足跡は、大雨で流されでもしない限り、何日もくっきりと残っているだろう。

そのため、ポッターマック氏は歩幅を一定に保つよう意識しながら、一歩ずつ気を抜かずに進んでいった。自宅から半マイルほど離れたところで、小道は小さな森へさしかかり、ランプをつけっぱなしにしなければならなくなった。おまけに小道はかなりぬかるんでいて、ポッターマック氏はオーバーシューズの余分をそぎ落とした先見の明を自画自賛した。この柔らかい地面では、ずれがはっきり跡を残してしまい、誰かの目を引くというありがたくない結果となったかもしれない。まあそれも、通りすがりに一瞥するだけで十分見わけがつく足跡に注意を払う人物などがいたとしての話だが。

やがて小道は森を抜け、ハリエニシダやヒースが生い茂る荒れた公有地にうねうねと入っていった。この先でようやく、ロンドンへの本街道に通じる間道へとほぼ垂直に合流するようだ。この辺なら足跡が消えても不自然ではないだろう。間道へ近づいていきながら、案内板のようなものはないかと目を凝らす。ついに、木戸のようなものがぼんやり見えた。道路脇の排水溝にかかっている、小さな橋への入口だ。ポッターマック氏は迷わず小道から荒れ地に踏み込み、二十歩ほど歩いて足を止め、オーバーシューズのひもをほどいて脱いだ。それからリュックサックを下ろして中身を全部出し、靴を一番下にしまい込んでから、再度詰め直した。

庭を出てからここまで、誰一人見かけていない。このあたりを離れてしまうまで、できれば誰にも会いたくなかった。いろいろあったせいで、少し神経過敏になっているのかもしれない。それでも、今夜はルーソンの失踪当夜だし、ここは足跡がヒースの間で消えた現場だ。もし誰かに姿を見られれば、後で行方不明になった男を見かけなかったかと訊かれかねない。そのこと自体はさほど恐れる必要はないだろうが、事件とは一切無関係でいる方がはるかにいい。思わぬ障害が発生する可能性はいくらでもあるのだ。例えば、当然通ってきたはずの小道に足跡一つ残さず、自分はどうやってここまでやってきたと説明すればいいのだろうか？　先のことなどわからないが、良心がポッターマック氏を臆病とまではいかないにせよ、少々想像力過剰にしていた。とはいえ、やはり過ちは小さいに越したことはない。

向きを変え、ヒースを踏んで小道の手前まで引き返し、大きく飛んで小道の向こうの荒れ地に着地した。その後は公有地を抜けて、森そのものからはちょっと離れた低木林へ向かう。林に着くなり、早速計画の仕上げに取りかかり、砂糖液に浸したぼろ切れを半ダースほどの木の幹にピンで留めていった。いつもなら蛾が餌を見つけて集まってくるのをじっくり待つのだが、今夜は犯罪の証拠となるオーバーシューズがリュックに入っているため、手間を省いた。最後のぼろ切れを留め終えたとき、最初の木には早くも蛾が一、二匹寄ってきていた。薄気味の悪い燐光性《りんこうせい》の目の光は、暗闇でも簡単に見わけがついた。ポッターマック氏は捕虫網を広げて棒にねじ込み、ワーク・ランプをつけて何匹か捕まえた。獲物を網から殺虫ガスの入った瓶に移し、適当な間をおいてから採集箱へ移す。

今夜はあまり気が乗らなかった。家に戻って、仕事のけりをつけてしまいたかった。ぼろ切れに群がり始めた蛾の浅ましい姿が、癪《しゃく》に障るくらいだ。ラム酒の香りに酔いしれた蛾は、一緒に飲み明かそうと誘っているかのようだった。しかし、誘惑に乗ってはいけない。標本を一ダースほどピンで採集箱に留め、さらに何匹かを殺虫ガスの瓶に入れ終わったとき、ポッターマック氏は今夜の外出の言い訳にはこれで十分だろうと判断した。そこで荷物をまとめ、捕虫網は棒につけたまま手に持ち、酒盛りで浮かれ騒ぐ鱗翅類《りんしるい》に背を向けて足早に間道を目指した。道なき道を数分進むと間道に出たので町に向かい、十分ほどで自宅前に続く町はずれの道路へ出た。こんな深夜では野原同然で、人っ子一人見あたらない。実際、この行き帰りで出会ったのはたった一人、気のいい巡査だけだった。巡査はポッターマック氏の捕虫網を見ていたずらっぽく目を光らせ、心得顔で笑った。リュックには何が入っているのかとふざけて質問し、大漁を祈ると言って、就寝の挨拶をした。ポッターマック氏は家へ向かいながら、巡査のおどけた質問にどぎまぎした自分をちょっと滑稽に思った。出くわしたのがたまたま見ず知らずの法の番人で、リュックを調べると言われたところで、これ以上つまらない中身はないではないか。しかし、人間やましいところがあると、心の奥深くにある秘密がばれてしまったのではないかとつい考えてしまうものなのだ。

ポッターマック氏はようやく自宅の玄関に入り、かんぬきと鎖をかけ、安堵の吐息をついた。恐ろしい一章は閉じられた。明日には、庭での忌まわしい出来事の名残を消し去ることができる。

その後は平和で安らかな新しい生活を始め、そのために払った代償については忘れてしまうようにすればいい。桶を洗い場に運んで消えた氷に見合うだけの水をくんでいるとき、流しで手を洗っているとき、テーブルについて遅くなった夕食を平らげているとき、ようやくリュックサックを持ってベッドに向かったとき、ポッターマック氏はそう考えていた。

第四章　日時計の設置

翌朝、朝食をすませたポッターマック氏は、リュックを手に庭園へ行ってみた。背後のドアを閉め、内部を見回したとき、複雑な思いが胸をよぎった。昨夜の恐ろしい出来事で、未だに動揺が収まらない。心が乱れているため、わけもなく不安に駆られ、悲観的になりがちだった。自分のしたことを後悔しているわけではない。ルーソンは自らポッターマック氏の生活を脅かすことを選んだのだし、そうするからには危険は自己負担だ。ポッターマック氏はそのように結論づけ、良心の呵責をまったく感じることなく、昨夜のことを思い返した。自分にとっては嫌でたまらない行為だったし、いざ実行する際には血の凍るような思いをした。元来、ポッターマック氏は優しくて親切な人間なのだ。が、罪悪感はなかった。きわめて不愉快な仕事を、やむにやまれず片づけなければならなかった、と感じているだけだった。

しかし、新しい状況を改めて検討してみたとき、漠然とした不安を覚えた。前もってルーソンを始末する方法を練るのは、必要とはいえ恐ろしいことだったが、平和と安全の代償として受け入れられた。が、安全は手にできただろうか？　たしかに、脅迫者は脅しと金の要求と共に永久に消えた。しかし、井戸の底には――。実際、死んだルーソンは、生きているとき以上に危険な存在となりかねない。なるほど、全ては平穏無事に終わったようにみえる。自分は考えうる限りの用心をしたではないか。が、それでも何か忘れていたら？　何かちょっとしたこと、しかし致命的なことを見落としていたら？　十分考えられる。これまでにもそういう例は多々あったのだ。犯罪の記録、特に殺人の記録は致命的な手抜かりで彩られている。

というわけで、作業場へ向かいながらポッターマック氏はしっかり気を引き締めた。中に入るとすぐ、やり残した作業に取りかかる。まずはオーバーシューズだ。グッタペルカ樹脂の靴底をはがすのは大変だし、そこまでする必要もないだろう。そのため、両方の踵を削り落とし、表面を熱してもとのバラタゴムの底を貼りつけるだけにした。次に、石膏の鋳型と原型を粉々に砕き、バケツに入れて井戸へ投げ捨ててきた。簀の子を戻したとき、ほっとしながらこう考えた。悲劇の目に見える証拠は、これで最後だ。だが、井戸から離れかけたまさにそのとき、そうではないことに気づいた。ふと東屋に目をやると、デカンター、炭酸水の瓶、タンブラーがテーブルの上に置きっぱなしになっている。もちろん、ポッターマック氏以外の人の目には、疑わしいとか異常なものとは映らないだろう。が、グラス類を見たポッターマック氏は、冷水を浴びせられたような気がした。忘れてしまいたい出来事をありありと思い出させる不愉快な品だ、というだけではない。作業で元気を取り戻すにつれて薄れていた不安が再燃したのだ。今、目の前に見落としがあるではないか。取るに足らない些細なことではあるが、完全に忘れていたのは間違いない。ちょっとした見落としだったが、ポッターマック氏は自分の先見の明に対する自信が揺らぐのを感じた。

東屋へ向かう。バケツは外に置き、中に入ってグラスなどの証拠を片づけ始める。戸棚を開け、炭酸水の瓶とデカンターを取り上げ、棚に戻すためにテーブルの後ろに回った。と、足が何か柔らかいものを踏んだ。戸棚の扉を閉め、足下に視線を向ける。その途端、心臓が止まったような気がした。足の下にあるのは上着――しかも、自分の上着ではない。

一時封印された視覚、とでも表現されるような、きわめて奇妙な現象がある。私達は目の前にあるものをちゃんと見ていながら、何か別のことに夢中になっていて気づかないことがあるのだ。映像はきちんと網膜に記録されている。網膜はその記録を脳に送っている。それなのに、何かのきっかけで意識の表面に引き出されるまで、その映像は記憶の底にしまわれたままなのだ。

今、まさしくこの現象がポッターマック氏に起こった。上着が目に入った途端、拳を振り上げ、よろよろと井戸へ後退していく肥満体の映像が目の前に浮かんだ――ワイシャツ姿の映像が。暗かったが、はっきりとその姿は見ていた。ワイシャツが濃灰色だったことまで思い出した。しかし、その瞬間は恐ろしい計画に無我夢中で、たしかに目で見てはいたのだが、細部は認知されずに記憶に埋もれてしまったのだ。

ポッターマック氏はまさに愕然とした。これでもう、二つ目の見落としではないか。おまけに、今回は致命的だ。上着が見つかったときにルーソンの知人でもいれば、独特の生地でかなり派手な柄だから、ほぼ間違いなくルーソンのものと確認されたに違いない。続いて、殺人が露見しただろう。そして発見を妨げるための巧妙な工作は、全て有罪の立派な証拠となったはずだ。

昨夜帰宅したときに感じた自信と安心感は、一瞬にして崩れ去った。明白な証拠を二つも見落としていたではないか。そのうちの一つは致命的な結果を招いたかもしれない。いや、実際には見落としは三つある。捜索隊を自分の家へ導き、犯行を暴露する足跡を、危うく見逃すところだったのだから。まだ他にも、見落としている重要な証拠があるのではないだろうか。大いにありうる。考え抜かれた巧妙な隠蔽工作をしながら、捜査官には一目瞭然の決定的な証拠を残していた殺人犯達。その数多くの記録に、自分が名を連ねる可能性も高いのだ。

ポッターマック氏は拾い上げた上着を軽く丸め、どうしたらよいかと頭をひねった。最初は、とっさに井戸へ放り込んでしまおうと考えた。が、いくつか理由があって、やめることにした。上着は水に浮くはずだから、日時計を設置するとき、石工に見つかってしまうかもしれない。電灯で照らされたりしたら、それこそ危険だ。それに、万一井戸が捜索された場合、脱げた上着があれば事故の可能性を否定することになりかねない。だいたい、上着はゴミ焼却炉で簡単に燃やせるではないか。さらに、ポッターマック氏は上着を丸めたとき、ポケットにかさばったものが入っていることに気づき、ルーソンの話を思い出した。結局、上着は小脇に抱えたまま、バケツを手に作業場へ戻った。

中へ入るとすぐ、ドアに鍵をかけた。この行動は、ポッターマック氏の心理状態をそれとなく物語っている。庭園内には誰もいないし、出入口は二つともちゃんと鍵がかかっていたのに、あえてここでも鍵をかけたのだ。しかも、調査に取りかかる前には、大きな引き出しを開けて鍵を鍵穴に差したままにして、一瞬で上着を隠せるように準備をした。あらゆる用心をした上でようやく作業台の上に上着を広げ、内ポケットを探って革の財布を引っぱり出した。財布はいろいろな書類で膨らんでいた。ほとんどが請求書と手紙だ。しかし、ポッターマック氏はこれらの書類には無関心だった。目を止めたのは一つだけ、さほど厚くない札束だった。確認したところ、全部で二十枚、全て五ポンド紙幣だった。合計百ポンド――ルーソンが搾り取ろうとしていた金額とまったく同じだ。実際、この紙幣はポッターマック氏から巻き上げるまでの立替金だったのだろう。急に返済を迫られて、当座の現金からルーソンが〃借りた〃金なのだ。ポッターマック氏の金で借金を返すか、翌朝この現金の穴を埋めるつもりだったに違いない。

つじつまの合わないやり方だ。ポッターマック氏にはあまり賢明な行為とは思えなかった。しかし、ルーソンの考えなどどうでもいい。肝心なのは、ルーソンの行為がどのような結果につながるかだった。ルーソンが一人で管理していた銀行の小さな出張所で、現在百ポンド分の五ポンド紙幣が不足しているのは、動かしがたい事実だ。この件は今日明日中に必ず明るみに出るに違いない。いや、きっと今日中に発覚するだろう。そうなれば、行方をくらました所長には、警察の追っ手がかかる。

結構、その点は好都合だ。警察は懸命にルーソンを探し出そうとするはずだ。が、探すのは他殺死体ではない。盗んだ金をポケットに入れて、ぴんぴんしている男を追うだろう。このほぼ必然的な成り行きを思い浮かべ、ポッターマック氏はかなり気が楽になった。ルーソンが金を無断借用したことは、もっけの幸いだった。不可解な失踪事件が、これで単純明快な持ち逃げになったのだ。ルーソンの行動は馬鹿げているとしか思えない。もし、ポッターマック氏が金を出せば、〃借金〃そのものが不要になる。もし出さなければ、どのみち〃借金〃を清算することはできないわけだ。しかし、賢愚はさておき、ルーソンはそのように行動した。その結果、恐喝の餌食に最初で最後の恩恵を施すことになったのだ。

ポッターマック氏は調べ終えた紙幣を財布に戻し、もとどおりポケットにしまった。上着は丸めて引き出しに入れ、鍵をかけた。ゴミ焼却炉で灰にするのは、しばらく様子をみてからでいいだろう。燃やすことなどないかもしれない。紙幣を発見したことで、ポッターマック氏は大いに自信を取り戻していた。心の中では既にある考えが——今のところ、曖昧でとりとめがないが——まとまり始めていた。あの紙幣、そしておそらく上着も、いずれまた何かの役に立つかもしれない。

仕事は終わり、前夜の出来事の最後の痕跡も消えた——と、ポッターマック氏は願った。そろそろいつもの自分に戻って、普段と変わらない様子をミセス・ギャドビーに見せておくべきだろう。そう考えたポッターマック氏は、リュック、昆虫の標本台、その他必要な道具を少しばかり持って、家へ戻った。食堂に入ってテーブルの窓側に座り、昨夜捕まえた蛾を標本に仕立てる。成果は貧弱で、腹が立つほど同じ種類ばかりだった。しかし、どれも公平に——破損しているものまで——標本台にピンで留めていく。問題は数で、質ではない。ミセス・ギャドビーが昼食の支度をしに来たときに納得すれば、それでいいのだ。そういうわけで、ポッターマック氏は一見標本作りに夢中になっているような顔で、事務的に作業をこなしていった。が、その間もずっと心をかき乱す疑問が、まがまがしい繰り返し文句のように、消えては浮かんできた。まだ見落としたことはないだろうか？　自分の目には留まらなくても、他人の目には怪しいと映るようなことは？

その日の午後、ポッターマック氏はギャレット氏の仕事場へ顔を出し、日時計を移設する準備が順調かどうかを確認することにした。作業が遅れていないことを心から願った。日時計が置かれたからといって、今より安全になるわけではないのだが、設置が終わればこの忌まわしい出来事も封印されるという、理屈では割り切れない思いを抱いていたのだ。そもそも、あの不吉な黒い穴を、永遠に視界から消し去りたくてたまらなかった。そのため、ギャレット氏が二人の男達と一緒に、一目で日時計の設置に使用するとわかる資材を背の低い荷車に積んでいるのを見たとき、ポッターマック氏は大いに胸をなで下ろした。

愛想のいい石工が笑顔で会釈した。「準備はばっちりだよ、ポッターマックさん」石工はカンバスにくるまれている柱つきの日時計を指さし、横向きに立ててある石板の一枚を叩いた。「今日組み立てちまってもいいくらいだが、ちょっと遅くなったし、ここでやんなきゃならない仕事が、一つ二つ残ってるんでね。だけど、明日の朝九時には持っていくよ。それでいいかい？」

非常に助かるとポッターマック氏は答え、つけ加えた。「横の通用口から運び込んでもらわなきゃならないな。場所はわかるかい？」

「さあ、どうかな」ギャレットが答えた。「だけど、正面の玄関まで行くから、それからどこへ持っていったらいいのか教えてくれよ」

ポッターマック氏は承知し、二人はぶらぶらと出入口へ向かった。そこでギャレット氏は足を止め、用心深く左右を見回し、こう切り出した。本人としてはささやいているつもりらしい。

「町じゃ妙な噂があるんだ。聞いたかい?」

「いや」ポッターマック氏は言った。先が聞きたくてたまらなかった。「どんな話だね?」

「パーキンズ銀行の出張所の所長が逃げたんだってさ。みんながそう噂してる。たしかに、何かあったんだ。今朝、小切手を払い込みに行ったら、出張所が閉まってて。いやあ、参ったよ。うちはあそこに口座があるから。で、ベルを押したら管理人が出てきて、ルーソン所長は今日出勤できない、後で誰か来て所長が戻るまで代わりをするって言うんだ。そのとおりだったよ。二時間後くらいに行ったら、銀行は開いてて普段どおり営業してた。カウンターにいたのは、若い男だったけど、他に年寄りの偉そうなやつもいて——油断も隙もなさそうな顔をしてた——いろいろ調べたり、帳簿に記入したり、引き出しや戸棚を覗き込んでたんだ。ちょっとおかしいだろう、ええ?」

「たしかに妙だな」ポッターマック氏は相づちを打った。「通常の営業時間に銀行が開いていなかったということは、そのルーシャムさんが——」

「ルーソンだよ」ギャレット氏が訂正する。

「そうだ、ルーソンさんだ。その人が無断欠勤したんじゃないか? 所長らしからぬ勤務態度だな」

「ああ」ギャレット氏が言う。「住み込みだからね、なおさら変だよ」

「住み込みだって!」ポッターマック氏は大声をあげた。「そりゃおかしいな。まったく妙な話だ」

「すごく妙な話さ」ギャレット氏が言い直す。「姿をくらましたみたいだ。もし、そうなら、ポケットが空ってことはないだろうな」

ポッターマック氏はまじめな顔で首を振った。「いやいや」と強調する。「疑いをかけるのはまだ早い。どこかで足留めされているのかもしれないよ。昨日は出勤していたのかい？」

「そうなんだ。昨日の宵の口に、町で見かけたやつがいたんだよ。郵便配達夫のキーリングじいさんさ。七時半過ぎにやつを見て、お休みって声をかけたんだ。ルーソンはポッターの森を通る小道に曲がっていったって話だよ」

「だとしたら」ポッターマック氏が続けた。「森の中で迷ったのかもしれないな。それとも病気になったか。はっきりしたことはわからないよ。急いで結論に飛びつかない方がいい」

その言葉をしおに、ポッターマック氏は如才なく会釈をして石工の仕事場を出ていき、あれこれ思案しながら家へ向かった。予想よりも早い展開だが、事態は自分の思惑どおりの方向へと進んでいる。それにしても、自分が破滅の瀬戸際にいたことを思い知らされ、軽い戦慄を覚えた。たまたま月光が庭の足跡を照らし出さなければ、外で犯罪を訴えている足跡も見過ごしていたはずなのだ。ポッターマック氏は不安に苛まれながら、何か他に見落としはないかと、再度自問した。森の方へ散歩をして、もう捜索されたかどうかを、確かめたくてたまらなかった。ギャレット氏によれば、ルーソンが歩いていった方向、通り道まで既に判明しているらしいではないか。しかし、自己防衛本能はあくまで第三者的な立場を守り、深入りを避けろと命じていた。結局、ポッターマック氏はまっすぐ自宅へ戻った。さすがに落ち着いて読書もできないため、作業場へ行って、のみや鉋《かんな》の刃を研ぐなどの有意義な仕事をこなし、その日の残りを潰した。

約束どおり、ギャレット氏は翌朝ほぼ九時きっかりに現れた。ポッターマック氏自身が玄関を開け、そのまま家から果樹園に出て、壁つきの庭園へと案内した。入口の扉を開け、石工を通したとき、どことなく不安を感じないではなかった。なんといっても、あの運命の夜以来、庭が自分以外の人間の目に触れるのは初めてなのだ。たしかに、朝早く念入りに点検し、見られてまずいものが何一つないことはよく確認してある。それでもやはり、石工を中に入れたときにははっきりと胸騒ぎを感じ、井戸へ導いたときにはさらに不安が募った。

「じゃあ、日時計はここに置くつもりなんだね?」ギャレット氏は井戸の縁に足をかけ、思案顔で覗き込んだ。「立派な井戸じゃないか、ふさぐのは惜しい気がするね。それに水だってたっぷりあるんだろ?」

「ああ」ポッターマック氏は答えた。「たっぷりある。ただし、ずっと下なんだ」

「そうらしいね」ギャレット氏が相づちを打つ。「つるべを引き上げるのが大変か」こう言いながら、ギャレット氏はポケットを探って畳んだ新聞を、別のポケットからマッチ箱を取り出した。のんびりと新聞紙を破り取り、マッチを擦って紙の端に火をつけて井戸へ落とし、首を伸ばして様子をみている。ポッターマック氏も心臓が口から飛び出しそうな思いで首を伸ばし、固唾をのんで見守った。燃える紙片がぬるぬるした井戸の内壁を照らしてゆっくり落ちていき、光は下に行くにつれ、小さくかすかになっていった。井戸の底では、さらに小さくかすかな光が出迎えるように反射している。ようやく二つの光が一つになったと思った瞬間、火は消えた。ポッターマック氏は再び息をついた。上着を捨てなくて、本当によかった！

「ちょっと土を盛らなきゃならないな」ギャレット氏は言った。「そこに石板を載せよう。井戸の縁の煉瓦に直接載せると、しばらくしたら傾くかもしれないからな。手頃な鋤があるなら、今二人で片づけちまおうか。何しろ横の入口はしばらく使えないんでね。地面の写真を撮ってるやつがいるんだ」

「地面の！」ポッターマック氏は息をのんだ。

「そうなんだ。小道の写真だよ。足跡があるらしくて――別に写真に撮らなくてもはっきり見えると俺は思うんだけどね。そう、足跡を撮ってるのさ」

「でも、なんのために？」ポッターマック氏が尋ねる。

「さてね」ギャレット氏は答えた。「そいつはわからないな。けど、きっとこうだよ。警部が見張ってたんだ、にやにや笑っていたけど。だから、この間話した、例の銀行の所長と何か関係があるんだろう」

「ああ、ルイスさんだな？」

「ルーソンだよ。その後なんの連絡もないし、水曜の夜にはそこの小道を歩いてるところを見られてる。おっと、この入口の前を通り過ぎたってことじゃないか」

「おやおや！」ポッターマック氏は声をあげた。「それで、その人が急に姿を消したわけは？その、何か理由でも？」

「いや、わからないね」ギャレット氏が説明した。「はっきりしたことはわからないんだよ。もちろん、銀行の連中は口が堅いしな。だけど、町じゃ金がなくなってるって噂だったよ。ま、そう考えるのが普通だけど、まるっきりでたらめかもしれない。さて、鋤はどうなったっけ。他のやつも呼ぶかい、それとも二人でできるかな？」

ポッターマック氏は二人でできると判断した。鋤を二つ持ってきて、ギャレット氏の指示に従って、石板を載せるために少々盛り土をした。数分間作業した結果、石工は満足し、後は日時計の設置を待つばかりとなった。

「写真は終わったかな？」ギャレット氏が言った。「ちょっと覗いてみようか？」

ポッターマック氏は覗きたくてうずうずしていたのだが、超人的な努力で好奇心を押さえ続けていた。今も、つまらなさそうに通用口へ向かい、扉を開けて先に石工を通した。

「いるいる」ギャレット氏は言った。「驚いたな、一通り全部撮るつもりらしいぞ。そんなことをして、なんになるのかな？　いなくなったやつの足は、二本しかなかったろうに」

戸口から顔を出したポッターマック氏は、人のいい石工に負けず劣らず驚いた。ただし、石工のように無邪気に好奇心を刺激されたわけではない。逆に、目の前の光景に胸の奥が不安でざわめいた。小道の少し上手《かみて》に、眼鏡をかけた知的でまじめそうな顔の若者がいて、大きめの箱形カメラの三脚を立てている。自在に曲がるアームで三脚につながっているカメラは、レンズが地面を向いていた。若者はケーブルレリーズでシャッターを切ると、紙ばさみを広げ、畳んだ地図のようなものに印かメモを書き込んだ。そしてカメラのレバーをひねり、三脚ごと持ち上げてそそくさと二、三十ヤード歩き、立ち止まった。また三脚を置き、同じ作業を繰り返す。実際、かなり突飛な行動だった。

「さて」ギャレット氏が言った。「いずれにしろ、ここは終わったみたいだから、仕事に取りかかってもいいだろう。ひとっ走り荷車を呼びに行ってくるよ」

石工はのんびり家の正面の道路へ歩いていった。一人残されたポッターマック氏は、再度若者を観察した。この謎めいた人物の行動に、ポッターマック氏は大いに頭を悩ませた。二十フィートごとに、特にはっきりした足跡を厳選して撮影しているのは間違いない。しかし、なんのために？　一、二枚写真を撮るならわかる。大雨で流されてしまう恐れのある足跡、どっちみち遠からず消えてしまう足跡を記録に残そうというのだろう。しかし、百枚以上もの写真を連続して撮影するなど、常識的には無意味だ。それでも、このまじめそうな若者がちゃんとした目的もなしに、わざわざこんな手間をかけるとは思えない。では、その目的とは？

ポッターマック氏は途方に暮れた。そればかりか、少なからず動揺した。これまでのところ、ポッターマック氏が主に気にしていたのは、足跡が発見されずじまいになることだった。その場合、ポッターマック氏の努力は水の泡で、捜査の目を自宅周辺から遠く離れた特定不能な目的地へと逸らす、あの貴重な足跡はなくなってしまっただろう。まあ、その心配はもうなくなった。足跡は発見され、ルーソンのものと確認された。が、それだけでなく綿密な調査もされるようだ。これは予想外だった。偽造の足跡は、警察か捜索隊の道しるべ程度のつもりだったのだ。それならば申し分のない出来だった。しかし、写真ではどのようにみえるのだろうか。ポッターマック氏は肉眼では見えないものをはっきりとらえる、写真の驚くべき力を知っていた。この偽造した足跡にはそんなものがあるのだろうか？　想像もつかない。が、それならなぜこの若者はあんなにたくさん写真を撮るのだろう？　誰も知らない真相を知っているポッターマック氏は、理由のない恐怖を拭いきれなかった。自分の計略は既に看破された、いや、少なくとも疑いを持たれているのではないか？

荷車が到着し、ポッターマック氏ははっと我に返った。いったん停止した荷車が、通用口に向かって後退してくる。まず、厚い板材が何枚か下ろされ、より大きな石板をころに載せて盛り土の横まで移動させる準備をした。ポッターマック氏はそわそわと不安げに作業を見守っていたが、内心では盛り土の表面を水準器を使って何度も何度も手直しする仕事熱心な石工を呪っていた。ようやく、ギャレット氏が納得した。大きな石板は、盛り土の横に運ばれて微調整された後、ついにゆっくりと下ろされていった。石板が最後の一インチのところから鈍い音と共に落下したとき、ポッターマック氏は大きなため息をついた。あの石板よりもはるかに大きな重石が、心から取り除かれたような気分だった。

その後の作業の間、ポッターマック氏は作業にさも気を配っているような顔をしていたが、実際はどうでもいいと思っていた。ポッターマック氏にとって重要だったのは、あの大きな石板だった。これでぱっくり口を開けた忌まわしい黒い穴は視界から消えた、望みどおり永遠に。その他のことは単なるおまけの些事《さじ》にすぎない。が、まさかこんな思いを顔に出すわけにもいかず、ポッターマック氏はいかにも真剣そうな態度をとり、特に上の石板の中央に日時計を設置するときには、あれこれ注文をつけた。

「さて」ギャレット氏は印をつけた石板の中央に薄くモルタルを塗り広げた。「柱の台座はどうする？　石板と向きを揃えるかい、斜めにするかい？」

「ああ、平行にしてくれないか」ポッターマック氏は答えた。「それに〝希望〟という言葉が東に来るようにしてほしい。そうすれば〝平穏〟が西に来るはずだから」

ギャレット氏は納得できないようだった。「正確な時刻を示すつもりなら、やめた方がいい。文字盤を鉛の台から外して、きちんとした時刻になるように固定し直さなきゃならなくなる。まあ、それは後回しだ。今は台座の話だった」

「君の言うとおりなんだがね」ポッターマック氏は答えた。「私はあの格言の意味を考えていたんだよ。あれはおそらく設置の目印だと思う」ここで、格言の重要性を説明した。

「そうかい」ギャレット氏は言った。「学者ってのはたいしたもんだな。たしかに旦那の言うとおりのようだ。苔のつきかたからみて、ここの〝日の出に〟が北だ。だから、またここを北に向ければ、だいたいいいところかな。もし、十五分くらい時間がずれても構わないんならね」

そういうわけで、柱を石板の中心に細心の注意を払って設置する段階を迎えた。石板が水平かどうかの確認がされ、多少細かい手直しがあった。それから、柱は錘重《すいじゅう》を使ってあらゆる方向から角度を確かめられ、寸分の狂いもなく垂直に立てられた。

「どうだい、ポッターマックさん」ギャレット氏はモルタルの目地に仕上げをして下がり、全体の具合を眺めた。「モルタルが固まるまでいじっちゃだめだ。その後はまた、百年や二百年びくともしないさ。周りの芝生を直して、花をちょっと植えてやれば、庭は見違えるほど立派になるよ」

「そうだな」ポッターマック氏は賛成した。「すばらしい出来映えだよ、ギャレットさん。本当にありがとう。芝生を張って花壇ができたら、ぜひ一度見に来てくれ」

自分の仕事ぶりをほめられた石工は、嬉しそうに丁寧な礼を述べ、道具類を片づけて助手達と一緒に帰っていった。ポッターマック氏は小道まで見送り、戻っていく荷車が自分の苦心の結晶である足跡を消していくのを眺めた。荷車が見えなくなると、ポッターマック氏はカメラマンが去った方向へぶらぶらと歩いていった。無意識のうちに端を歩き、奇妙な自己満足を感じながら、グッタペルカ樹脂の足跡が驚くほど鮮明なのを確認する。謎めいたカメラマンの姿はもうなかったが、彼もまた小道に跡を残していた。その跡を、ポッターマック氏は好奇心と不安の交錯する目で観察した。どの足跡が撮影されたかは、三脚の跡で一目瞭然だ。とりわけくっきりした完全な形の足跡が厳選されているのは間違いない。最初にギャレット氏と通用口から顔を出したとき、三脚は真向かいに設置されていた。三脚の跡が囲んでいるのは、特に鮮やかな足跡、ポッターマック氏がきれいにならした小道に横向きに踏み出したときの足跡だった。

以上の事実を反芻しながら、ポッターマック氏はゆっくり通用口に引き返し、中へ入って後ろ手に扉を閉めた。こんなに手間のかかる撮影をして、カメラマンの目的はいったいなんだったのだろう？　撮影を指示したのは誰だろうか？　肉眼では見えないが写真では明らかになるもの、それはいったいどういうものだろう？　不安に苛まれながらこれらの疑問を繰り返し問いかけるが、答えは見つからない。と、日時計が目に入った。巨大な土台の上にびくともせずに立っている。唯一目に見える形で残った過去の名残を下敷きにし、秘密が永遠に人目に触れないよう守っている。この光景を見て、ポッターマック氏は心が安らいだ。なんとか不安を振り払い、新たな勇気を奮い起こす。結局、何を恐れる必要があるのだ？　肉眼で見えないのに、写真が何を示せるのだ？　何もない。あるはずがない。たしかに、足跡は一種の偽造だ。しかし、筆跡の偽造とはわけが違う。あれは機械的な複製、つまり細部に至るまで本物と同じなのだ。実際、あれはルーソンの足跡そのもので、たまたま靴を履いていたのが別人だっただけだ。そうとも。何も発見できるわけがない。そもそも発見するものが存在しないのだから。

ポッターマック氏は落ち着きと自信を取り戻し、東屋へ行って腰を下ろした。庭を眺め、小さな島のような石の土台がエメラルド色の芝生に囲まれたときの光景に想像を巡らせる。座っている場所から、日時計の柱頭の側面が二つ見えた。〝日没には平穏を〟。ポッターマック氏は格言を自分に言い聞かせ、新たな自信と生きていく勇気を得ようとした。どうしてそうなってはいけないんだ？　若き日の希望を粉々にした幾多の嵐は、もう去ったのだ。最初にポッターマック氏を裏切り、次には汗水垂らして手に入れた幸福と平穏を打ち砕くと脅した悪魔。ポッターマック氏を奈落の底へ突き落とし、なんとか浮かび上がってきたときにはつきまとって離れなかった吸血鬼。全ての災いの源であった憎むべき相手は永遠に消え、もう二度とポッターマック氏を悩ませることはない。

それなのになぜ、ポッターマック氏の人生の秋が、平和と静けさに満ちた幸せな小春日和であってはいけないのだろう？　なぜ？

第五章　ソーンダイク博士、奇妙な話を聞く

「ではこれで」ストーカー氏は使い古したアタッシェケースを取り上げ、膝の上で開けた。「用件は片づきましたから、博士を解放してさしあげるとしますか」

『解放』ではなく『追放』でしょう」ソーンダイクは言い直した。「本当にお帰りにならなければならない、という意味でしたらね」

「これはどうも」ストーカーは答え、書類の束をアタッシェケースに詰め込んだ。「そうそう。うっかりしていましたが、この他にもちょっとした別件がありました。甥のハロルドからの預かりものが。ハロルドについては話したことがありましたね——私の妹の息子ですが？」

「発明の才能があるんでしたね？　ええ、覚えていますよ」

「そのハロルドから、これをお渡ししてくれと頼まれましてね。博士が興味を持たれるのではないかと」

ストーカーはアタッシェケースから平たい円盤、きつく巻いた紙テープそっくりのものを取り出した。ほどけないようゴムで留めてある。受け取ったソーンダイクは数インチ引き出してちらっと眺め、とまどったような笑顔になった。

「これはなんですか?」ソーンダイクは尋ねた。

「説明しましょう」ストーカーが言った。「実はですね、ハロルドは記録用カメラを発明したのですよ。小さな写真を連続で撮り、順番を間違えないようにそれぞれ通し番号もつけられる、という代物をね。箱形カメラで、映画撮影用のかなり長い五百コマくらいのフィルムを使用します。おまけにそのカメラはネガに番号をつけるだけでなく、外づけされた小さなダイヤルで番号も感光させる仕組みでして。いや、ときと場合によっては結構なカメラなんでしょうね。あいにく、私にはその肝心のときと場合に、今のところ心あたりがありませんが」

「私の方では、少々心あたりがありますよ」ソーンダイクは応じた。「機会に恵まれれば、すばらしい武器になるでしょう。しかし、この写真はいったいなんです?」

「ごらんのとおり、足跡の連続写真ですよ。田舎の銀行から金を持ち逃げして、行方をくらました男の足跡でして」

「ですが、なぜハロルド君はこんなにたくさん撮ったんですか? このリボン状の写真は二百コマ近くあるはずですよ」

ストーカーはくすくす笑った。「その点は」と説明をつけ加える。「深く追及する必要はないでしょう。ハロルドは番号入りの連続写真を撮るカメラを作ったわけですが、一度も試してみる機会がなくてね。そんなとき、目の前に正真正銘の窃盗犯の足跡が小道に続いていたわけです。で、カメラの威力を見せつける機会だとばかりに、飛びついたんですな。この写真は、博士のような専門家には重要な手がかりを与える可能性があるはずだ、と言い張っていました。むろん建前ですよ、建前。新しいカメラを試したかっただけでしょう。ただ、かなり真剣に取り組んだようでしてね。二千五百分の一縮尺の陸地測量図を持参して、一コマ撮影するたびに足跡の正確な位置を書き込んでいます。だいたい二十ヤードごとに一枚の割ですね。ま、地図を見ればわかるでしょう。ここに三枚ありますから。余計なお世話だとは思いますが、その気になれば写真と併せて調べられるように、これも一緒にお渡ししてくれと頼まれまして。もちろん、写真が山ほどあるからといって、意味なんてありませんよ。一枚か二枚で、情報は全て出尽くしてしまうでしょうから」

「そうとも限りませんよ」ソーンダイクは異議を唱えた。「この事件に関するハロルド君のカメラの実用性は、まったく未知数といわざるをえません。単純に足跡を特定するだけでしたら、一、二枚で十分でしょう。しかし、ある男が実際にある特定の道を通ったという証明が、事件の鍵になることもあるのです。特に、時間的要因もはっきりしている場合には」

「この事件では、はっきりしているようですね。しかし、問題の男がその時刻にその小道を歩いていったことはもうわかっているのです。だから、ハロルドの労作も単なる骨折り損のくたびれもうけですよ。問題は、その男がどの道を通ったかではなく、今どこにいるか、でしょう？もっとも、たいした問題ではありません。現在把握している限り、持ち逃げされたのはたったの百ポンドでしてね。銀行も血眼になって行方を探しているわけではないのです。ま、私も似たり寄ったりですが、どうも引っかかる点がありまして。この事件には少々妙なところがあるんですよ。博士に調査を依頼する余裕がなかったのが、残念でなりません」

「私などよりご自分で調査された方がよろしいでしょうに」ソーンダイクは答えた。「銀行業務は私の専門とはいえませんので」

「いえいえ、銀行業務の問題ではありません」ストーカーが訂正した。「その点については、私どもの会計士に任せておけばいいのです。ただ、他にちょっと妙な点があって、そのうちの一つが少し気になるのですよ。別の事件で、正義が誤って行使されたのではないかという気がしまして。ですが、余計なおしゃべりで博士のお時間を潰してはいけませんね」

「とんでもない」ソーンダイクは反対した。「もし、奇妙な事件を抱えていらっしゃるのなら、ぜひ聞かせてください。私の仕事は、奇妙な事件を扱うことですからね」

「長い話になりますし」口では渋っているものの、ストーカーは話したくてうずうずしているらしい。

「かえって好都合ではありませんか」ソーンダイクは言った。「ワインを一本、楽しめるというものですよ」

ソーンダイクは部屋を出ていき、やがて辛口赤ワインのシャンベルタンの瓶と、グラスを二つ用意して戻ってきた。グラスを満たし、メモ用紙を準備したソーンダイクは、安楽椅子に戻り、くつろいで話を聞く体勢になった。

「まず」ストーカーは口を切った。「今回起こった事件を詳しく説明した方がよいでしょう。金を持ち逃げしたのは、ジェイムズ・ルーソンという男で、ボーリーにあるパーキンズ銀行の小さな出張所の所長です。ルーソンは店舗に住み込んで一人で出張所を管理し、家事は管理人の妻に頼んでいました。出張所は将来の足がかりになればと開設されたごく小規模なもので――ボーリーで銀行といえば、ミューズ銀行なんですよ――一人でも十分間に合いました。で、先週の水曜までは万事うまくいっていたのです。その日、ルーソンは午後七時十五分頃外出しました。裏口を出ていくところを見た管理人は、酔っているんじゃないかと思い、無事に戻るのを十二時過ぎまで待っていたそうです。ですが、ルーソンは帰りませんでした。朝になっても戻らなかったため、管理人が本社に電報で連絡したのです。

その電報が届いたとき、私もたまたま本社に居合わせましてね。まだ取締役会に名を連ねている関係で、多少の仕事はしているのです。それで、ベテランのジューズベリーを派遣して事態や帳簿類の確認をさせ、通常業務を受け持つ若い行員を一人つけてやるように手配しました。手が空いているのはハロルドだけでしたので、ハロルドが同行したのです。むろん、ハロルドは喜んでいましたよ。カメラを試す機会がありそうだと思ったんですな。で、ハロルドはカメラをトランクに入れ、連続写真を撮る必要があるものを見つけてやろうと、わくわくしながら出かけていったのです。

到着してすぐ、ジューズベリーは現金の一部が紛失していることを発見しました――イングランド銀行の五ポンド札で百ポンド分でした」

「鍵は?」ソーンダイクが口を挟んだ。

「金庫の鍵もなくなっていました。しかし、それは予測できましたので、ジューズベリーはマスター・キーを持っていったのですよ。他の鍵は金庫内にありました。

さて、盗難を発見するとジューズベリーはすぐさま管理人と事情を訊きに来ていた警部と話し合いました。管理人や律儀な田舎の巡査部長の話では、しばらく前からルーソンの生活は乱れていたそうです。要するに、飲んだくれていたんですな。しかし、その点はまあいいでしょう。警部によると、ルーソンは七時半頃、つまり銀行を出てから十五分も経たないうちに、郊外を抜けてロンドン街道へ出る小道に入るところを目撃されていたのです。警部がその小道を調べたところ、特徴のあるきわめて鮮明な足跡が見つかり、ルーソンのものと確認がとれました。普段ルーソンの靴の手入れをしていた管理人の証言にぴったりなだけでなく、ルーソンが出ていった裏口近くの庭にも、一つ、二つ、はっきりした足跡が残っていましたからね。それで、警部は小道にとって返し、足跡を追って郊外へ向かいました。森や荒れ地を通って、最終的にはルーソンが小道を逸れてヒースの荒れ地に入った場所に行き着いたのです。もちろん、足跡はそこできれいに消えてしまいました。警部はあきらめず、間道、ロンドン街道と追跡しましたが、足跡は見つからずじまいでした。小道からヒースの荒れ地へ踏み込んだところで、ジェイムズ・ルーソンは煙のように消えてしまったのです」

「鉄道の駅はどこに?」ソーンダイクが質問した。

「町の中心部です。ロンドン街道の近くにも小さな支線の駅がありますが、ルーソンがそこへ行かなかったことはたしかです。その晩、乗降客は一人もいませんでしたから。ルーソンはロンドン街道を歩いていったに違いありません。

さて、足跡のことを小耳に挟んだ途端、ハロルドは絶好の機会だと独り決めしました。足跡はすぐに踏み消されるか、雨で流されてしまう。永久に残る形で記録しておくべきだ。ハロルドはそう考えたんですね」

「もっともな考えですよ」ソーンダイクは認めた。

「たしかに。しかし、だからといって写真は二百枚もいらないでしょう」

「それはそうです」ソーンダイクも同意した。「ただ、絶対に不必要だとは言い切れませんよ。いずれにしろ、証拠が不足しているよりは、有り余っている方がよほどましです」

「まあ、ハロルドもそう考えたのです、いや、そう考えたふりをしたのかもしれませんね。ともかく、ハロルドは急いで郵便局へ行き、現場付近の大縮尺の測量図を手に入れました。そして翌日の朝、出張所はジューズベリーに頼んで、撮影に出かけたのです。最初に裏庭にあった一組の足跡を撮影し——一番と二番の写真です——地図に印をつけました。それから小道へ出かけ、およそ二十ヤードごとにとりわけ鮮明な足跡を選んで撮影し、正確な撮影位置を番号で地図に書き込んでいったのです。ハロルドは足跡をたどって郊外へ向かい、森や荒れ地を抜け、いわゆる消点へ到達しました。一九七番が、ルーソンがヒースの荒れ地に踏み込む前に残した最後の足跡です。

ハロルドや写真のことは、これくらいにしましょう。次は、今回の事件の奇妙な点をお話ししますね。まず、奪われた金の総額です。百ポンドですよ！　正気の男、それも年に六百ポンドの給料をもらっている男が、そんな金額を持ち逃げするなんて考えられますか？　たった二ヶ月分の給料じゃありませんか、馬鹿馬鹿しい。それに、なぜ百ポンドだけなんです？　どうせなら、有り金全部持っていけばいいのに。わけがわかりませんね。おまけに、数日後には月給が出る予定だったんですよ。なぜそれまで待たなかったんでしょう？

まあ、説明がつかなくもないのです。ただ、その説明で謎が解明されるどころか、かえってこんがらかってしまう始末でね。いや、ジューズベリーが支店に着いたその日、夜の配達でルーソン宛に一通の手紙が届いたのです。事情が事情ですから、ジューズベリーは開封しても差し支えないと判断しました。こんな内容です。

ルーソン様

貴殿もご承知のとおり、昨夜が支払いの期日でした。約束を反故にして、連絡もよこさないのであれば、この際はっきりさせておきましょう。こちらも黙って待つわけにはいきません。四十八時間以内に全額（九十七ポンド十三シリング四ペンス）の支払いがない場合、やむをえず双方にとって不愉快な手段に訴えますので、そのおつもりで。

ルイス・ベイトマン

そうです、この手紙でわずか百ポンドという金額の説明はついたようです。ルーソンは支払いを迫られた金を工面できず、定期監査までには穴埋めできると踏んで、百ポンドだけ手をつけたのでしょう。ですが、だったらなぜベイトマンに払わなかったんでしょう？　なぜ逃げたんでしょう？　手紙で余計に謎が深まっただけです」

「支払いに応じる金がなかったのは、間違いありませんか?」

「そういってもいいでしょう。ルーソン本人の当座預金口座の残高は三十シリング程度ですし、普通預金口座はありません。ジューズベリーが口座を調べた結果、ルーソンは給料をほぼ使い果たしていて、月末には借り越しになっていたことも珍しくなかったのです。

しかし、この手紙で新たに奇妙な点が浮かびました。ジューズベリーが警部に尋ねたところ、このベイトマンという男はムーアゲート・ストリートの闇ブローカー会社の社員だとわかったのです。住まいはボーリーで、ルーソンとは割と親しかったようです。そこで、ジューズベリーと警部が訪ねていって問い詰めると、ベイトマンは自分の会社とルーソンの取引の内容を白状しました。その話によれば、ルーソンは札付きの〝相場師〟だったのです。投機に手を出したものの結果はさんざん、おまけにさっさと切り上げればいいものを、取引を継続してさらに傷を広げるのがお決まりだったようで。その結果、大金をすることもあり、特にここ数ヶ月は大変な損をしていました。もちろん、ボーリーに帳簿はありませんでしたが、ルーソンがここ十二ヶ月間で六百ポンド以上すったことをベイトマンは認めましたし、たまたま競馬にも大金をつぎ込んで負けたことまで知っていたのです。

しかし、ルーソンはどこでそんな金を手に入れていたのでしょう? 口座を見る限り、給料以外に収入はありません。借り方も、ごく普通の生活費だけのようです。小切手はかなり振り出していますから、賭け事の損はなんとかなったかもしれません。が、闇ブローカーを通じてあけた大穴は、まるで説明がつかないのです」

「つまり、ブローカーへの支払いは小切手ではなかったのですね?」

「そうなんです。いつも紙幣――五ポンド紙幣――でしてね。別に不自然な話ではありませんよ。銀行の責任者ですからね、闇ブローカーとの取引は当然秘密にしておきたかったでしょう。さて、おかしな点はだいたいこんなところです。ルーソンは金遣いが荒かったにせよ、全収入をごく普通に使っていたわけです。が、さらに六百ポンド以上の金をすっています。では、その六百ポンドはどこで手に入れたのでしょうか?」

「外部から入ってきていないのはたしかなんですね?」ソーンダイクが訊いた。

「入ってきたとしか考えられません。しかし、口座の貸し方には一切記録がないのですから、現金で受け取っていたはずです。金額が金額だけに、およそ非常識な話ですよ。ルーソンがなんらかの横領を働いていたに違いないと、ジューズベリーは頭から決めつけていますし、私としてもそれ以外の説明は考えられません。が、仮にそうであったなら、横領の手口は信じられないほど巧妙だったんですな。ジューズベリーは横領の疑いがあると睨んだ上で、徹底的に帳簿を調べました。それでも、一切ごまかされた形跡はないのです。お断りしておきますが、ジューズベリーは頭の切れる、一流の会計士ですよ。とまあ、こんな具合の、なんともすっきりしない話で」

ストーカー氏は言葉を切り、ソーンダイクが注ぎ直したばかりのワインを一口飲んで考え込んだ。ソーンダイクは続きを待ちながらしばらく客を眺めていたが、ついにこう促した。

「先ほど正義が誤って行使された、という話が出ましたが」

「たしかに」ストーカーは答えた。「ですが、それは別件でして――いや、残念ながら、私には今回の事件と関わりがあるような気がしてきたのですがね。まあ、ご自身で判断してください。ぜひ、ご意見を伺いたいので。さて、十五年ほど前の話です。私はグリフィン社を引き継ぐ前で、パーキンズ銀行のコーンヒル支店の副支店長でした。当時、かなり長期間、銀行で小切手の偽造が行われていたことが発覚したのです。非常に巧妙かつ抜け目のない手口で、どの客の口座を狙えば安全かをちゃんと心得ているものの仕業でした。結果、大量の持参人払いの小切手が偽造され、窓口で現金化されていたのです。さらにその現金化の手続きはほとんど全て一人の窓口係、ジェフリー・ブランドンという若者が行ったことが判明しました。さて、偽造事件が発覚すると、直ちに全行員を集めて所持品の検査を行うことが――銀行内部の犯行なのは、ほぼ確実でしたから――決定されました。検査が行われたのは翌日の朝です。全員が出勤するのを待ち、店を開ける前にホールに集合させ、ことの次第を説明したのです。行員達は全員、こちらから要求する前に進んで身体検査を申し出ました。そこで、立ち会いの刑事が一人一人順番に調べたのですが、何も出てきませんでした。次に、刑事が制服の上着を調べようと言い出しました。ほとんどの行員が使用しているもので、休憩室にかけてあります。それを刑事と玄関番が取ってきて、所有者の立ち会いのもとに改めるべきだと言うのです。この提案も受け入れられました。行員がそれぞれ自分の上着を確認し、刑事が本人の目の前で調べました。何も出てこないまま終わりが近づき、ジェフリー・ブランドンの番を迎え、本人が上着を確認しました。で、刑事が内ポケットを探ったところ、紙入れが出てきました。開けて中身を出してみたら、奥の仕切りから三枚の持参人払いの小切手が見つかったのです。全て別々の――おそらく架空の――人物宛で、受取人の裏書きには、それぞれまるで違う筆跡のサインがありました。

　これらの小切手を突きつけられて、ブランドンは愕然としました。紙入れが自分のものだとは認めたものの、小切手には見覚えがない、上着は休憩室にかけっぱなしだったので、誰かが、おそらく偽造犯が、こっそり入れたに違いないと言い張るのです。もちろん、この主張は認められませんでした。管理職以外は小切手の偽造が発見されたことすら、知らないのですから――いや、少なくとも、当時の私達はそう信じていました。そして、身体検査は抜き打ちでした。さらに、偽造小切手のほとんどが、ブランドンの窓口で現金化されたという事実もあります。もうどうにもなりません。小切手の振出人とされている人々に電報もしくは電話で連絡をとるまで、ブランドンは銀行内で軟禁されることになりました。そして、最終的に全ての振出人が小切手の振り出しを否定した結果、ブランドンは逮捕され、治安判事裁判所に告発されました。むろん、その後刑事裁判にかけられたのです。中央刑事裁判所《オールド・ベイリー》の被告席に立ったブランドンの言い分は、小切手については何も知らない、誰かが自分に罪を着せるために上着のポケットに入れたのだとの一点張りでした。あまり説得力のある弁明とはいえません。陪審員が認めなかったのも、当然といえば当然でしょう」

「そうはいっても」ソーンダイクが口を挟んだ。「仮にその男が無実なら、それしか弁明のしようがなかったはずです。実際、その証言を嘘と決めつける根拠はないじゃないですか」

「そうです。私もそう思いました。ですから、ブランドンが有罪となり、懲役五年の刑を言い渡されたときは、内心穏やかではいられませんでしたよ。そもそもブランドンは明るくて感じのよい若者で、それまで何一つ悪い評判のない人物でしたからね。おまけに後になってわかったのですが、小切手の偽造が発覚したことが、どういうわけか身体検査の前日に一部の行員に漏れていたのです。ですから、ブランドンの主張どおりだったと考える余地も、十分あるのです。いや、まったく後味が悪いですな。

とはいえ、それはもう古い話です。ですから、今回の事件との関連についてお話ししましょう。ブランドンには行内に特に親しい友人がいました。その友人が、ジェイムズ・ルーソンだったのです。むろん、出張所を任されたくらいですから、これまでルーソンについて悪い話が出たことはありません。が、今回調査したところ、少なくともルーソンは厚かましい食わせ者のようです。また、ジューズベリーの見込み違いでなければ、やつは横領犯なのです。例の偽造小切手は、ジェイムズ・ルーソンがブランドンのポケットに忍び込ませたのではないか。この恐ろしい疑いがどうしても頭から離れないのですよ」

「もしルーソンがそんな真似をしたのなら」ソーンダイクは言った。「絞首刑にしても飽き足らないやつですね」

「そう、同感です」ストーカーも力強く言い切った。「信じられないほど卑劣な犯罪ですよ。それでもやはり、ルーソンに対する強い疑惑は捨てきれませんね。偽造小切手を突きつけられたときの哀れなブランドンの顔、あの驚愕の表情は忘れられません。当時も胸を突かれたのですが、最近思い出すと余計にいたたまれない気持ちになりまして。もしブランドンが無実なら、まさに青天の霹靂《へきれき》だったでしょう。考えただけでもぞっとします」

「まったくです」ソーンダイクが相づちを打つ。「無実の人間に対する有罪判決ほど、痛ましい悲劇はありません。ところで、ブランドンのその後はご存じですか？」

「ええ、知っていますとも」ストーカーは答えた。「気の毒に、たとえ無実が証明できたとしても、もう手遅れなのですよ。ブランドンは脱獄しようとして、死んだのです。あのときのことは、忘れようにも忘れられません。有罪判決後、ブランドンはすぐコルポートの刑務所に送られました。そこで他の囚人達と外の作業をしていたとき、看守の目をかすめて、海岸の護岸壁づたいに脱走したのです。看守達が見当違いの場所を探している間に、ブランドンはまんまと姿を消しました。が、まもなく足跡が見つかり、追っ手がかかったのです。その後護岸壁の海側で、ブランドンの囚人服と、湿った砂浜を横切って海へ向かう足跡が発見されました。航行中の船へ向かって泳いでいったんですな。いや、ブランドンはそのつもりだったんでしょう。しかし、そのとき停泊していた船や付近を航行していた船からは、なんの消息も得られませんでした。理由が判明したのは、それから約六週間後でしたよ。数マイル離れた入江の砂地で、死体が発見されたのです」

「約六週間後？」ソーンダイクは聞きとがめた。「季節は？」

「発見されたのは、八月の中頃でした。ああ、博士の考えはわかりますよ。ですが、身元についてはほとんど問題になりませんでした。むろんのこと、死体は可能な限り調べられたはずですがね。とはいえ、自明の理ですよ。裸の男が一人、海で行方不明になり、全裸の男の死体が予想どおりの場所に打ち上げられたんですから。死体はブランドンと考えて間違いないと思います。

いや、残念な話ですが」

「たしかに」ソーンダイクは言った。「ただでさえ不幸きわまりない話なのに、結末も悲惨ですね。まあ、おっしゃるとおりだと思いますよ。死体は、十中八九ブランドンでしょうね」

「そういうことです」ストーカーが締めくくった。「さて、お時間を無駄にしたのではないといいんですが。このルーソンの事件には、ちょっとつじつまの合わない点があると思いませんか」

「たしかに」ソーンダイクは認めた。「最初から最後まで、他に類例をみない複雑怪奇な事件です」

「博士」ストーカーは切り出した。「少しご意見を伺いたいのですが、図々しいでしょうかね?」

「とんでもない」ソーンダイクは答えた。「これは職業上の相談ではなく、単なる雑談ではありませんか。事件に対する私の意見を聞きたいのなら、喜んでお話ししますよ。まず、ルーソンが金を横領していたというジューズベリーの意見ですが、私は賛成できませんね——そもそも、証拠が出てこないのですから。私としては、どこか外部から金が入っていたと思われてなりません。いいですか、ルーソンは大金を現金、五ポンド紙幣で支払っていたのですよ。たしかに、取引を秘密にするためかもしれません。ですが、その現金はどこから出てきたんです? ルーソンは口座に小切手を振り込んではいません。銀行の現金に手をつけたとも考えにくい。となると、ルーソンが支払った金は、手に入れたときから五ポンド紙幣だったとみて間違いないでしょう。今回のルーソンの行動も、この見方を裏付けています。急な支払いに間に合わせるため、ルーソンは銀行の現金から百ポンド——五ポンド紙幣で——無造作に抜き取った。つまり、すぐにも返せるあてがあったんでしょうね。ルーソンのような海千山千の男が、こんな子供騙しの盗みをするとは思えませんから。さらに問題になるのが金額で、ベイトマンへ支払うつもりだったのはほぼ確実です。つまり、こういう推測が必然的に成り立つわけです。ルーソンは百ポンドをちょっと拝借しただけで、紛失が発覚する前に確実に弁済するあてがあったのです。

その後、おかしなことにルーソンは心変わりをしたようです。出かけたとき、ベイトマンに金を払うつもりだったのは間違いありません。では、なぜ払わなかったのでしょう？　金はあったのです。それなのに、急に行き先を変え、郊外へ向かう小道に入りました。なぜ、そんなことを？　計画をこれほど大幅に変更するなんて、途中で何があったんでしょう？　穴埋めの目処《めど》が立たなくなったのでしょうか？　仮にそうだとしてもルーソンの行動は説明できません。その場合は当然、銀行に引き返して紙幣を戻すでしょうからね。

また、逃亡するつもりだったのなら、なぜ徒歩で郊外へ向かったりしたのでしょう？　列車で都会に行って姿をくらますことなど、朝飯前ですよ。第一、そんなはした金を持ち逃げしたとは考えにくい。それでもやはり、ルーソンは歩いて郊外へ向かい、姿を消した。普通、人気《ひとけ》のない場所を一人で歩いていった人間の追跡なんて簡単ですから、いかにもおかしな話です。さらに妙なのは、逃亡中なのに、小道をはずれて歩きにくい荒れ地に飛び込んだことです。これらの点を考え合わせると、単に金を横領して行方をくらましたとは思えませんね。ルーソンがなぜ急に計画を変更して逃亡したのかは、私にもわかりません。ただ、この異常な行動には何か裏があることだけはたしかです」

「ええ、まったく。同感ですね」ストーカーは言った。「今の事件のまとめを聞くと、ますますそう思いますよ。ルーソンが家を出たとき、逃亡を考えていたとは思えませんね。家を出た後に、何かあったのではないでしょうか。その結果、ルーソンは急に怖じ気づき、闇雲に人気のない方へ逃げ出したんでしょう。さて、そろそろ本当に失礼しなければなりません。この事件について博士と話し合えたのは幸いでした。ハロルドの写真はどうします？　ごらんになったのですから、持ち帰りましょうか？」

「いえ」ソーンダイクは答えた。「しばらくお預かりしておきます。お返しする前に一通り調べておきたいので」

「まさかハロルドの意見を真《ま》に受けているのではないでしょうね？　つまりなんですか、この足跡の写真には、ルーソン失踪の謎を解き明かす手がかりがあると？」

「そうではありません。今回の事件との関連ではなく、一般的な証拠としての価値を検討してみたいのですよ。ご存じのとおり、私は以前から足跡に非常に興味があって、研究を続けてきましたから。足跡は驚くほどの情報を与えてくれることがあります。しかも、石膏で正確な複製を作れますし、写真にも撮れますから、法廷に提出して判事や陪審員に見せることも可能です。そうすれば、陪審員達は目撃者の証言だけに頼ることなく、自分の目で足跡を観察できるのです。

しかし、実際に取り扱ってみるとわかるのですが、足跡にはある特性があります。つまり、足跡は本来連続したものなのに、個別に調べなければならないんですよ。地面の足跡を一つながりのものとして調べようとすれば、ほぼ自分の記憶力だけを頼りに一つずつ歩いて観察していくしかありません。しかし、ハロルド君のこの写真なら、一目で連続した足跡を確認できますし、特定の足跡を別の足跡と比較することもできます。この写真を調べて、足跡そのものの個別の特徴とは別に、何か周期的な、いや反復して現れる特徴がないかを確かめてみたいのです。そのような特徴が見つかれば、この型のカメラには実用価値があるわけです。つまり、連続した足跡には、単なる足跡の寄せ集めにはない意味があるかどうかを、実際に検証したいのですよ」

「わかりました。ただ、この写真は正確な連続ではありませんよ。かなり間隔があいています」

「そうですね。たしかにそれは欠点です。まあ、一応連続しているわけですから」

「ごもっともです。地図はどうします？」

「これも一緒にお預かりしておきたいのですが。撮影が等間隔ではないので、足跡の間の距離がわかれば役に立つかもしれません」

「結構ですとも」ストーカーはアタッシェケースを取り上げた。「いや、博士の研究熱心な態度、地道な努力には頭が下がりますね。ハロルドには博士が写真を真剣に研究してくださっていると伝えますよ。さぞ喜ぶことでしょう」

「いや、こちらこそ。ハロルド君にはお礼を言っておいてください」

二人の男は握手をした。ソーンダイクは階段の踊り場まで行って、客が下りていくのを見送った。そして、部屋に戻り、がっしりした〝オーク製の外扉〟を閉め（イギリスの大学の古い習慣で、オークの扉を閉めると面会謝絶を意味する）、外界とのつながりを断って一人きりになった。

第六章　ソーンダイク博士、好奇心を抱く

ジョン・ソーンダイク博士の性質には、一見矛盾するような点がある。ソーンダイクはとても人好きのする人物だ。同胞に礼儀正しく親切で、おおらかで人なつっこいと評してもいいくらいだった。しかも、その温厚で親しみやすい態度は、決して外面だけだったり、無理をしているわけではない。ソーンダイクはもともと誰に対しても優しかった。愚か者に寛大とはいかないとしても、場合によっては神のごとき忍耐力を発揮することができた。

だが、人あたりの柔らかい物腰や真に心優しい気質にもかかわらず、ソーンダイクはいつも本質的には孤独だった。ソーンダイクは他の誰よりも、自分自身と自らの考えを語り合うのを好んだ。結論からいえば、ソーンダイクが特に変わっているわけではない。知的な人間なら誰しも、単に孤独を必要とするのではなく、精神そのものが孤独で成り立っているものなのだ。一方、自分一人の世界に耐えられない人には、通常それ相応の立派な異論があるのも事実だが。

こういうわけで、重い外側の扉を閉め、ベルの押しボタンを上階の実験室の床に接続したとき、ソーンダイクの態度にはある種の安らぎが漂っていたかもしれない。ソーンダイクはストーカーの訪問を楽しんだ。ことに〝奇妙な事件〟の話を楽しんだ。あの手の話はソーンダイクにとって、

熱烈なチェスの愛好家に突きつけられた詰め手の問題のようなものだった。しかし、あれはただの〝話〟にすぎない。そのため、ソーンダイクはハロルドの写真を調べ、以前から時折感じていた足跡の特性に関する一、二の曖昧な点を解決し、実際の知識を広げたいと願っていたのだ。

ソーンダイクはゆったり思索にふけりながら、テーブルの上を少し片づけて作業をする場所を作り、戸棚から道具を取り出した。測量士用のツゲ製の物差し、脚針のついたバネ式の分割コンパス、一組の紙押さえ、メモ用紙の綴り、文書を調べるときに使用する単純な構造の顕微鏡（三本の脚があり、時計業者用の接合レンズがついたもの）。それから三枚の測量図を順序に従って並べ、隣に一巻きの写真を置くと、椅子を引き寄せ、仕事に取りかかった。

ソーンダイクは、まず犯人の逃走経路をざっと確かめた。地図にはくっきり点が描かれ、一つずつ微小な数字が上に書き込まれていた。点と数字の書き込みは、最初先の尖った鉛筆だったが、途中から赤インクの極細ペンに代わっていた。次にソーンダイクは地図からリボン状の写真へ目を転じ、九インチくらい引き出して、両端に紙押さえを置いた。フィルム自体の幅は一インチ、写真はそれぞれ長さ一インチ半。その小さな長方形の一つ一つに、足跡がほぼ縦一杯に写っていた。コンパスで長さを確かめたところ、一インチと八分の三だった。写真は小さいが、鮮明度は抜群で細かな点まではっきり見えるから、よほど質のよいレンズを使ったのだろう。写真の隅にはそれぞれ小さな白い番号がついていて、背景が黒っぽいためにかなり目立って見えた。

一枚の写真の上に小型顕微鏡を載せて調べているうちに、ソーンダイクは幾分おかしそうな顔になった。逃亡犯の足跡はまさに噴飯ものだったのだ。びっくりするほど派手でわかりやすい。

たとえルーソン氏が靴の裏に大きく自分の名前をつけていたとしても、これ以上はっきりした捜索の手がかりにはならなかったのではないか。ゴム製の靴底のつま先の方には、四角い枠つきの〝J. Bell and Co.〟という製造会社名がある。その下にも枠があり、前足を上げた馬が描かれていた。枠のすぐ下にケント州の標語〝不屈《インヴィクタ》〟とあるから、きっとケント州の象徴、跳躍する白馬なのだろう。丸いゴムの踵にはそこまで目立つ特徴はないが、やはりちょっと変わった点があった。踵の中央の星の模様といえば、六つの突起が普通だが、この踵の星形の突起は五つだった。しかし、そういった模様が細部まできれいに写し取られているのはもちろん、摩耗や傷などの偶発的な小さな跡までちゃんと見わけられる。例えば、馬の首を細長い隆起が横切っているのは、ゴム底に切れ目か裂け目があるのだろう。踵にも小さなへこみが一つあるが、これはゴムの隙間に詰まった石のかけらのようだ。

その一枚の写真を徹底的に調べ上げた後、ソーンダイクは一番と二番の写真に戻った。この二つは銀行の裏口付近に残っていた足跡で、お目当ての連続した足跡ではない。ざっと眺めて紙押さえを置き、その先の十八インチほどを引き出して別の紙押さえを載せた。次にメモ用紙の中央に垂直の線を引いて書き込み欄を二つ作り、それぞれ〝右〟〝左〟の見出しをつけた。その上で、三番の写真、小道で撮影された最初の一コマを念入りに調べ、比較する研究に取りかかった。

右足を撮影した三番の写真を調べ終えると、ソーンダイクは〝右〟の欄の一行目、真ん中あたりに番号を書き入れた。そして、次の右足が写っている五番の写真を調べ、三番の下に番号を書き込む。それからコンパスを使って、地図に記された三と五の点の間の長さを測り、コンパスをツゲ材の物差しにあてて距離をヤードに換算した。四十三ヤード。その数字をメモの五という番号の左側に書きとめる。五番を終えると七、九、十一、十三と進み、時折比較のために前の写真に戻ったりしながら、数字を行の真ん中に、左側に距離、右側には気になった点を短く具体的に書き込んでいく。そうやって右足の写真を二ヤード分ほど（フィルム全体の長さは二十フィート少々あった）調べた後、またフィルムの始めの方に戻り、同じ要領で今度は左足の調査をやはり二ヤード分行った。

傍目には、あまりわくわくするような仕事にはみえなかっただろう。実際、機械的な複写にしかみえない足跡を調べ、比較し、計測するという単調な作業が延々と続き、いかにもつまらなさそうだった。だいたい数字の右側の欄にも短い書き込みがぽつりぽつりとあるだけで、この退屈な調査が莫大な情報を引き出しているとは考えにくい。それにもかかわらず、ソーンダイクは脇目もふらずこつこつ丁寧に観察を続け、やがて長いフィルムの中ほどに達した。が、ここで、突如ソーンダイクの態度が一変した。これまでソーンダイクは、そこそこおもしろみのある型どおりの仕事をこなすのにふさわしく、冷静に作業を進めてきた。それが今や、椅子の中で体を緊張させ、目の前の連続写真を困惑して、いや、信じられないかのように、眉を寄せて凝視している。ソーンダイクは調べ終えたばかりの写真を六枚、再度念入りに見直した。次に、そのなかの右足の一枚を基準点にして、計測もせず、メモもとらず、最後の写真まで手早く調べていった。そこには一枚の紙切れが糊付けされていた。「足跡ここで終わり。左に折れてヒースの荒れ地へ入る。足跡の長さ、十二インチ半。踵から踵までの歩幅、三十四インチ」

紙切れの内容を素早く自分のメモに書き写し、ソーンダイクは本腰を入れて調査を再開した。もう一度基準点の写真へ戻り、今度は左足ばかり、最後の一枚までたどっていく。その後、また基準点へと戻った。しかし、今度はそこを中心にして前後の写真を比べ始めた。始めは前後とも十二枚ずつ調べていたが、徐々に数を減らしていき、最終的に一枚の写真を選びだした。とりわけ鮮明な右足の写真で、番号は九十三。この写真を小型顕微鏡で慎重に再調査する。それから、一つ前の右足の写真九十一番、次に一つ後ろの九十五番も同じように穴のあくほど調べた。その上で、ソーンダイクは九十三番の写真の位置を地図で確認した。壁、大きな庭か農園を囲った壁のちょうど中間付近――出入口のすぐ横だった。

この瞬間から、ソーンダイクの頭から当初の調査目的は消えてしまったらしい。小型顕微鏡、物差し、写真そのものすら忘れてしまったようだった。ソーンダイクは座ったまま、地図を――地図そのものというより、むしろその向こうを――見据え、一心不乱に考え込んでいた。長い間、座像のように身動き一つしない。そして、やっと立ち上がったかと思うと、上の空でパイプに煙草を詰め、部屋をゆっくり歩き回り始めた。近寄りがたい真剣な表情、軽くしわのよった眉間、引き結んだ唇、うつむき加減の目。握りしめている火のないパイプ。もし知人がその様子を見たなら、ソーンダイクが何か並々ならぬ複雑な問題を検討し、要点を整理して的確にまとめ上げている最中だと気づいたことだろう。

三十分近く歩き回っていただろうか、部屋の外のドアにそっと鍵が差し込まれた。そして、ドアが静かに開け閉めされ、内側のドアのノッカーが控えめな音をたて、人の訪れを告げた。入ってきたのは、どこか聖職者めいた雰囲気を持つ、しわだらけの顔の小柄な男だった。男は遠慮がちな笑みを浮かべ、ソーンダイクへ声をかけた。

「失礼いたします」その男は言った。「お邪魔をしたのではないとよろしいのですが。ただ、まだ一口も夕食を召し上がっていないことをご注意した方がよろしいかと思いまして」

「ああ、そうだった！」ソーンダイクは思わず言った。「すばらしい記憶力じゃないか、ポルトン。で、その事実を忘れていたのが、真の利害関係者たる僕だとはね！　さて、どうしたらいいだろう？」

ポルトンは思いやりに満ちた目で、テーブルを見やった。「お仕事の途中でしたら、そちらはそのままの方がよろしいでしょうね。狭いですが、お食事は実験室にご用意します。五分もしないうちに準備ができますので」

「助かるよ」ソーンダイクは言った。「ところで、バッキンガムシャーのエイルズベリーの検死《インク》審問《エスト》は休廷中だが、再開はあさってだったね？」

「はい、木曜日です。通知は連絡板に貼ってありますが」

「じゃあ、金曜日に急ぎの用事はないし、緊急の用件さえ発生しなければ木曜は向こうに泊まって、金曜の夕方戻るとするかな」

「わかりました。実験箱に何か特別なものを入れる必要はありますか？」

「実験箱は必要なさそうだ」ソーンダイクは答えた。「実際、一マイルを一インチに縮小した測量図以外には何もいらないと思う。そうそう、君のステッキも持っていくつもりだよ」

ポルトンの顔が明るくなった。「ぜひ、そうなさってください」ポルトンは熱心に勧めた。「できあがってから一度もお使いになっていませんが、とても役に立つはずですので」

「もちろん、わかっているよ」ソーンダイクは答えた。「それから、小型望遠カメラも持っていった方がよさそうだ。準備しておいてくれるかな」

「カメラは今夜準備しておきますし、ステッキも分解点検します。それから、夕食は五分でご用意いたしますので」

こう言って、ポルトンは主人の考え事の邪魔をしないよう、入ってきたときと同じように静かに出ていった。

次の金曜日の午前十時半頃――実際には誰もいなかったが、仮に見る人がいたとしたら――エイルズベリーでロンドン行き列車の一等の喫煙車に座っている、ジョン・ソーンダイク博士の姿があった。ただし、ソーンダイクにはロンドンへ戻る気は最初からなかったようだ。列車がボーリー駅へ近づきスピードを落としたとき、ソーンダイクは今まで見ていた折り畳みの測量図をポケットにしまい、立ち上がって網棚からステッキを下ろした。

さて、このステッキこそ、ソーンダイクの服装上の唯一の難点だった。ソーンダイクの〝装い〟は田舎風でも狩猟家風でもないものの、ステッキさえなければ非の打ち所がなく、のどかな土地柄にしっくりなじんでいた。しかし、ツイードのスーツに中折れ帽という服装にポルトンのステッキでは、不協和音もいいところだ。仮にフロックコートにシルクハットという格好なら、フォルスタッフ（シェイクスピアの劇に登場する騎士）気取りだとか評されたとしても、なんとか通用したかもしれない。しかし、田舎を歩くときのステッキとしては、場違いも甚だしい。だいたい、まっすぐすぎて——金属製の筒のようで——扱いにくい。おまけに直径がたっぷり一インチもあり、太くて不格好だ。材質は、よほどのうっかり者なら黒檀《こくたん》と勘違いしたかもしれないが、実際には眼鏡士が用いる黒いエナメル仕上げのようだ。不格好さでは、握りの部分も五十歩百歩だった。やはり葬式に持っていくような色で、異常なほど太い。おまけにガス管のL字型の継ぎ手のように、きっちり九十度で曲がっていて、さらに悪いことには、先端にキャップのようなものまでついている。そして、ステッキそのものをよくよく眺めれば、握りの十五インチほど下に横方向の細い亀裂があることに気づいただろう。隠れた継ぎ目か何かのようだ。実際、目の利く田舎の巡査が見れば、一目で銃が仕込んであると睨んだだろう。ただし、結論からいえば、それは見当違いだった。

　審美的には欠点だらけのステッキだが、ソーンダイクは大事にしているらしく、慎重に網棚から下ろした。その手つきからして、普通のステッキよりは重さがあるようだ。また、駅から歩き出したときには不格好な握りを持って石突きを地面に突き立てる代わりに、中ほどを握って〝下げ銃〟の格好で運んでいった。

　駅構内を出て、いかにも通い慣れた場所のように自信たっぷりで歩き出したソーンダイクだったが、実際には初めて来たのだった。しかし、訓練の賜物で、ソーンダイクは初めての場所でも迷わないほど完璧に地図を暗記することができ、土地の人間を驚かせることも珍しくなかった。

ソーンダイクは何気なく、しかし足早に歩き、やがて中心街からはずれる静かな道路へ入った。あたりに目を配り、地図の日印を確認しながら四分の一マイルくらい進んだところ、ようやく小道に通じる小開き門が見つかった。ソーンダイクは道路を折れて小道に入り、路面に注意しながら大股で歩いていった。一度などは足を止め、数ヤード後戻りして自分の足跡を観察した。

数百ヤード進んだ地点で、先ほどよりもさらにひっそりした道路と交差した。角には一軒の古めかしい、住み心地のよさそうな家が建っていた。手前には手入れの行き届いた庭、玄関前には満開のツルバラに埋もれかけた木製のポーチ。庭園の横の壁は小道に沿ってしばらく続いており、敷地はかなり広いようだ。ここでソーンダイクは歩調をゆるめ、地面をつぶさに観察した。ハロルドの写真でおなじみになった足跡が、今でもなお、ところどころ断片的に残っていた。道路を横断した先には原っぱが広がっていて、完全に町を出たことがよくわかった。

庭園の側壁の中央をちょっと過ぎたところに、緑色に塗られた木製の扉があった。ソーンダイクはその前でしばらく足を止めた。弧状の取っ手にかんぬきではなく、イェール錠が取りつけられている点を除けば、なんの変哲もない扉だ。それにもかかわらず、ソーンダイクは思案に暮れながら、扉を見つめて立っていた。と、向こう側から音が聞こえてきた。ソーンダイク自身の心境にはあまりそぐわなかったが、快い調べだった。誰かが巧みな口笛で『アリス、そなたはいずこ?』を美しく古風な調子で奏でている。この明るく屈託のない調べと、自分をここへ呼び寄せた経緯とが、皮肉なほど不釣り合いなことをしみじみと感じ、ソーンダイクは苦笑いを浮かべた。そして向きを変え、側壁に沿ってゆっくりと進み、庭園の終わりとなる壁の角で足を止めた。遠くに森の見える前方を眺め、続いて今歩いてきた道を振り返る。前にも後ろにも誰もいない。ソーンダイクは小開き門を通ってから人を見かけていないことに気づいた。つまり、この道はひどく人通りが少ないのだ。

こう結論づけたソーンダイクは小道をはずれ、壁づたいにちょっと原っぱに入り、一本のリンゴの木が庭園から枝を伸ばしている場所まで進んで、顔を上げた。壁は七フィート近い高さがある。ここでソーンダイクは、不細工なステッキの秘密の継ぎ目の上下を両手で握り、思い切りひねった。すぐにステッキは二つになった。石突きのついている下の部分は、壁に立てかけた。上の部分の先端は黒く塗装された真鍮《しんちゅう》の半円柱で、平らな面に小さな丸いガラス窓がついていた。そして、握りの端のキャップを回して外すと、金属製の筒内に小さなガラスがはめ込まれていた。接眼レンズだ。つまり、ポルトンの見苦しいステッキは、ステッキに見せかけた潜望鏡だったのだ。

壁際に足場を定め、壁の上から先端が一インチほど突き出すまで潜望鏡をゆっくり持ち上げていき、小さな窓を庭園内に向ける。ちょうど目の高さになった接眼レンズを覗くと、壁に丸い穴をあけて見ているような気がした。その穴を通して（もちろん、実際は頭上の対物レンズがとらえた映像を、プリズムを二個使って反射させているわけだが）広い庭が見える。四方を高い壁に囲まれ、扉もしくは出入口は二つしかない。一つは先ほど見た横の扉で、もう一つは家の裏庭に通じているようだ。そちらの扉も通用口と同じく、外側は鍵で内側はつまみのイェール錠が取りつけられていた。庭の片側には、まだ小さいイチイの生け垣に半ば隠れるように、細長くて背の低い建物があった。屋根の窓から内部が見えるが、どうやら作業場か何からしい。潜望鏡を回転させると、今度は作業場の反対側の隅にある、東屋のようなものの一部が見えた。その他は、細長い花壇と壁際に並んでいる数本の果樹を除けば一面広い芝生で、そこに日時計がぽつんと建っている。隣にはちょうど一人の男がいた。庭をざっと眺めた後、ソーンダイクは男と日時計に注意を集中した。

　日時計の柱が古いのは間違いない。また、その下の石の土台は見るからに真新しい。さらに、土台の周りの芝生は黄色くしおれていて、敷き直されたばかりのようだ。つまり、日時計が今の場所に最近置かれたことは明白だ。男が今やっている作業も、この推論を裏付けていた。石の土台の上にはウィンザー・チェア（細長い柱が並んだ高い背があり、四本の脚は末広がりに開いている形の椅子）があり、座面には工具が一つ、二つと眼鏡が置いてあった。その眼鏡にソーンダイクは着目した。つるに〝クセ〟がついているから、いつも使っているはずだ。そして、持ち主は手にした本を、眼鏡をかけずに読んでいるから、近眼なのだ。

　ソーンダイクが眺めていると、男は本を閉じて椅子に置いた。背が緋色で、側面が黄緑色という特徴や大きさからみて、一目でホイッティカー年鑑だとわかった。本を置いた男は懐中時計を取り出して片手に持ち、日時計に近づいて指時針をつかんだ。文字盤は台に固定されていないらしく、男が指時針をつかむとはっきりと動いた。この作業の目的はいうまでもない。男は文字盤の位置を修正しているのだ。ホイッティカー年鑑で均時差を調べ、時計を確認しながら文字盤を動かし、正確な真太陽時《しんたいようじ》を示すように調整している。

この時点で――時計を手にした日時計のそばの男の観察を中断して――ソーンダイクはステッキの外した部分を取り上げて壁づたいに小道まで引き返し、左右を確認した。見える範囲――それぞれ四分の一マイルほど――には、誰もいない。人通りが極端に少ないことにちょっと驚くと同時になるほどと思いながら、もとの場所へ引き返して観察を再開する。

男は時計をしまって、ハンマーと小さな錐《きり》を持っていた。ハンマーは、重みがある半球形の頭をしていて、機械工がよく使う本格的なものだった。男は文字盤のネジ穴の一つに錐をあてがい、一打ちで鉛の台に穴をあけた。ソーンダイクは男の器用さに目を引かれた。ハンマーは重くて少し扱いにくいはずだが、力を加減してうまく叩いている。ネジを留めるときも同じだった。余裕があって手際もよく、熟練した職人はだしだった。

これだけのことを素早く見てとったソーンダイクは、尻ポケットから小さなカメラを取り出してふたを開けた。目算した距離――約六十フィート――にピントの目盛りを調節し、ケーブルレリーズを取りつけ、シャッターの速度を二分の一秒――望遠レンズに適合する最短の露出時間――に合わせる。改めて潜望鏡を覗くと、男は再度錐を打ち込むところで、右の横顔がちょうど光を受けてはっきり見えた。ソーンダイクは手を伸ばしてカメラを壁の上に置き、ケーブルレリーズは下に垂らして、日時計の見当にレンズを向けた。そして、男がハンマーを振り下ろそうと身構えたとき、すかさずレリーズのボタンを押し、すぐにカメラを下ろしてフィルムを入れ替えた。

ソーンダイクはもう一度壁の角まで歩いていき、小道の左右を確認した。今回は男が一人見つかった。一目で労働者とわかる男が、町の方向から歩いてくる。しかし、かなり距離があるし、足取りはのんびりしていたため、ソーンダイクは、男がここを通るまでになんとか仕事を終わらせようと決めた。急いで潜望鏡を覗くと、庭の男はネジを留めているところだった。それが終わると、男は別の場所にネジを取りつけるため、柱をぐるっと回って移動した。錐をあてがいハンマーを構えたとき、今度は左の横顔が見えた。ソーンダイクはカメラを壁の上に載せて撮影し、下ろしてフィルムを入れ替え、ふたをしてポケットへ戻した。それから、ステッキをもとどおりつなぎ、接眼レンズにキャップをはめて小道へ出る。そして労働者の来る方向に向き直ったが、男の姿はなかった。ここの母屋の正面の道路で曲がってしまったに違いない。再び一人きりになったソーンダイクは、通用口に向かい、そこで足を止めて軽くノックした。

ノックを繰り返していると、ほどなく扉が数インチ開き、先ほどまで観察していた男がいったい何事だと言いたげな顔を出した。

「お邪魔して申し訳ありません」ソーンダイクは丁寧な口調でなだめるように切り出した。「ちょっとお尋ねしたいことがあるのですが、人は見あたりませんし、こちらから音が聞こえたものですから」

「いやいや、構いませんよ」男も同じく丁寧に応じた。「喜んでお手伝いしますとも。何をお訊きになりたいのですか？」

こう言いながら男は小道に出てきて、後ろ手に扉を閉め、いぶかしげにソーンダイクを見た。

「道をお尋ねしたくて」ソーンダイクは言った。「この先に森はあるでしょうか——たしかポッターの森という名前だったと思うのですが。すみません、こちらへ来たのは初めてなもので」

この質問を聞いて男は興味を持ったらしく、ソーンダイクをじっと見つめた。

「ええ、ありますす。半マイルほど先で森に入りますよ」

「最後には、どこへ出るのでしょうか？」

「ヒースの荒れ地を横切り、町の中心部からロンドン街道へ向かう間道に合流します。その道に出たいのですか？」

「いいえ」ソーンダイクは答えた。「私が関心を持っているのは、この小道でしてね。実をいいますと、先日行方不明になった男性の事件について、非公式な調査をしているのです。パーキンズ銀行の所長の失踪事件です。最後に目撃されたとき、この小道を歩いていたそうなので」

「ああ」男は答えた。「覚えていますよ。まだ見つからないのですか？」

「そうなんですよ。この道に入った後の消息が、まるでつかめないのです。森はどのようなところでしょう？　大人が迷子になるような場所ですか？」

男はかぶりを振った。「いいえ、森といっても小さなものでね。しらふの大の男なら、迷うはずがありません。もちろん、具合が悪くなって中で行き倒れにでもなれば、死んで何ヶ月も見つからないかもしれませんが。森は捜索されたんですか？」

「さあ、どうでしょう。捜索しておくべきだったとは思いますが」

「おや、失礼」見知らぬ男は言った。「てっきり警察関係の方と思ったもので」

「いえいえ」ソーンダイクは答えた。「私は銀行に関わりがある弁護士でしてね。数日前に銀行の役員からこの失踪事件の話を聞いて、今日、たまたま近くに来たもので、立ち寄ってみようと思ったわけです。こちらの地図で、現在位置を教えてもらえませんか？　不案内なもので、よくわからないんですよ」

ソーンダイクは折り畳んだ地図を、知り合ったばかりの男に渡した。男は地図を理解するのにやや手間取ったものか、じっと見つめている。男が地図に気をとられている隙を逃さず、ソーンダイクは細々と観察した。顔立ち、髪、眼鏡、手足。自分の方に向けられた左側を観察してしまうと、ソーンダイクは相手の右肩越しに地図を覗き込むふりをして場所を移動し、右の横顔をつぶさに眺めた。

「この点線が、ここの小道のようですね」見知らぬ男は鉛筆の先で線をなぞった。「この黒い点が私の家のはずです。点線が横切っている、ここが森です。おわかりになりましたか？」

「よくわかりました。非常に助かりました。ありがとうございます」男から地図を受け取りながら、ソーンダイクは礼を述べた。「お邪魔をして本当に申し訳ありません」

「いえ、とんでもない」男は愛想よく応じた。「調査がうまくいくといいですね」

ソーンダイクは改めて礼を述べ、二人は会釈をして別れた。男は自分の庭へ戻り、ソーンダイクは森を目指して歩き出す。

しばらく、ソーンダイクは足早に小道を歩き続けた。急な曲がり角を過ぎて壁つきの庭園が視界から消えたとき、ようやく足を止め、記憶が新鮮なうちにと観察した内容をノートへ簡単に書きとめた。メモがどうしても必要だったわけではなく、観察した時点でもう、目の前の事実が示す重要性は自ずと明らかになっていた。そして今、ソーンダイクは歩きながら観察の結果をあれこれ検討していた。

ソーンダイクは何を見たか？　大騒ぎするほどのことではないのはたしかだ。見たのは、自分の庭に最近大きな石の土台を置いて、柱つき日時計を設置した男だった。日時計そのものは古びていたが、土台は真新しく、今回わざわざあつらえたようだった。日時計のある庭は四方をすっかり壁に囲まれていて、蟻の這い出る隙もない。他の住宅はもちろん、母屋からも離れている上に、二つの出入口には鍵がついていて、外部から邪魔が入る心配はまずない。男自身は熟練した職人、少なくとも非常に器用な人間だった。また、日時計の時刻を合わせるのは器用なだけでは手に負えまいから、独創的で頭もよいのだろう。それから、便利で充実したかなり広さの作業場も持っているようだ。この作業場は独立していて、外から覗き見される恐れはないに等しい。しかし、これらの事実に格別異常な点はないようだ。そう、ハロルドの愚にもつかない写真を調べた結果、ソーンダイクが発見したある事実――実際、驚くべき事実だった――と奇妙に符合さえしていなければ。

そして、男自身について、特に眼鏡について問題があった。男はネジを取りつけたり、時計を見ながら日時計の影を細かく調整する間、眼鏡を椅子に置きっぱなしにしていた。当然ソーンダイクは、男が近眼だと考えた。近眼なら手元の作業に不都合はないから、邪魔になる遠くを見るための眼鏡を外したと思ったのだ。しかし、男が通用口に現れた瞬間、近眼ではないことが判明した。眼鏡は二焦点の凸レンズだった。上の部分はただのガラスに近いが、下の部分がはっきりと出っ張っていて、遠視、もしくは〝老眼〟用の眼鏡だった。近眼の人間にはなんの役にも立たない。かといって、男に老眼鏡が必要な様子はなかった。なぜなら、老眼鏡が一番役立つとき――手元の作業のとき――眼鏡を外していたではないか。その上、ソーンダイクが地図を見せたとき、男は眼鏡の下の〝読書用〟の部分ではなく、上の度の弱い部分、〝遠くを眺めるとき〟の部分を通して地図を見ていた。つまり、あの男にはそもそも眼鏡など必要ないのだ。便利どころか、邪魔で仕方がないだろう。では、なぜ眼鏡をかけていたのか？　通用口に来るとき、なぜわざわざかけたのか？　答えは一つしかない。いりもしない邪魔な眼鏡をかけるのは、顔の印象を変えるためだ。一種の変装なのだ。つまり、あの男には正体を隠したいなんらかの理由があるのだろう。しかし、その理由とは？

男は見たところかなり整った顔立ちをしていた。言動と釣り合いのとれた、きりっとした知的な顔だった。口元と顎は口ひげと短い顎ひげに隠れていたが、鼻は古典的なギリシャ彫刻そっくりの珍しい形で、鼻筋が通り、非常に美しかった。耳は両方ともいい形だったが、片方――右――に小さなポートワイン母斑があり、耳たぶに濃い紫の染みがついているようで少々目障りだった。とはいえ、痣は非常に小さく、あまり気にならない。

以上が、観察をおおざっぱにまとめた結果だった。さらにつけ加えるなら、男は年の割に白髪が目立ち、明るく愛想のよい態度とは裏腹に、顔には長い間精神的な苦しみと緊張を味わってきた人特有の翳《かげ》りがあるようだった。ところで、まだ一つの資料が欠けている。森と荒れ地を通り抜け、間道を通って町へ引き返すとき、ソーンダイクはその資料を手に入れた。配達中の郵便配達夫を見かけたのだ。ソーンダイクは声をかけて質問した。

「今、栗の木荘に住んでいる人の名前を教えてもらえないかな？　ほら、あの家だよ、道路の角に建っている家だ」

「ああ、栗の木荘ですか。あそこなら以前バーネット大佐が住んでましたよ。でも、大佐は二年ほど前に出ていって、それから一、二ヶ月空き家だったのを、今住んでいる紳士が買ったわけです。ポッターマックさんですよ」

「変わった名前だね」ソーンダイクは言った。「どういう綴りなのかな？」

「P、O、T、T、E、R、M、A、C、Kです」郵便配達夫が答えた。「マーカス・ポッターマックさんです。たしかに変わった名前ですね。他に聞いたことがありませんから。ただし、ご本人は非常に感じのいい紳士ですよ」

ソーンダイクは情報を与えてくれた郵便配達夫に礼を言い、駅へ向かった。道すがら、今得た情報について思案する。非常に変わった名前だ。実際、どこか不自然な感じがする。そう、あのいりもしない眼鏡と一脈通じる何かがあるようだ。

第七章　前　科

通用口で別れた二人の男に、あの短い対話は相応の影響を与えた。それぞれの頭の中ではある考えが展開し始め、その後様々な行動となって現れた。ポッターマック氏の方は、遠ざかる足音を確かめようとそっと通用口の扉を開けた。一度は思い切って、道をきびきびと歩き去る背の高い後ろ姿を盗み見たりもした。男との出会いが漠然とした不安をかきたて、悲劇の夜以来少しずつ培ってきた安心感を揺るがしていた。事件後数日間、ポッターマック氏は苛々と落ち着かなかった。万事好都合に運んでいるように思えたが、それでもなお、ある一つの疑問が絶えず頭から離れなかったのだ。「自分は何か致命的な見落としをしているのではないか？」

例の謎めいた写真家も、心を乱す一因だった。あの不可解な行動のきっかけや目的、さらには肉眼では見えない何かが写真で暴露される可能性など、あれこれ思い悩んだ。しかし、一向に疑いがかかる様子もなく日々は過ぎ、近所の騒ぎも徐々に治まり、事件のことは忘れられていった。ポッターマック氏の恐怖は和らぎ、少しずつ心地よい安心感を覚え始めていた。

そもそも、それのどこがいけないのだろう。最初の数日間は、なまじ事件の真相を知っているために、事態を正しく判断できなかった。しかし、今は真相を知らない第三者の目で客観的にみることができる。ルーソンの失踪がなんだというのだ？　別に、たいした問題ではないではないか。汚らわしい悪党が他人の百ポンドを盗んで逃げた。ルーソンは消え、行方は誰にもわからない。だいたい、誰も本気で探そうとしてはいないのだ。たしかに警察はルーソンを追い続けるだろうが、所詮けちな犯罪者だから、血眼になって捜索するはずはない。

ポッターマック氏はそう見込みを立てた。ごくごく妥当な判断だ。その見込みは日に日に強まり、やがて事件はもう決着がついたという嬉しい結論に達した。これで、収監の脅威、有り金を奪い取られるという際限のない恐怖、裏切りの全てから解放され、再び平穏な生活を続けられるだろう。

見知らぬ弁護士との出会いが揺るがしたのは、この手に入れたばかりの心地よい安心感だった。とはいえ、さほど深刻に受け止めたわけではない。あの男はどうということのない人物にみえた。調査らしい調査をするでもなく、気が向いたので近くまで足を伸ばしただけのようだった。その上、犯罪者を追う腕も心配するほどではなさそうだ。一マイルを一インチに縮尺した地図で、自分のいる場所さえ見つけられなかったではないか。

だが、それにもかかわらず、あの出会いがどことなく心に引っかかっていた。ポッターマック氏は、ルーソンの事件は片づいたと考えていたのだ。しかし、どうやらそうではないらしい。あの弁護士がよりによってあそこの扉をノックして、質問する相手に自分を選んだのは、妙な偶然だ。ただの偶然には違いない。が、それでも事実偶然は起こったのだ。それに、あの男自身も気になる。地図も理解できない頭の悪い男のようだった。が、あの男は馬鹿にはみえなかった。それどころか、あの男の容貌、物腰全体から、英知がにじみ出ていた。そう、鋭敏な知性と冷静で鉄のような意志が。弁護士の顔や態度を思い出すうちに、ポッターマック氏は我知らず自問自答を繰り返していた。「あの一見偶然の出会いには、裏があったのだろうか？　弁護士は例の写真を見たのか？　もし見たのなら、肉眼では見えない何かを写真から発見したのだろうか？　あの扉をノックしたのは、何か特別な理由があったのか？　それにあの銃を仕込んだステッキ、あんなものでいったい何をしていたのだろう？」

このような疑問が、何をしていても、じわじわとポッターマック氏の意識に浸透していった。心の平穏をひどく乱したとまではいかないが、やはり一抹の不安は拭いきれない。やがて、一度検討して放棄した計画、捜査の対象となる現場を自宅近辺からもっと遠くに移してさらなる身の安全を確保する計画が脳裏に蘇ってきたのは、こういうわけだった。

一方、あの出会いがソーンダイクに与えた効果は、まるで違っていた。ソーンダイクが現場に足を運んだのは、自分が組み立てたある推論が正しいかもしれないと考えた結果だった。今や疑問は消え、推測は絶対の確信へと変わっていた。残る疑問はただ一つ。「マーカス・ポッターマックとは、何者か？」ソーンダイクの頭に浮かんだのは、突拍子もない答えだった。しかし、それ以外には思いつかない。仮にその答えが間違っていた場合、孤立無援のソーンダイクとしてはお手上げだ。

そのため、まず突拍子もない答えを打ち消すことが――あるいは正しいと確認することが――必要だった。そうすれば、自分の立場がはっきりし、次にとるべき行動も判断できるだろう。従って、ソーンダイクは自分で集めた貧弱な資料のまとめに取りかかった。写真についてはポルトンがフィルムの現像、拡大を行い、ポッターマック氏の左右それぞれの横顔をはっきりとらえた写真ができあがった。ポルトンが写真を作っている間、主人のソーンダイクは成功の見込みは薄いものの、潜在指紋を求めて地図を徹底的に調べ上げた。ポッターマック氏が地図を持ったときの手つきはもちろん、触った場所も頭にたたき込んである。ソーンダイクは指頭《しとう》が触れた箇所、専門用語でいう担体《たんたい》に応じて黒白二色の細かい粉を使いわけ、慎重に振りかけていった。

　結果は満足にはほど遠いものだったが、思ったよりはうまくいった。ポッターマック氏は鉛筆で場所を示しやすいように、左手で地図を持ち、ちょうど森を示す緑色の部分に親指を置いていた。そこに白い粉が付着すると、不鮮明ながらも専門家の鑑定には問題のない指紋が検出された。写真に撮れば背景が黒っぽくなるから、もっと見やすくなるだろう。白い担体の上に黒い粉で浮かび上がらせた指紋はさらに不完全で、おまけに黒い文字と重なっていた。それでもソーンダイクは、一つ一つ丁寧に撮影し、ネガに写っている周りの文字を（余計な情報を与えないために）隠して原寸の二倍に拡大した印画を作成し、一枚の厚紙に貼りつけた。

　指紋の写真を紙入れに、二枚の顔写真をポケットに入れて、ソーンダイクはある日の朝ロンド《ニュー・スコッ》ン警視庁《トランド・ヤード》へ足を運んだ。旧友のミラー警視に、ミラーが不在なら、犯罪記録を管理している係官に協力を頼もうと考えたのだ。だが、幸いミラー警視は在席しており、ソーンダイクが名刺を言付けると、ほどなく部屋に案内された。

「やあ、博士」ミラーは心をこめて握手をした。「ここに来たということは、例によって手がかりがほしいのでしょう。はてさて、どのようなことでお困りですかな?」

ソーンダイクは紙入れを取り出し、中の写真を警視に手渡した。

「その写真は」ソーンダイクは説明した。「三本の指の指紋です。左手の親指、及び第二、第三指のものに間違いないでしょう」

「ははあ」ミラーは刑事の目でその三枚の写真を眺めた。「なぜ、『間違いない』と?」

「それは」ソーンダイクはつけ加えた。「文書についていた位置から推測したのですよ」

「文書は地図のようですな」ミラーは薄く笑った。「きっと、博士は先刻ご存じでしょうがね。では、この指紋は左手の親指、人差し指、中指と考えてよろしいんですね?」

「そう思います」ソーンダイクは答えた。

「私もそう思いますね」ミラーは認めた。「さて、次の問題です。こいつはいったいなんなんですか? 自分では見当がついているくせにしらばっくれて、この指紋が誰のものか私達から聞き出そうっていうんでしょう。ネガには細工がしてあるようですから、一切情報を提供する気はない?」

「まったく」ソーンダイクは答えた。「警視は相変わらず鋭い。まさにおっしゃるとおりですよ。たしかに詳しいことはお話ししたくありませんが、これだけはお教えしましょう。もし、私の考えが正しければ、この指紋は数年前に死んだ男性のものなのです」

「死んだ!」ミラーは叫んだ。「いやいや、博士はなんとも執念深い方ですな! まさか、私達があの世まで犯罪者を追いかけていくと思ってるんじゃないでしょうね?」

「死亡しても、おそらく記録は残っているだろうと思っただけですよ。もし破棄したのなら、警察は、私がこれまで関わったお役所とは、まるっきり違うことになりますね。とにかく、私の予想があたっているといいんですが」

「まあ、あたらずといえども遠からず、ですか。死んだ人間に関しては、記録全てが残っているわけではありません。ですが、最低限度の個人情報――指紋、顔写真、人相書き――の文書はまとめて保管されています。ですから、博士が知りたいことには答えられると思いますよ」

「申し訳ないんですが」ソーンダイクは言葉を継いだ。「写真が非常に不鮮明でね。照合は無理、という結果にならないといいのですが」

ミラーは改めて写真を眺めた。「問題ないと思いますよ」ミラーは告げた。「悪党がローラーとインク板をポケットに入れておいて、警察にきれいで鮮明な指紋を提供する、なんてことはないんでね。指紋専門官が扱うたいていの指紋よりはずっとましだし、おまけに片手の三本の指が揃っているわけですからね。照合の鍵がすぐに見つかりますよ。ええ、指紋専門官にかかれば、わけなく割り出せるでしょう。もっとも、その指紋が記録になければ話は別ですが」

「その場合は、私が間違った人間を疑っていたことになりますね」

「そういうことですな。ただ、私の睨んだところじゃ、この指紋の持ち主を知りたいのは、ある人物の指紋ではないと断定するためなんじゃないんですか。そういうことでしたら、死亡者の記録に該当がなかった場合には、生存者――まだ現役の悪党ども――の記録もあたってみますか？　それとも、そちらはやらない方がいいですか？」

「もしご迷惑ではないなら」ソーンダイクは答えた。「全部調べていただければ、大変助かるのですが」

「迷惑なんかじゃありませんよ」ミラーはずるそうに笑ってつけ加えた。「ただ、立派な依頼者の指紋が現役の犯罪者の記録と一致したら、博士がお困りになるんじゃないかと思ったものでね」

「それはそれで、非常に興味深い展開ですよ」ソーンダイクは応じた。「ただし、可能性は低いと思いますがね。まあ、全ての可能性をあたった方が無難ですから」

「結構ですとも」ミラーは承知した。簡単な指示を書いたメモと写真を封筒に入れ、ベルに応じて現れた係員に手渡す。

「それほどお待たせしなくてすむと思いますよ」ミラー警視は言った。「指紋専門官は非常に独創的な記録分類システムを構築していましてね。保管してある何千という指紋のなかから、ものの数分で該当者の指紋を割り出せるんですよ。嘘みたいな話に聞こえるかもしれませんが、実際は単純なことでして。ま、単なる分類法の問題で、紋様《もんよう》をありとあらゆる組み合わせの違いで分類するんですな」

「警視のおっしゃっているのは、完全な指紋の場合でしょう?」ソーンダイクは口を挟んだ。「そうです。偽名で逮捕された男の身元を特定するために、地方の刑務所から送らせる押捺《おうなつ》指紋の場合です。もちろん、現場で捜査員が発見した一指の部分指紋の場合には、もう少し時間をかけなければなりません。指紋を特定するだけでなく、照合が間違っていないかどうか、万全を期さなければならないのでね。何しろそれをもとに人が逮捕、起訴されるんですから。逮捕してみたものの、ちゃんと指紋を採ってみたら、一致しなかったなんてのはご免ですよ。ですから、部分指紋の場合には細心の注意を払って隆線《りゅうせん》を追跡し、隆線数の確認、島とか分岐などの個人的特徴点を系統立てて照合する必要があります。まあ、その場合にもさほど時間がかかるわけではなくてね。素人にはたとえ指摘されても見わけられないような細かい点も、指紋専門官なら一目で判定できるので」

警視が指紋に関わる技術のすばらしさや指紋局の活躍について、刑事ならではの熱弁をふるっていた折りも折り、その賛辞が偽りではないことが証明された。係員が入ってきて、一束の書類とソーンダイクの写真をミラーに手渡したのだ。

「さて、博士」書類にざっと目を通し、警視が告げた。「お求めの情報が届きましたよ。該当者は故人で、名前はジェフリー・ブランドン。納得されましたか？」

「ええ」ソーンダイクは答えた。「思っていたとおりでしたよ」

「結構」ミラーは言った。「どういうわけか、やつの書類は全て保存してあったようですな。博士はキリストの復活を疑ったトーマス・デドモよろしく念入りに指紋を確認するでしょうから、私はその間にちょっと書類に目を通してみますよ。もっとも、博士の写真と、ローラーとインク板を使用して採取したやつの指紋の紋様を比べてみれば、完全に一致しますよ、間違いありません」

ミラーは顔写真と人相書きが添付された指紋票をソーンダイクに渡し、自分は机について他の書類を読み始めた。一方、ソーンダイクはより明るい窓際へと移動した。しかし、指紋はちらっとしか調べなかった。興味があったのは、写真だったのだ。一枚の印画紙に、右の横顔と正面の顔が写っている。ソーンダイクは右の横顔に注目した。ざらにある横顔ではない。きわめて美しいと同時にかなり古風な輪郭で、どこか大英博物館のアンティノウス像に似ている。ソーンダイクは刑務所で撮影された写真を細かく観察し、それから――ミラーに背中を向けて――ベストのポケットからポッターマック氏の右の横顔の写真を取り出し、横に並べた。

一目見ただけで、二つの写真の顔が同じだとはっきりわかった。一方はひげをきれいに剃った若者の写真で、唇全体とたくましく丸みを帯びた顎がちゃんと写っている。もう一方の写真はひげを生やし、眼鏡をかけた中年男性の顔だが、それでも両者が同一人物であることに疑いの余地はなかった。特徴のある鼻梁《びりょう》、額、形のよい耳がまったく同じだ。また、どちらの写真の耳たぶにも、先端に黒っぽい斑点が写っていた。

ソーンダイクは写真から人相書きに目を転じた。この上証拠が必要だったわけではなく、実際、人相書きにはざっと目を通しただけだった。それでも、新たな確証が得られた。「身長五フィート六インチ半、髪・栗色、目・濃灰色、右の耳たぶに小さなポートワイン母斑」などなど。ジェフリー・ブランドンの個人的な特徴は、何から何まで完全にマーカス・ポッターマック氏と一致する。

「どうもすっきりしませんな」ミラー警視はソーンダイクから指紋票を受け取り、他の書類の上に載せた。「どうしてこんな書類を全部残しておいたんだろう。私としては、この男の有罪判決はちょっとどうかと思いますね。個人的には、こんな風に全部の卵を一つのかごに入れるような危険なやり方、なんというか、起訴の根拠が一点に集中している事件は、どうも好きになれません。卵がみんな腐っている可能性だってあるんですから。おまけに、初犯にしちゃ、ずいぶん重い刑だ。それにしたって、やつは死んだんだし、気の毒だが有罪無罪や量刑の再審理はできっこないんだから、こんな記録をとっておいても意味なんてなさそうなのに。まあ、当時は何か理由があったのかもしれないが」

ソーンダイクは内心きわめて正当な理由があったのかもしれないと考えていた。しかし、この意見を口に出したりはしなかった。求めていた情報は手に入ったのだし、いたずらに波風を立てるつもりはさらさらない。また、これまでの経験からミラー警視がずば抜けて〝勘の鋭い〟紳士であることもわかっている。ソーンダイクは余計なことは言わず、改めて警視の助力に礼を述べ、早々に引き上げることにした。

それにもかかわらず、ミラー警視はソーンダイクを見送った後しばらく、すっかり考え込んでいた。そのわけは帰ったばかりの客となんらかの関係があるらしく、警視はぶらぶらと窓際へ近づき、中庭を抜けてホワイトホールの入口へ向かうソーンダイクを、すっきりしない顔で見下ろしていた。

一方、ソーンダイクの頭も同じように忙しく働いていた。テンプルへと歩きながら、あらゆる側面から事件を再検討する。およそありそうもないと思われた推測は、動かしがたい事実だと判明した。奇想天外な推論だったが、見事的中したのだ。これまで積み重ねてきた、やや飛躍した推理の連鎖が正しいと証明されたのだから、そのこと自体には満足だった。マーカス・ポッターマック氏は、まさしく死んだジェフリー・ブランドンだったのだ。その点についてはもう疑問の余地はない。唯一残っている問題は、この件をどう扱うべきかということだった。この問題も、もっと事実が集まってくれれば、自ずと結論が決まるだろう。事件の内情に詳しいストーカー氏から、ブランドンの有罪判決についての意見は聞いた。そして、数多くの犯罪者を送検してきたミラー警視の意見も聞いた。ソーンダイクも二人に賛成したいような気がした。二人が知らないあることを知っているソーンダイクは、なおさらその意見に傾いた。

結局ソーンダイクは、当面具体的な行動は起こさずに、今後の成り行きを注意深く見守ることに決めた。

第八章　ポッターマック氏、あえて危険な旅に出る

ソーンダイクがボーリーの〝栗の木荘〟の通用口に現れた効果の一つとして、居住者であるポッターマック氏の心に、一度検討して放棄した計画が再浮上したことについては、前章で述べた。しかし、この場合『放棄』という言葉は強すぎたかもしれない。なぜなら、ポッターマック氏の作業場の鍵つきの引き出しには、ジェイムズ・ルーソンのものだった上着と二十枚の五ポンド紙幣がずっとしまい込まれていたからだ。つまり、一時棚上げにされているだけで、再考の余地、使用目的はあるということだろう。

物置の裏の隅にある焼却炉が煙をあげて可燃ゴミを燃やしつくすのを見て、ポッターマック氏は幾度となく上着と紙幣をその中に投じ、目に見える形で存在する悲劇の最後の証拠を、判別不能な灰にしてしまおうとした。が、そのたびに、将来不測の事態に陥ってあの恐ろしい夜の記念品が役に立つのではとの思いにとらわれ、手は止まってしまった。その結果、頻繁に不安のうずきを感じなくもないのに、有罪の証拠物は鍵つきの引き出しに隠されたままになっていたのだ。そして今、少なくともそのうちの一つが、日の目をみるべき状況を迎えたようだ。

では、いったいどのような状況なのだろうか？　問題なのは、見知らぬ弁護士の事件の見方だ

けなのだ。警察を含め、ボーリーの人々にとって、ルーソンは逃亡した窃盗犯だった。ルーソンの足跡は、郊外を抜けてロンドン街道へ向かった。たしかに足跡はヒースの荒れ地で途切れ、その先はわからない。しかし、ルーソンがボーリー周辺から逃げ出して、今は住み慣れた土地から遠く離れた安全な場所に隠れているという見方を疑うものは、一人もいなかった。近所の人達が、ポッターマック氏に一瞬でも不安を与えたことはなかった。しかし、あの弁護士は違う。気がかりなのは、弁護士が消えた男にではなく、失踪した土地そのものに興味を持っていた点だった。さほど強い関心ではなかったが、勢いづかせてはまずい、とポッターマック氏は感じた。いや、むしろさらに安全を期して作戦を変更した方がよさそうだと考えた。つまり、身代わりを利用するだけにせよ、ジェイムズ・ルーソンがボーリーの〝栗の木荘〟周辺からできるだけ離れた場所で、再び姿を現すべきときが来たのだ。

こういうわけで、ポッターマック氏は物事をそっとしておくべき潮時を知らない人々が踏みならしてきた、お決まりの危険な道へと踏み込むことになった。

その後数日間、計画のあらましは決まったものの、細かい点はまったく白紙のままだった。なんとかして、盗まれた紙幣を流通させなくてはならない。が、自分で使うわけにはいかない。紙幣の番号は手配されているだろうから、使われたとなればすぐに——少なくともその一部は——盗難紙幣だと判明し、出処が徹底的に調べられるだろう。問題は自分で直接やりとりせずに、いかに自然なやり方でその金をばらまくかだった。しばらくはどんなに頭をひねっても、人気のないロンドンの通りに無造作に落としてくる、という方法くらいしか思いつかなかったが、そんなやり方では必要な条件を満たせないのはもちろんで、すぐに断念した。ようやく名案を教えてくれたのは、駅の外で「エグバート・ブルースの決勝」と叫んでいる新聞の売り子だった。それを聞いた瞬間、ポッターマック氏は完璧な計画を思いつき、基本戦略を練るために詳しい情報を得ようと新聞を購入し、家に持ち帰った。

『決勝』とは、二日後に開催される出場資格不問の競馬会に関係があるらしい。場所はサリーのイリンガムで、ボーリーからの交通の便はよいが、遠くて近所の人と出くわす可能性は低い。別に姿を見られたからといって疑いを招いたり、有罪の証拠になるわけではないが、それでも自分の行動を知る人間が少ないに越したことはない。

競馬の開催当日、こざっぱりしているが競馬にふさわしい服を着たポッターマック氏は、冒険の旅に出たくてうずうずしており、朝早く家を出た。もっとも、計画どおりにことが運べば、どうということのない外出になるはずだ。家政婦のミセス・ギャドビーには――嘘などつかずに――ロンドンへ行くと告げてある。万一、家政婦がその言葉を確かめたいと思った場合には、ロンドン行きの列車を待つ間に挨拶を交わした大勢の近所の人達が裏書きしてくれるはずだ。

しかし、きわめて社交的に振る舞う一方、ポッターマック氏は鵜の目鷹の目で空の一等車室を探して乗り込み、一人きりで閉じこもった。同乗者など、ほしくなかった。この小旅行で一見うきうきしているようだが、内心はかなり神経質になっていたのだ。予想では、危ない橋を渡る必要は一切ないはずだったが、警察に番号の割れた盗難紙幣二十枚を内ポケットに入れてボタンをかけ、なぜそんなものを持っているのかと訊かれても筋の通った説明のできない男が神経質になっても、無理のない話だろう。そう、まさにポッターマック氏はそういう立場だったのだ。家を出る直前、ポッターマック氏は命取りになりかねない例の紙幣を一枚残らず隠し場所から取り出し、いつも胸ポケットに入れている紙入れの仕切りの中にしまい込んだ。同時に、使い古してすり切れた別の紙入れも探し出し、そちらには今日必要な金として十シリング紙幣を六枚入れ、上着の尻ポケットに突っ込んだ。

列車が完全に駅を離れると、ポッターマック氏はすぐさま今日の戦略に従って札の入れ替えを行った。二つの紙入れを取り出し――内ポケットの財布、外ポケットの財布と呼ぶことにする――横の座席に並べる。内ポケットの財布から盗まれた紙幣のうち五枚を引き抜き、外ポケットの財布の仕切りに、軽く差し込む。紙幣の端がはみ出しているので、財布を開けば中身は一目瞭然だ。次に、外ポケットの財布から四枚の十シリング紙幣を（ポッターマック氏は切符の代金を銀貨で支払っていた）内ポケットの財布へ移す。その後、二つの財布をもとどおりにしまい、上着のボタンをはめた。

メリルボン駅で列車を降りたポッターマック氏は、徒歩でベイカー・ストリートへ行き、そこから地下鉄でウォータールー駅へ向かった。同名の巨大な鉄道の駅、ウォータールー駅は競馬に向かおうと張り切っている人々でごった返していた。ありとあらゆる階級の典型が集まっているようだったが、総じて感じのいい人々ではない。しかし、ポッターマック氏にとやかく言うつもりはなかった。ここぞとばかりにめかしこんだ競馬愛好家、競馬用の双眼鏡を肩からぶら下げた品のない賭け事好きの連中、手提げや革製の肩掛け鞄を持った正体不明の男達。ポッターマック氏は寛大な目でざっと周囲を観察した。彼らだって自然の経済に貢献することがある――実をいうと、ポッターマック氏自身も彼らの仲間を利用するつもりだった。実際、ひどく太っ腹な気分だったため、スリに注意を促す壁の張り紙を、余裕の笑みを浮かべて眺めたほどだった。何しろ、スリに対するポッターマック氏の立場は一般人とは異なっていたのだ。上着の外側のポケットには財布が入れっぱなしなのに、気楽なものだった。切符売場の窓口へ続く列に並んだとき、これほど大勢の人がいてもわざわざ財布をすられるためにやってきたのは自分一人くらいだろうと考え、皮肉な喜びを覚えた。

窓口の順番が近づき、ポッターマック氏は尻ポケットから財布を抜き出して広げ、迷っているような顔で中身を改めた。五ポンド紙幣を一枚取り出したが戻し、最終的に別の仕切りから十シリング紙幣を一枚引っぱり出す。片手にその紙幣を、反対側の手に開いた財布を持ったまま、やっとたどり着いた窓口で切符を購入し、急いでいる様子の赤ら顔の大男と入れ替わってその場を離れた。財布をポケットに戻しながら、のんびり改札口へ向かっていると、人々がじれったそうに追い抜いていく。しかし、ポッターマック氏を追い越した人々のなかには、先ほどの赤ら顔の男は一向に見あたらない。あんなに急いでいるようだったのに、突然事情が変わったらしい。ポッターマック氏は客車に乗り込もうとして後ろを振り返ったとき、ようやくその赤ら顔の友人が真後ろに立っていることに気づいた。そのままほぼ満席の車室に入り、右側にちゃんと空席を残して座った。背後に張りついてきた男は、そこへ乱暴に腰を下ろし、早速肘をごそごそ動かし始めた。ポッターマック氏は〝羽茎《はぐき》かコルク製の浮きが沈んだのを見た〟運のいい釣り人のように内心ほくそ笑んだ。つまり、〝魚が餌に食らいついた〟という嬉しい確信を得たのだ。

　さて、今となってみれば、雑誌売場で本の一冊でも買っておかなかったのが悔やまれてならない。新聞でも読んでいれば、右隣の友人にはさぞ好都合だっただろうに。しかし、左側の隅に向かい合って座る二人の男達のおかげで、しくじりは実質的に埋め合わせができた。その男達は突き合わせた膝の上に小さな膝掛けを広げ、同乗者一同のためにわざわざ昔からおなじみの〝三枚カード騙し（伏せた三枚のカードからクイーンを選ばせる賭けトランプ）〟を始めたのだ。ポッターマック氏はいかにも興味津々といった顔で、そちらへ首を伸ばした。男達はよいかもが現れたと早合点したらしい。カードを切っている男は一心不乱に、何度も何度も八百長を演じる。ポッターマック氏の向かい側に座っている〝間抜け〟役の男は、露骨に意地を張って毎回明らかにはずれのカードを選び続け、予想外の結果にぶつぶつ言いながら金を払っている。左側に座っている四人目の同乗者は、時折ポッターマック氏を軽く肘で突き、どれがあたりのカードかと小声で尋ねてきた。ポッターマック氏の意見が百発百中だったのはいうまでもない。しかし、その男がさかんに「カードあての名人なんだから」運試しをしてみろとささやいても、ポッターマック氏は誘いに乗らなかった。他の場合なら、付き合いということもあるし、十シリングを投資してやっただろう。が、今の状況では財布に手を触れるわけには、いや、財布が入っているポケットに手をやることさえできないのだ。あまり早くに何かあったとわかってしまえば、全てがぶちこわしになる。

　列車は快調に走り、短い旅がさらに短くなっていくにつれ、カードを操っている男の誘いはせわしなくなり、強引になってきた。いよいよ目的地という頃には、遠慮も捨ててなじり、くそみそに罵る始末だった。やっと列車がスピードを落とし、プラットホームに到着した。乗客が一斉に立ち上がり、我先にと狭い乗降口へ押し寄せる。ポッターマック氏も後ろから強く押されて、思いがけない勢いで乗降口から飛び出した。と、同時に帽子がさっとはね飛ばされ、人々の足下に落ちた。拾い上げようと身を屈めたが、誰かが先を越して巧みに蹴り飛ばし、帽子は空中に舞い上がった。今にも着地するかと見えたとき、再び帽子は浮き上がり、さらにふらふらと柵の向こうまで飛んでいって、ようやく駅長の庭に不時着した。情け深い駅長の手を借りて帽子を回収したときには、最後の乗客達が列をなして改札口を出ていくところだった。ポッターマック氏は落伍者のように一人遅れ、最後の最後に改札口を抜けた。

この忌々しい経験から立ち直る余裕ができるなり、ポッターマック氏は財布のことを思い出して手を尻ポケットへ突っ込んだ。口も利けないほど驚いた。財布はちゃんとあるではないか。財布を見つけたポッターマック氏は手痛い失望感を味わった、いや、侮辱されたような気までした。あの赤ら顔の男こそと見込んでいたのに、結果はどうだ！　赤ら顔のペテン師は自分を裏切ったのだ。どうやら計画は、思ったほど簡単にはいかないようだ。

しかし、回転式ゲートのついた競馬場の入口へ着き、十シリング紙幣を出そうと――ついでに、他の紙幣も見せびらかそうと――財布を引っぱり出したとき、ポッターマック氏はあの赤ら顔の男を見くびっていたことを思い知った。財布の奥に隠してあった十シリング紙幣はたしかに入っていたが、他には何もないではないか。自分の目が信じられなかった。財布を見ながら呆然と立ち尽くしていたところ、ほどなく背後からじれったそうに小突かれ、「どいてくれよ」と冷たく注意されて我に返った。ポッターマック氏は慌ててその場を離れ、お釣りをポケットに入れて場内へ入った。あの赤ら顔の知人の技術と才覚に舌を巻くと同時に、もっと早く気づけばよかったと思った。何しろ、財布は次の達人のために中身を補充しなければならない。人のいなくなった駅でならわけもないことだったが、この人込みの中ではやりにくい。誰かに見られるに決まっているし、少々怪しげな行動ととられるだろう。そう、特に私服の警官には。そういう頼もしい役人達がこの群衆に大勢紛れ込んでいるはずだし、警官達の目を引けば、それこそ命取りになりかねない。

ポッターマック氏は途方に暮れてあたりを見回し、人目につかずに外ポケットの財布に金を移し替えられるような場所を探した。むろん、無理な話だ。競馬場はコースそのものを除き、混み具合に差はあるものの、どこもかしこも興奮した群衆でごった返している。ところどころ特に人が集まっているのは、曲芸師や道化師、指ぬき《シンブル》やトランプを使う手品師が芸を披露しているのだろう。少し離れたところでは、滑稽な操り人形パンチとジュディの見せ物が人々の頭上に見えている。太鼓の音、パンの笛、主人公パンチの独特の声が、人々のざわめきを通してはっきり聞こえてきた。その見せ物の方へ近づいていったとき、小さいがひどく混み合っている人の輪の中で大きな笑い声が起こった。何かおもしろいことがあるらしい。そこで、ポッターマック氏は楽しいパンチとジュディの人形劇をあきらめ、人をかきわけ、じりじりと輪の中心へ進み始めた。

この瞬間、遠くでベルが鳴った。途端に人々が一斉に動き出し、波のようにコースへ押し寄せていった。すぐ近くでわけのわからない騒ぎが始まったのは、そのときだった。ポッターマック氏は見えない足につま先をしたたか踏みつけられ、同時に右へ荒っぽく突き飛ばされた。ふらふらとみすぼらしい男によろけかかると、あばら骨を思い切り殴りつけられ、今度は左側に倒れかかる。体を立て直す前に誰かが勢いよく背中にぶつかってきて、ポッターマック氏は前方に吹っ飛ばされ、麦わら帽子をかぶった小柄な男に激突した。実際、いやにしっかりと帽子をかぶっている男だった——何しろ帽子は上から思い切り押されて男の両目にかぶさっていたのだ。男は怒って抵抗しようとしたが、見えない誰かに後ろから突き飛ばされ、再度激しくポッターマック氏と衝突した。その後のことははっきりしない。ポッターマック氏は押され、引っぱられ、殴られ、締め付けられた。めまいがするまで乱暴に小突き回されたのだ。その後唐突に、人々はさっさとコースの方へ離れていき、ポッターマック氏は麦わら帽子の男と二人きりで取り残された。少し離れたところに立っている男は、躍起になって帽子を脱ごうとする一方、半狂乱でポケットを確かめている。いわずとしれた連想作用で、男の確認行為はポッターマック氏に伝染した。つまり、ポッターマック氏も慌てて自分自身のポケットの中身を確認したのだ。しっかりボタンをかけていた内ポケットの財布は無事だったが、空同然の外ポケットの財布は、今度こそほとんどの小銭と一緒に消えていた。

人の心の一貫性のなさは、おもしろいものだ。ついさっき、ポッターマック氏はその財布を赤ら顔の旅の仲間に、ただでくれてやろうとしていた。それなのに、いざ財布が消えた今は無性に腹立たしかった。あの財布には新たに預託金を入れて、それなりの方面へ流通させるつもりだったのだ。財布がなくなれば、何か他のうまい手を工夫しなければならないが、今のところ、名案はまったく思い浮かばない。金をばらでポケットに入れておくのはいかにも不自然だし、うまくいきそうもない。外から触ってみただけでは、ポケットは空だと思われてしまうだろう。

思案しているうちに、ふと麦わら帽子の男と視線が合い、相手が露骨な疑いの目で自分を睨んでいることに気づいた。不愉快だったが、大目にみてやらなければならないだろう。多少頭に血が上っているに違いない。ポッターマック氏は愛想笑いを浮かべて見知らぬ男に近づき、何も盗られていませんかと、いささかのんきな言葉をかけた。しかし、返ってきた答えは、はっきりしない唸り声だけだった。

「ポケットを渫《さら》われましたよ」ポッターマック氏は明るく説明した。「ですが、運よくたいしたものは盗られずにすみました」

「ほう」麦わら帽子の紳士は言った。

「ええ」ポッターマック氏は続けた。「スリはきっとがっかりしたでしょうね」

「ふん」男の口調はすげない。

「そうなんです」ポッターマック氏は重ねて言った。「やつらが盗んだのは空っぽの札入れと、銀貨がほんの何枚かだけなんですよ」

「それはそれは」麦わら帽子の男は言った。

「ところで」ポッターマック氏はいい加減に苛々し始めた。「あなたの方も何か大事なものを盗られたのではないといいのですが」

男はすぐには答えなかった。険のある目でポッターマック氏を睨みつけ、ようやくあてつけがましい返事をする。「何を盗られたのか知りたけりゃ、仲間に訊いてみろよ」こう言い捨て、男は背を向けて立ち去った。

ポッターマック氏もまた向きを変え——男と反対方向に歩き出した。あの麦わら帽子の男から離れた方がいいと、心の声がささやいている。

ポッターマック氏は徐々に足を早め、コースの周囲に群がっている人々の後ろにやってきた。ここからは見えないが、皆が応援しているから、くだらない馬どもがどこかを走っている最中なのだろう。ポッターマック氏は馬などどうでもよかったが、人込みへ入って声の方へ進むのには、もってこいの口実になる。実際に人込みを進み始めたところ、口汚い悪態をつかれ、押されたり突かれたりしたが、構ってはいられない。群衆にすっかり紛れ込んだ頃合いを見計らって、一つ深呼吸をして振り返った。一瞬、ポッターマック氏は同じスリの被害者である疑り深い男からうまく逃れ、まくことができたと思って、小躍りするほど喜んだ。が、突然嫌というほどよく覚えている、あのひしゃげた麦わら帽子が目に飛び込んできた。人々に邪魔されながら、まっすぐこちらを目指してじりじり進んでくる。

ポッターマック氏が突然激しい動揺を感じたのは、そのときだった。無理もない。以前法律と関わった経験から、単に無実であるだけではなんの足しにもならないとよくわかっている。それに、今では疑いをかけられただけで身元を特定され、有無をいわさず刑務所に再収容される危険性がある。しかし、その点を抜きにしても、ポッターマック氏の立場は非常に危うい。今この瞬間、盗難紙幣を十五枚所持しているのだ。持っている理由を説明できないばかりか、紙幣は日時計の下で永遠の眠りについているものと結びつく。発見されれば、どんなによくても懲役刑、最悪の場合には絞首刑だってありうる。

つまり、あの不吉な麦わら帽子を見て、ポッターマック氏の背筋が凍りついたとしても不思議はないのだ。しかし、ポッターマック氏は臆病者ではなかった。予想もしなかった危険にも、気をしっかり持ち、心臓をわしづかみにしている恐怖をまるで表には出さなかった。慌てず騒がず、ポッターマック氏は人込みを少しずつ進んでいった。時折振り返ってあの因業な帽子との距離を確認しながら、例の命取りになりかねない紙幣を始末する機会を必死に探す。紙幣さえなくなってしまえば、より危険の少ないスリの疑いなど、堂々と落ち着き払って対応できる。しかし、機会はまったく見つからない。とはいえ、この人込みのど真ん中で紙幣を捨てたりすれば、それこそ致命的だ。正体を見破られて追いつめられたスリだと、有無をいわさず決めつけられてしまうだろう。

こんなことを頭の中で忙しく考える一方、体は巧みに人の抵抗の少ない場所を選んで進んでいた。時折、人が少ない外側へ向きを変え、麦わら帽子から安全な距離を確保する。それから、見失ってはくれまいかとはかない希望を抱きつつ、再び人込みへと突っ込んでいく。しかし、ポッターマック氏の願いが叶うことはなかった。追跡者との距離はほぼ一定、いや、かえってわずかに広がっているようだった。一瞬、勘違いも甚だしい迷探偵が視界から消えたことも何度かあった。が、希望がわき上がり始めるのとほぼ同時に、再びあの忌まわしい帽子が現れ、ポッターマック氏を絶望とまではいかないにせよ、極度の不安状態へと陥れるのだった。

何度目かに人の少ない場所へと向かっている途中、しばらく先でコースがきついカーブを描き、比較的競馬場の出入口が近くなっていることに気づいた。途切れることのない人の波が、まだ回転式のゲートを通って入場を続けている。しかし、出口のゲートはすかすかだ。今、競馬場から帰る人はいないらしく、すんなり出ていけるだろう。この事実に気づき、新たな希望を抱いたポッターマック氏は再度人垣に突っ込み、柵とほぼ平行に進んでいった。なんとか出入口の真正面くらいまで来たとき、振り返って追跡者の位置を確認した。麦わら帽子がはっきり見えた。一番人が密集している場所で身動きがとれなくなり、周囲のひんしゅくを買っている。好機到来と判断したポッターマック氏は、すかさず行動に出た。人込みを巧みにすり抜け、出口のゲートを目指して急ぎ足で歩いていく。他に帰る人はいないため、あっさり通ることができたが、一瞬背後を確認するために足を止めた。が、目に飛び込んできた光景は、決して穏やかではなかった。たしかに麦わら帽子の男は、まだ人込みから抜け出せずにいる。しかし、隣には警察官がいて、麦わら帽子の男は興奮した様子でゲートの方を指さし、何かまくしたてている。通報者も警察官も、ポッターマック氏が出ていくところをしっかり見ているようだ。

ポッターマック氏はそれ以上様子を確かめたりはしなかった。そそくさとその場を離れて通りに出たところ、駅への標識があった。鉄道で逃亡というのは安直すぎる。ポッターマック氏は、明らかに郊外へと向かう反対方向に歩き出した。ちょっと行ったところで、生け垣の手入れをしている老人と出くわした。男はお節介にもこんにちはと声をかけてきて、ポッターマック氏は内心そんな場所にいる男を呪った。さらに少し先の急な曲がり角を過ぎたところで、踏み越し段が見つかった。その踏み越し段を越え、小さな牧草地を横切る人気のない小道を急ぎ足で進む。走り出したかったが、我慢した。のんびり歩いていれば誰にも気づかれない、少なくとも人目にはつかないが、走れば目立つ。とはいえ、足早に牧草地を通り抜け、細い脇道に出る反対側の踏み越し段に行き着いた。ここで、どちらに曲がろうかと一瞬足を止める。しかし、追っ手からできるだけ遠ざかりたいという逃亡者の本能が、問題を解決した。ポッターマック氏は競馬場とは反対方向へと向かった。

数分急ぎ足で歩いたところで、突然曲がり角に出て、ちょっと前方に大きな通りが見えた。同時に、右手にあるニレの木立から教会の塔が見えてきた。ここで低い生け垣が途切れ、潜り戸のついた煉瓦の壁に代わった。戸口から中を覗くと、緑の美しい教会の庭だった。前方の大きな通りはおそらく、踏み越し段に折れる前に歩いていた通りだろう。その推測は、もっとも警戒が必要な形で証明された。ポッターマック氏が潜り戸を通ろうとしたまさにそのとき、一人の男が小道の突きあたりを足早に通り過ぎるのが見えたのだ。一人は背の高い軍人風の男で、さほど緊張感はないが大股でさっさと歩いている。遅れまいと苦労しているもう一人は、ひしゃげた麦わら帽子をかぶった小柄な男だった。

恐怖に息をのみ、ポッターマック氏は慌てて教会の庭へ入り、隠れられる場所はないかと必死で周囲を見回した。教会の扉が開いている。教会の中は聖域《サンクチュアリ》、かつては法律の力も及ばない場所だったことがなんとなく頭に浮かんだのだろう、夢中で飛び込んだ。そして動揺のあまり帽子を脱ぐことすら忘れて、しばし教会の戸口に立ち、静かで平穏な教会の内部を見つめた。人気はなかった。しかし、鉄の金具つきの小箱が真正面の石の円柱にしっかり固定されていて、侵入者を出迎えた。箱の前には〝救貧箱〟とあり、その上の板には次のような言葉が記されていた。

『主は、喜んで与える人を愛す』（新約聖書コリント人への第二の手紙9・7）

そう、そのときのポッターマック氏にはうってつけの言葉だった。その箱が目に入るが早いか、すぐさま財布を取り出して、紙幣を引き抜いた。震える指で二、三枚ずつ畳み、箱の穴へと突っ込む。最後の二枚——あまりの気前のよさに箱が後込みしたのだろうか——が、引っかかって中に入らない。一ペニー硬貨を使ってなんとか押し込んだ。神へのさらなる贈り物のつもりで箱に入れたその硬貨が、かさかさとかすかな音をさせて落下したとき、ポッターマック氏は財布をしまって深呼吸した。ようやく人心地がついた。

もちろん、麦わら帽子の男の問題は残っている。が、殺人の証拠になりかねない紙幣が消えてしまうと、ポッターマック氏は反動で急に気が大きくなった。故サミュエル・ピープス（十七世紀のイギリスの日記作者）が記したように——そっくり同じではなくても、お手柔らかに言い換えればぴったりだ——麦わら帽子の男など『わら一本にも値しない』と心から思った。状況はがらりと変わったのだ。しかし、さっきとは打って変わって意気揚々と教会を出ようとしたそのとき、突然赤ら顔の男のすばらしい手並みが脳裏に蘇り、ポッターマック氏は手をポケットに突っ込んだ。確かめておいてよかった。上着の左のポケットから、まったく見覚えのない使い古した銀の鉛筆入れが出てきたのだ。平たい面には頭文字が三つきれいに刻まれており、法律上の持ち主の身元をはっきりと示している。

このため――鉛筆入れはポーチの入口から庭の背の高い草むらに放り込んだ――ポッターマック氏はいったん教会へ戻り、ポケットの中身を一箇所ずつ、洗いざらい信徒席の柔らかな座部に並べ、手際よく調べていった。そして自分の持ち物以外の品が紛れ込んでいないことをよく確認した上で、心も軽く外に向かい、潜り戸を抜けて小道に出た。今度は右に曲がり、大きな通りへと向かう。その通りを進んで駅へ戻るつもりだったが、小道の出口がちょうど村の商店街の入口で、目の前に〝ザ・ファーマーズ・ボーイ〟という看板を掲げた、感じのいい小さなホテルがあった。いかにも家庭的な感じのするそのホテルを見て、ポッターマック氏はいつもの昼食時間をとっくに過ぎたことを思い出し、健康的な空腹感を覚えた。

尋ねてみたところ、冷たい牛の腰肉があり、きれいで静かな休憩室で食事をとれるらしい。ポッターマック氏はその答えを聞き、楽しげに笑みを浮かべて、早速注文した。そして数分後には休憩室に通され、テーブルについた。清潔な白いテーブルクロスの上には、大きな牛の腰肉、分厚く切ったパンやチーズ、一皿のビスケット、さらにのどが鳴るような、泡の帽子をかぶった下膨れの茶色いピッチャーが並んでいた。

ポッターマック氏はその昼食を心ゆくまで堪能した。牛肉は美味だったし、ビールも文句のつけようがない。その二つを味わったポッターマック氏はますます元気になり、麦わら帽子の男への評価はさらに下落した。今となってみれば、最初あんなに取り乱したのは、あの忌まわしい五ポンド札のせいだとわかる。スリの濡れ衣がきっかけで、はるかに重大な殺人の証拠を発見されるのが恐かったのだ。もう、あの紙幣はない。自分は地位と名誉ある資産家なのだから、つまらない疑いなどは吹っ飛んでしまうだろう。ポッターマック氏は完全に自信を取り戻し、駅へ向かう途中で警官達と会う可能性を考え、まるで他人事のような興味すら感じた。

牛肉も後一口分となり、つやつやした厚切りのチーズをぼんやり眺めていたとき、ドアが開いて二人の男が現れた。二人は戸口で足を止め、ポッターマック氏をじっと見つめた。一瞬の間をおいて、背の低い方の男、ひしゃげた麦わら帽子をかぶった男がポッターマック氏を指さし、大声できっぱりと告げた。「あの男です」

この言葉を聞き、背の高い見知らぬ男は二、三歩進み出て、決まり文句を唱えるようにこう言った。「警察のものです」(聞くまでもないことだ。誰がみても警官にしかみえない)。「こちらの――その――紳士が、あなたに財布をすられたと言うのですよ」

「おや、本当ですか?」ポッターマック氏は軽い驚きの色を浮かべて男を見やり、グラスにビールを注いだ。

「ええ、そうなんです。で、何か言い分は? 警官の義務として警告するが――」

「いや、結構」ポッターマック氏は遮った。「こちらの方の言い分は、どうなんです? 詳しい事情を説明したんですか?」

「いや。あなたに財布をすられたと言っただけでね」

「私が財布をするところを見たんですか?」

警官は告発者に目を転じ、「見たんですか?」と尋ねた。

「見てない、見るはずがないだろう」男は噛みついた。「スリが仕事を見せびらかすはずがないだろうが」

「私がポケットを探るのを感じたんですか?」ポッターマック氏の口調は、反対尋問をする弁護士のようだった。

「そうなんですか?」警官が疑わしげな目で男を見る。

「どうしてそんなことがわかる?」男は抗議した。「人込みの中で引っぱられたり、押されたり、小突き回されたりしている最中だったんだぞ」

「ほう」ポッターマック氏はビールを一口飲んだ。「この人は、私が財布をするところを見ていない。私がポケットを探るのを感じたわけでもない。では、どうして私が財布をすったという結論になるんです?」

警官はまるで威嚇するような態度で、告発者に向き直った。

「どうしてなんだ?」

「それがその」麦わら帽子の男は口ごもった。「スリの集団に襲われたとき、この男がその場にいたんですよ」

「それなら、あなただって同じじゃないですか」ポッターマック氏は反論した。「あなたが私の財布をすったわけではないと、どうしてわかるんです? 誰かがすったんですからね」

「おや」警官が口を挟んだ。「あなたも財布をすられたんですか? 何を盗られたんです?」

「たいしたことはなくて、小銭をちょっとなくしただけです。上着にはしっかりボタンをかけていましたのでね」

やや気まずい沈黙が流れた。その間、いや、さっきから警官は被疑者の方を感心したように見ていた。数多くのスリを扱った経験はあったが、ポッターマック氏のような悪党は一人もいなかったのだ。警官は告発者を疑り深い、詰問するような目で見た。

「さあ」麦わら帽子の男が言う。「犯人はここにいるんだ。引っぱっていかないのかい？」

「もう少し何か根拠がなければ」警官は答えた。「署の警部は、こんな告発じゃ取りあってくれませんよ」

「いずれにしろ」告発者は言い張った。「こいつの名前と住所は控えるんだろう？」

警官は子供騙しの要求に馬鹿にしたような笑いを浮かべたが、渡りに船とばかりに、葬式を連想させる真っ黒な大判の手帳を取り出した。

「名前は？」警官が質問した。

「マーカス・ポッターマック」その名の主は答え、さらにつけ加えた。「住まいはバッキンガムシャー、ボーリーの〝栗の木荘〟です」

警官は名前と住所を書きとめて手帳を閉じ、一件落着といわんばかりにしまい込んだ。「今のところ、これ以上どうしようもありませんね」しかし、これは麦わら帽子の男の意向とは正反対の結論だった。男は泣かんばかりに抗議した。

「まさか私の金時計と五ポンド入りの財布をおみやげに、この男を帰してやるつもりじゃないだろうな？　身体検査もしないのか？」

「正式に告発されてもいない人の身体検査はできませんよ」警官は噛みついた。しかし、そこへポッターマック氏が口を出した。

「構いませんよ」ととりなす。「単に法律的な問題でしたらね。きわめて異例なことはわかっていますが、所持品を改めて納得してもらえるのなら、私としてはまったく異存はありません」

警官は見るからにほっとした顔つきになった。「もちろん、あなたが自ら申し出てくださるのでしたら、話は別です。それで片がつくでしょう」

ポッターマック氏は立ち上がり、検査を受けた。麦わら帽子の男が近づいてきて、食い入るような目で見つめる。警官はまず財布を調べた。外側にM・Pの頭文字がちゃんとあるのを確認した上で財布を開け、きれいにしまわれた切手、名刺、その他の品を念入りに調べる。名刺を一枚取り出して名前を確認すると、もとへ戻し、ついに財布をテーブルの上に置いた。それから順番に他のポケットも徹底的に調べ、貴重な懐中物をテーブルの財布の横に並べていく。検査が終わってポッターマック氏に協力の礼を述べた後、警官は告発者に向き直り、ぶっきらぼうに告げた。

「さあ、これで満足しただろう?」

「ああ、満足だとも」男は答えた。「時計と財布が戻ってきたんならね。でも、きっとこの男は仲間の一人に獲物を渡したんだ」

ついに警官の堪忍袋の緒が切れた。「いいかね」警官は言った。「あなたはまるで馬鹿みたいな真似をしてるんですよ。競馬に金時計をぶら下げてくるなんて、間抜けもいいところだ。自分から盗んでくれと頼んでいるようなもんです。で、その頼みが聞き入れられたときには、非の打ち所のない立派な紳士を追いかけ回して、ブツはまんまと悪党どもに持ち逃げさせたんですからね。

私をこんなとこまで引っぱり出して、ありもしないものを探させて、実際何も出てこないとなると、相手を侮辱するようなとんでもないことを言う。まったく、年を考えて、しっかりしてくださいよ。さあ、あなたの名前と住所も控えますから、さっさと帰りなさい」

警官はもう一度霊柩車そっくりの手帳を取り出して必要事項を書きとめ、麦わら帽子の男を追い払った。男はまだぶつぶつ言いながら、がっかりした様子でこそこそ出ていった。

被疑者と二人きりになると、警官は態度を変え、丁寧に無礼を詫びようとした。しかし、ポッターマック氏は警官に謝らせようとはしなかった。事件は無事に落着したのだ。警官が一応遠慮してみせるのを無視して、円満な解決を祝して茶色いピッチャーのおかわりを頼もうとポッターマック氏は言い張った。最終的に容疑者と法律の手先は肩を並べてホテルを出て、悪党どもやその手口、麦わら帽子の男の風変わりな気性をさかなに、友好的な会話を楽しみながら駅へ向かった。

これが最悪の災難となりかねなかった出来事の、輝かしい結末だった。それでもよくよく考えてみれば、満足のいく結果とはとてもいえない。旅行は失敗だった。ポッターマック氏は今、余計なことをせずに紙幣を燃やしてしまえばよかったと、心から後悔していた。ポッターマック氏は紙幣を数枚ずつにわけて、何人かのスリへくれてやるつもりだったのだ。そうすれば、金は間違いなく使われるし、出処を突き止めることは不可能だ。その計画は完全に失敗した。十五枚の盗難紙幣は、イリンガムの教会の救貧箱の中だ。司祭がその金を見つけたら、さぞかし驚き、喜ぶだろう。むろん、司祭はその金を銀行に持っていく。そうなれば殺人が露見するだろう。異常に気前のよい寄付は、逃げ場を失ったスリが苦し紛れに捨てたという結論になる。ポッターマック氏の名前と住所は、私服の巡査が手帳に控えている。

もちろん、その捨てられた金が直接自分に結びつくわけではない。しかし、不幸なことに、自分と盗難紙幣の両方がバッキンガムシャーのボーリーと関係がある。そんな偶然が見過ごされるはずはない。さらにポッターマック氏が教会の近辺にいたことも知られているし、非常に厄介な状況に追い込まれかねない。つまり、ポッターマック氏の思惑は完全にはずれたのだ。捜査の対象となる地域を近所から遠く離れた安全な場所へ移すつもりだったのに、それどころか、自分自身の家までまっすぐたどれる手がかりを残してきてしまった。

返す返すも悔やまれる。家に向かう列車で、膝の上の夕刊には手も触れずに座っているとき、ポッターマック氏は信仰復活論者の古い聖歌の繰り返し文句を思い出し、その歌詞のとおりに自分に尋ねていた。『ああ、最後にはどのような収穫となるであろうか?』

第九章　神の救い

グリフィン生命保険会社の法医学顧問として、ソーンダイクはしょっちゅうストーカー氏と顔を合わせていた。ストーカー氏はパーキンズ銀行の経営に関わっているだけでなく、グリフィン社の重役でもあったのだ。銀行にソーンダイクの助言を求める機会はほとんどないとしても、生命保険会社では毎日のように専門家の指導を必要とする問題に直面している。というわけで、イリンガムの競馬会の約三週間後、ソーンダイクはストーカーに電話で呼ばれて事務所を訪問した。ある保険の申込人が死亡し、その検死審問で提示された医学的証拠と保険の申し込み書の食い違いについて相談したいとのことだった。その話し合いの内容はこの本の主旨とは関係がないし、立ち入る必要もない。ただ、意見交換にはかなり時間がかかった。そして、ソーンダイクが自分の結論を述べ、立ち上がってドアの方に向かいかけたとき、ストーカー氏が手を上げて引き留めた。

「ところで、博士」ストーカーは切り出した。「博士は先日お話しした奇妙な失踪事件にいささか興味を持っていましたね。ほら、我々の銀行の出張所の所長が一人、消えたという話ですよ」

「覚えていますよ」ソーンダイクは答えた。「御行のボーリー出張所所長、ジェイムズ・ルーソンですね」

「いや、参りましたな」ストーカーは頷き、つけ加えた。「博士の頭の中には、カード式の索引がしまってあるんでしょう」

「しまっておくには、最高の場所ですよ」ソーンダイクは答えた。「ところで、ルーソンがどうかしたんですか？　捜索の結果、見つかったとでも？」

「いやいや。ただ、ルーソンが盗んだ紙幣が見つかったんですよ。百ポンド、五ポンド紙幣を二十枚持ち逃げしたことはご存じですね。紙幣は全て、私どもで番号の確認ができました。番号はすぐに警察に通報されて、使われそうな方面に手配書が回り、油断なく警戒されていたのです。それでも、つい一、二週間前までは、ただの一枚も見つからないままでした。ひどく妙なことが起こったのはその頃でして。全ての札が、ほぼ同時に発見されたんですよ」

「それはまた、おかしな話ですね」ソーンダイクは相づちを打った。

「ええ、本当に」ストーカーも同意した。「ですが、もっと妙なことがありましてね。通報を受けて、もちろん全ての札の出処が徹底的に調べられたわけです。だいたいあっさり突き止められました――あるところまでは。そこで、ふっつり追跡はできなくなりまして。紙幣は警察になじみの悪党が持っていた、というところまではわかったのですよ。なかには追跡不可能の紙幣もありましたが、他は全て筋金入りの悪党へ行き着いたのです」

「そして、その悪党達はどこでその紙幣を手に入れたのか、説明できないのですね？」

「いえ、そうじゃありません。悪党どもは皆揃って、その紙幣を手に入れた状況をいやに詳しく、もっともらしく説明したんですよ。ただ、残念なことに誰一人金をくれた『相手の正体を明らかにすることができない』（シェイクスピア『真夏の夜の夢』より）のです。悪党どもは全員、見ず知らずの人物からその紙幣を受け取っていたのです」

「おそらくやつらは」ソーンダイクは言った。「相手に無断でその金を受け取ったのでしょうね」

「まさにそのとおりです。ですが、妙な点があるのにはお気づきでしょう――いや、お気づきになると思ったのです。よろしいですか、札が見つかった日時はばらばらですが、出処をたどっていくと、どうやら全ての札が同じ日に出回り始めたらしいのですよ。約三週間前に。さて、どう思われます？」

「常識的に考えれば」ソーンダイクは応じた。「ルーソンは金を盗まれたのでしょうね。運のいいどこかの悪党が、一度の襲撃《クー》でルーソンからその金を全部盗み取ったんでしょう。他に考えられる説明は一つ、ルーソン自身が故意に有罪の証拠品を投げ捨てたという見方ですが、こちらはかなり可能性が低いでしょうね」

「そうですね」ストーカーは曖昧な返事をした。「たしかに、それも一つの可能性ですね。ですが、おっしゃるとおり、第二の見方は見込み薄です。仮にルーソンが無造作に金を捨てたのなら、紙幣の出処をたどると必ず犯罪者連中に行き着く理由がわからなくなりますから。なかには一人、二人、正直な人がいて、金を拾ったことを認めそうなものじゃありませんか。そうですとも、金は盗まれたに違いありません。もしそうなら、ルーソンは無一文同然でしょう。いや、気の毒なくらいですな」

「たしかに、大変なへまをしたものですね」これでルーソンの話題は片づき、ソーンダイクは帽子とステッキを手に腰を上げた。

しかし、テンプルへと戻る道すがら、ソーンダイクはストーカーから聞いた話を一心不乱に考えていた。その内容を知ったとしたら、さぞかしストーカー氏は驚いたことだろう。ソーンダイクには、実際に何が起こったかについてほぼ正確な推測ができていたのだ。推測はソーンダイクのように何事にも正確を期す人間にとっては、あまり好ましいことではなかったが、それでもソーンダイクは例の紙幣が流通することを予測していたし、仮に流通したとすれば本当の出処を洗い出すことは不可能だとも予測していた。

紙幣が出回ったのは、いわば予想どおりだったのだが、ソーンダイクは盗まれた紙幣全てを外に持ち出すことが決定された状況について、あれこれ可能性の検討に余念がなかった。部屋に帰り着いたソーンダイクは、自分にしか読めない速記でメモをしたため、〝ジェイムズ・ルーソン〟とラベルのついた小さな書類挟みにしまい、その後秘密の文書を保管しておく鍵つきの安全な戸棚に入れた。

一方、ポッターマック氏は不安に苛まれる苦悩の日々を送っていた。何度も何度も、あんな行動をとった自分の浅はかさを呪った。万事好都合に決着しようとしているときに盗難紙幣を流通させ、新たな厄介の種を作り出すとは。何度も何度も、ポッターマック氏は今後の当然の成り行きについて想像を巡らせた。その想像力は、恐ろしいほど鮮やかに忌まわしい喜劇を見せつけた。教会の司祭が驚き、喜びながら、お宝を救貧箱から取り出す。地方銀行の責任者が、紙幣を警察署に届ける。先日の私服の巡査が得意げに手帳を取り出し、『ボーリー』という重要な地名を指し示す。そしてついには厳めしい顔をした刑事が自宅の食堂に現れ、こちらが答えに詰まるような質問をする。時折想像力が働きすぎて病的になった場合などには、石工のギャレット氏が自発的に警察に証言をして、井戸の調査に着手させるところまで思い描いた。もっとも、そこまで想像するのは、ポッターマック氏がよほど落ち込んでいるときだけだったが。

もっと気力のあるときには、事件を別の側面からみた。刑事に質問されたら、むろん紙幣など知らぬ存ぜぬで押し通せばいい。誰が反論できる？　ポッターマック氏と紙幣を直接結びつけることのできる証拠など、かけらもない。いや、少なくともポッターマック氏はそう信じていた。それでも、意識の奥では自分があの紙幣に実際関係したことを知っている。自分が実際死人のポケットから札束を取り出したのだし、自分が実際あの紙幣を教会で処分したのだ。所詮、ポッターマック氏は私達同様、『良心は人を皆、臆病者にする』（シェイクスピア『ハムレット』より）という言葉が示す真理と無縁の人間ではなかった。

こんなわけで、ポッターマック氏は不安な日々を送っていた。昼も夜も、出歩いているときも家で一人で過ごしているときも、決して気の休まることはなかった。火の中へ脂の塊を投げ込むようなへまをしたのだ、ただですむわけがない。ポッターマック氏は脂が焼けるジュージューという音を聞きつけようと、絶えず耳を澄ませていた。しかし、数日が過ぎ、さらに数週間経過しても、そんな音はまるで聞こえてこなかった。焼けつくような不安感は徐々に治まってきたものの、心の平穏は完全に失われ、先の見えない危険に怯える生活。あるちょっとした偶然が起こらなければ、ポッターマック氏は永久にその生活を続けていたかもしれない。私達のほとんどが経験するようなつまらない偶然、そういう些細な出来事がときとして思いもよらない重要な結果をもたらすことがあるのだ。

そんな幸運な偶然に巡り会ったのは、ポッターマック氏が美しいバッキンガムシャーの小道を一人きりで延々と散歩しているときだった。近頃不安で落ち着かないポッターマック氏は、庭にも作業場の楽しみにも興味を持てなくなり、むやみやたらに散歩をするようになっていた。そしてこの特別な日、ポッターマック氏はついに遠くエイルズベリーまで足を運び、疲労と空腹を抱えて裏通りの薄汚い食堂へ入り、食事がてら休憩しようと腰を下ろした。注文したのは、ごくささやかな料理だった。食欲は生活の喜びとともに失われていたのだ。実際、あまりに落ち込んでいたために、水を頼んで外国人の店主を怒らせてしまった。

さて、隣の椅子の上にはたまたま夕刊が一部置きっぱなしになっていた。何週間も前の新聞で、すっかりしわくちゃになり、あまりきれいではない。ポッターマック氏はほとんど機械的に手を出し、テーブルの横に置いてくしゃくしゃの紙面を伸ばした。何かニュースを読みたいと思っていたわけではない。しかし、ポッターマック氏は私達の大多数と同じように、雑報があれば読む――代わりにものを考えるのをさぼっていることが多い――という悪癖にとりつかれてしまっていて、汚い印刷の記事を退屈しのぎに眺めた。猫を蹴飛ばして、四十シリングの科料に処されたハクニーの男の話など、どうでもよかった。男にとっては――おそらく猫にとっても――当然の報いなのだろう。が、自分、ポッターマック氏とはなんの関係もない。それでもポッターマック氏はだらだらと紙面を眺め、記事を飾るくだらない下品な行為にざっと目を通した。そのときもやはり、意識の奥の、いわばとばくちあたりには、片時も頭から離れない例の呪われた紙幣のことが浮かんでいた。

と、あちらこちらとさまよっていたポッターマック氏の視線が、急に止まった。『イリンガム』という地名が目に入ったのだ。がぜん興味を覚え、ポッターマック氏は見出しから改めて読み直した。『サリーの教会での聖所侵犯』

「近年増加傾向にある教会での盗難事件が、先週火曜の午後、由緒ある美しいイリンガムの教会で発生した。事件発生当日は近くで競馬会が開かれており、競馬ごろの犯行と思われる。いずれにせよ、教会の用務員が日暮れに戸締まりに行ったところ、救貧箱のふたがこじ開けられ、金額は不明だが中の金がむろん持ち去られていた。この事件を司祭は大変憂慮している。問題は、盗まれた金ではなく――司祭は悲しげな笑みとともに、実質的な被害は箱の修理費のみだろうと述べた――これまで一人で祈りを捧げたり瞑想にふける信者のために教会の開放を務めとしてきた司祭の信条であり、今後少なくとも競馬会の開催日には教会の施錠を強いられるのではないか、との懸念を司祭は表明した」

ポッターマック氏はこの記事を読み通した。最初は先を知りたくてたまらず大急ぎで、次には一言一句に注意しながらゆっくり読んだ。信じられなかった。自分の目を疑った。それでもなお、見間違いようのない文章がちゃんと目の前にある。世界広しといえども、その奇跡に近い重要な意味を理解できるのは彼一人だっただろう。神意――気まぐれなえり好みをするとされる――が示され、情け深くもポッターマック氏の過ちを修正したのだ。

　その瞬間、ポッターマック氏は生まれ変わった。いや、もとどおり生気に溢れた中年の男性になった。救われたのだ。今はもう、堂々と外出ができるし、世間に対してまともに顔を向けられる。今はもう、平穏をかみしめながら家でくつろぐことができる。再び張り切って庭に行くこともできるし、作業場で楽しく働くこともできる。新たな気力が生まれるのを感じ、ポッターマック氏は食事の残りを平らげた。その上、コーヒーと緑色のシャルトルーズ酒を注文して、店主を仰天させたくらいだ。元気を取り戻してようやく家路についたときには、ポッターマック氏は天にも昇る心地だった。

第十章　回　想

一時はどうなることかと危ぶまれた紙幣の大冒険が幸運な結末を迎え、ポッターマック氏の心理状態、ひいては今後の行動も大きな影響を受けた。どこでその金が使われたにせよ、自宅近辺から遠く離れた場所に違いない、こうポッターマック氏は信じて疑わなかった。金は全て泥棒の手に落ちたのだから、出処を確かめることもまた不可能に違いない。ポッターマック氏に関する限り、紙幣はまさに狙いどおりの目的を達した。ルーソンの失踪に関わる捜査の対象は、ボーリーから紙幣が発見された地域へ移ったのだ。

このような結果を受け、生死にかかわらずついにルーソンとは手が切れたとポッターマック氏は思った。事件は幕を閉じたのだ。あの恐ろしい出来事はもう、全て忘却の彼方へ葬り去ることができる。できることなら忘れてしまうのだ。それが無理なら、不幸な過去に味わった他の経験と同じように、もう過ぎ去って片のついた忌まわしい経験として、記憶にしまっておくだけにするのだ。そう、もう未来だけに目を向けられる。こめかみに白髪が混じっているとはいえ、まだまだ若い。それに運命の女神はポッターマック氏に大いに借りがある。その借りをいくらか回収し始めてもいい頃だ。

さて、ポッターマック氏が未来を思い描くとき、彼の空想が作り上げた絵には必ず現状とは異なるお決まりの一項目があった。違うのは環境ではない。想像の中でもやはり、ポッターマック氏は美しいバッキンガムシャーの小道を散歩し、作業場で仕事に励んだり、壁つきの庭園で花や果樹に囲まれてのんびりくつろいでいた。しかし、暗い過去の代償となるべきその明るい未来図には、常に登場人物が二人いた。そのうちの一人は、やや孤独なポッターマック氏の生活に既にあまたの幸福をもたらしてきた、魅力的で上品な若き未亡人だった。

この波乱に満ちた数週間、ポッターマック氏はほとんどミセス・ベラードと顔を合わせなかった。いや、実際はまったく会っていなかった。さて、ここ数週間かかりきりだった仕事はもう、きれいさっぱり忘れることができる。脅迫者が次に何を言い出すかと絶えず怯える日々は終わり、自分の手に未来を取り戻し、安定した暮らしができるようになった。自分の心の欲するままに、未来を作り上げていくときが来たのだ。

エイルズベリーへ行った翌日の午後、ポッターマック氏はこんなことを考えながら最初の行動を起こした。さりげなくお洒落をして、訪問の口実にお気に入りの本を一冊本棚から取り出してポケットに入れ、静かな小道をミセス・アリス・ベラードの家のある郊外に向かって歩き出した。その家はいかにも住み心地がよさそうだったが、有り体にいえば古びた小さな田舎家にすぎず、村の労働者か職人のような地味な生活者向けの造りだった。しかし、家というものは、犬と同じように所有者の性格をある程度反映している。このこぢんまりとした住居は地味ながらも、かいがいしく世話の行き届いた感じ、そしていくらか潔癖すぎるほどの雰囲気をそこはかとなく漂わせていた。

ポッターマック氏は小さな木製の扉に手をかけて立ち止まり、古びた赤い煉瓦や屋根の金色の瓦、家の最初の持ち主の頭文字と一七六一という年号が刻まれた小さな石板を、しばらく眺めていた。それから、掛け金を外し、ゆっくり玄関前の小道を歩き出す。開いた窓からピアノの音が聞こえてきた。すばらしい技量と情感が感じられるショパンのプレリュードだった。ポッターマック氏はドアの前で足を止め、その曲の最後の音まで耳を傾けた。それから、きれいに磨き抜かれた真鍮製のノッカーに向き直り、唐草風の装飾を軽く叩いた。

ほとんど間をおかずにドアが開き、十六歳くらいの娘が現れた。娘はポッターマック氏に親しげな笑顔を向け、用件も訊かずにそのまま居間へ通した。ミセス・ベラードは、ちょうどピアノスツールから腰を上げたところだった。

「すみません」握手をしながら、ポッターマック氏は言った。「演奏のお邪魔をしたのではないとよいのですが。いや、実は邪魔をしたのはわかっているんですよ。あのまま庭で待っていて、黙って演奏をお聴きしていようかと思ったくらいでして」

「まあ、馬鹿なことをおっしゃらないで」ミセス・ベラードは言った。「この部屋にはちゃんとした安楽椅子がありますから、そこに座ってパイプをふかし、ゆったり音楽を楽しめるじゃありませんか——その気があれば」

「ええ、ぜひお願いします」ポッターマック氏は答えた。「ですが、忘れるといけませんから、まずこの本をお渡ししておきますね。以前お話しした『静かな目の収穫』という本です。作者は西部地方の立派な老司祭で、きっと気に入ってもらえると思いますが」

「あなたのお気に入りの本なら、大丈夫」ミセス・ベラードは答えた。「私達、ほとんど趣味が同じですもの」

「本当に」ポッターマック氏も認めた。「好きなカタツムリの種類まで一緒ですからね。それで思い出しましたが、しばらくあの楽しいカタツムリ狩りはご無沙汰なのでは」

「そうなんです。このところ、家の手入れで目が回るほど忙しくて。でも、だいたい終わりましたわ。後二、三日もすれば、すっかり片づいてきれいになりますから、また二人でカタツムリを捕まえに出かけましょうか」

「そうしましょう」ポッターマック氏は賛成した。「軟体動物の研究が終わったら、ちょっと甲虫類に寄り道してみませんか。実際、甲虫は数え切れないほど種類があるし、蝶や蛾ほど月並みでもなければ、飼育もそれほど手間がかかりません。甲虫は非常に美しいし、おもしろいですよ」

「いいかもしれませんわね」ミセス・ベラードは幾分歯切れの悪い返事をした。「這う、という優れた性質に、あなたが偏見を捨てたときには。でも、これからも始末はあなたにお願いしなきゃいけないわ。自分ではどうしてもあの哀れな小さな生き物を始末できなくて」

「ええ、もちろん私がやりますとも」ポッターマック氏は請け合った。「そちらで捕まえてさえくれれば」

「わかりました。そういうことなら、甲虫類も考えてみますわ。ところで、本当に私の演奏を少しお聴きになります？」

「ええ、ぜひ。最近、音楽にはとんとご無沙汰ですし、あなたの演奏はいかにも楽しげですから。でも、気が進まないのではないでしょうね？」

ピアノの前に座りながら、ミセス・ベラードは軽く笑った。「気が進まないなんて！」声に力がこもる。「喜んで聴いてくれる人がいるのに、演奏を嫌がる奏者なんていますか？　まさにそれが芸術の喜びと報いなのに。さあ、そちらの椅子におかけになって、パイプをどうぞ。自分が弾きたい曲やあなたもお気に入りのものを何曲か演奏しますわ」

ポッターマック氏は素直に安楽椅子に腰を下ろし、ぼんやりパイプを詰めながら、見事なタッチで正確に鍵盤の上を移動する軽やかな指先を眺めていた。ミセス・ベラードはまず、ショパンを中心にした正統なピアノ曲の演奏を続けた。少し短めのノクターンが二曲ほど、プレリュード、ポロネーズ。そしてメンデルスゾーンの「歌集《リーダア》」を二つ。しかし、いつしか追憶にふけるかのように、もっと気取らない曲をあれこれと弾き始めた。昔懐かしい歌、カントリーダンスの曲、聖楽の一節、そして伝統的な賛美歌まで一、二曲弾いた。このような素朴な旋律を美しく優雅に、そして情感たっぷりに演奏しながら、ミセス・ベラードは時折客の様子を盗み見ていた。やがてポッターマック氏がピアノの方に目を向けるのをやめ、うっとりした目で窓の外を眺めだすと、ミセス・ベラードは聴き手の顔をじっと見つめた。その長い、ひたむきな視線には、どこか非常に奇妙なところがあった。悲しみ、哀れみ、思いやりが入り交じった不思議な視線だ。さらにポッターマック氏の顔に納得できない点でもあるような漠然とした不安とともに、慕わしい想いまでが込められているようだった。ポッターマック氏に注がれたミセス・ベラードの視線は優しさに溢れているると同時に、何か問いかけているようにも見えた。

ポッターマック氏は彫像のように身動き一つせずに座り込み、火のついていないパイプを握りしめ、素朴で飾り気のない旋律が胸にしみ入って追憶をかきたてるのに任せた。ポッターマック氏の心はすぐ近くにあると同時に、遠く離れたところにあった。傍らにいる女性のことを考えながらも、この静かな部屋や、視線の先にある陽光溢れる庭のはるか遠くにも思いをはせていた。しばらく、ポッターマック氏は白日夢にふけるがままにしておこう。彼の思いはたどれないかもしれないが、少なくとも——この物語の内幕に踏み込んでおいた方がよいようだから——ポッターマック氏の記憶が目の前に描き出した場面へ、我々も目を向けることにしよう。

今から十五年前には、マーカス・ポッターマック氏なる人物は存在しなかった。未亡人の居間に腰を下ろして夢想にふけっている男性、見るからにまじめそうな、眼鏡をかけた灰色の髪と顎髭の中年男性は、二十二歳のハンサムで元気一杯の若者——ジェフリー・ブランドンという名の若者だった。ひげをきれいに剃った端整な顔立ち、見事なギリシャ風の鼻は、堂々たる古代オリュンピアの若者を彷彿《ほうふつ》させた。そして、人柄もまた外見になんら見劣りしなかった。生来の温順な気質、さらに友人だけでなく赤の他人でも好印象を持つ明るくてさっぱりした性格、とぎすまされた知性、勤勉で前向きな態度を兼ね備えていて、将来の社会的な成功は十分に約束されていた。

ジェフリーは若かったが、当時もう二年越しの婚約者がいた。この点についても、ジェフリーはたぐいまれな幸運に恵まれていた。彼の選んだ女性が、美貌で人柄が申し分ないばかりか、知性と教養にも恵まれていた、という単純な理由ではない。また、品性と勇気があることも、いずれある程度の財産を持つようになることすら理由としては不十分だった。一番重要な幸運の鍵は、ジェフリー・ブランドンとアリス・ベントリーが単なる恋人同士ではなかったことだ。二人は忠実な友人同士であり、互いに心を許しあった仲間でもあった。二人には共通の趣味が数え切れないほどあり、相手に飽きてしまうことなど、夢にも考えられなかった。

二人の主な共通の趣味、おそらく最大の興味の対象は、音楽だった。二人は音楽に夢中だった。しかし、ジェフリーの取り柄といえば、肥えた耳とすばらしいバリトンの声を持ち、譜面を見てすぐに声に出して歌える程度だったのに対し、アリスは真の才能に恵まれていた。アリスのピアノの腕前は、プロ並みだった。すばらしいオルガン奏者であると同時に、鍛え抜かれた美しいコントラルトの声。二人はごく自然な流れで、一緒に通っていた開放的な福音派の小さな教会の聖歌隊に入り、そこで新たな楽しい仕事にいそしんだ。時折アリスは、オルガンの演奏を引き受けることもあった。夜の練習や、特別な礼拝や音楽祭、非公式な聖楽会などの準備もあり、二人は大好きな音楽活動で大忙しだった。このように二人にはのどかで平穏な毎日、静かな喜びに満ち足りた現在があり、やがて結婚して相手を完全に自分のものとする、さらに幸せな未来も約束されていたのだった。

そんなとき、二人の幸せはトランプで作った家のように、一瞬で崩壊してしまった。わけのわからない悪夢でも見ているかのように、悲劇が次々に幕を開けた。思いもよらない告発、さらに思いもよらない不利な状況。中央刑事裁判所《オールド・ベイリー》での裁判、有罪判決、刑の宣告、絶望のどん底でのつらい別れ。幕切れは、見ただけで身のすくむ刑務所の正門だった。

もちろん、アリス・ベントリーは恋人の有罪など頭から信じなかった。何もかも陰謀で、残酷で愚劣な正義の誤りだと声高に訴えた。そして、ジェフリーが自由になったあかつきには、将来を約束した夫として刑務所の門に迎えに行き、世間の不当な仕打ちで受けた心の傷を、自分の愛と思いやりで癒してみせると宣言した。ご都合主義の友人達から、ジェフリーは公正な裁判を受け、同胞の陪審員に有罪と認定されたのだと冷たく指摘されると、アリスは憤然と絶交を告げ、それきり付き合いを絶ってしまった。

その間、不幸なジェフリーは独房で熟慮を重ね、不屈の意志で固く決心した。自分は力の及ぶ限り、この不幸を一人で背負っていくのだ。きっと世界でただ一人、自分の無実を信じ続けてくれるあの女性、何物にも代えがたいほど愛しているあの女性を、自分の人生から永久に切り捨てなければならない。アリスの真心を心底誇りに思ってはいるが、彼女を犠牲にすることはできない。アリス、彼のアリスは決して前科者と結婚してはいけないのだ。自分はまさにその前科者だ。窃盗と文書偽造で有罪判決を受け、奇跡でも起こらない限り、その立場は変わらない。ジェフリー自身が無実であるという事実は、この際なんの意味も持たない。なぜなら、その事実を知っているのは自分ともう一人の人物だけ――この卑劣な罠を仕掛けた名も知れぬ悪党だけだからだ。その他の世間にとっては、自分は犯罪者なのだ。表面上の事実をみれば、世間の考えも正しい。ジェフリーは公正な裁判を、そう、公正そのものの裁判を受けた。検察当局に悪意があったわけではなく、裁判官も公正な説示を行い、その上で陪審員が有罪の評決を下したのだ。陪審員は正しい。目の前に突きつけられた証拠をみれば、有罪以外の評決は考えられなかった。ジェフリーに不服はない。証拠が全てでっち上げだとは、誰にも見抜けるわけがなかったのだ。従って、ジェフリーは窃盗の前科の烙印とともに、これからの人生を生きていかなければならない。そんな男が、アリス・ベントリーの夫にふさわしいはずがなかった。

　しかし、ジェフリーには、はっきりわかっていた。自分の無実を信じて疑わないアリスは、このような意見には聞く耳持たないだろう。アリスにとってジェフリーは冤罪の犠牲者であり、アリスは全世界を前にしてそう宣言するだろう。釈放されたときには、昔どおりの関係《スタトゥス・クオ・アンテ》を復活させようとするに違いない。その点は確信があった。何時間も何時間も、有り余るほどの孤独の中で、ジェフリーは空しく解決策を見いだそうとした。どうやったら納得させられるだろうか？　手紙を出したところで無駄に決まっている。アリスは釈放の日まで自分を待ち続けるだろう。そして、そのときは——結局、アリスの愛を拒絶し、真心を踏みにじらなければならないだろうと考え、ジェフリーは胸をえぐられるような気がした。

　その後、まったく思いもよらない方法で、問題は解決された。脱獄はほんのもののはずみだった。機会が目の前に転がっているのに気づき、看守の油断を突いて、すかさず実行に移しただけだった。海岸に脱ぎ捨てられた海水浴客の服を発見し、慌てて囚人服の代わりに着たとき、ジェフリーは服の持ち主の死を予想していた。翌日の新聞で読んだ記事も、その憶測を裏付けていた。それでも、その後数週間かけて町はずれを歩き、リヴァプールへ向かう間——良心の咎めを感じなかったわけではないが、見も知らぬ海水浴客のポケットから見つけたわずかな金を遣い、日雇いなどもしてなんとか食いつないだ――ジェフリーは新しい情報を求めて新聞を読みあさった。警戒を要するような記事も、安心させるような記事も見つからないまま、たっぷり六週間が経過した。実際、ようやく吉報が舞い込んだのは、ジェフリーがアメリカの不定期貨物船の甲板員として雇われ、出発する間際だった。翌日は出航という夜、ジェフリーは船首楼に腰をトろし、夕刊が回し読みにされるのを眺めていた。と、読んでいた男が新聞を突きつけ、垢じみた人差し指である記事を指し示した。

「まったく、気の毒によ」男は言った。「ほら、お前も読んでみろ。どう思う?」

ジェフリーは新聞を受け取り、指し示された記事に目を向けて、驚きのあまりはっとして座り直した。それは溺死体の検死審問の結果だった。その死体が先日コルポート刑務所から脱獄した囚人、ジェフリー・ブランドンと確認されたというのだ。ジェフリーはじっくり記事に目を通し、わけのわからない言葉をつぶやきながら、新聞を情け深い仲間に返した。しばらくは呆然と座り込むだけで、自分の立場が一変したこともほとんど理解できなかった。たしかに、いずれ海水浴客の死体が発見されるはずだと思っていた。しかし、死体が発見されて身元が確認されれば、ジェフリーが姿を消したからくりもまた判明して、すぐさま手が回ると考えていたのだ。その死体が自分と断定されるなどとは、夢にも思わなかった。

だが、その信じがたいことが起こった。ジェフリー・ブランドンはあっさり記録から抹消され、忘れられてしまうだろう。ジェフリーは自由になった。そして、自由になったのは彼一人ではない。アリスもまた自由になったのだ。苦しみや誤解を与えることなく、ジェフリーはアリスの人生からそっと退場することになる。忘れられることもなく、何年か経つうちに大切な甘い思い出となるだろう。

それにもかかわらず、翌日の夜明けにニューオーリンズの立派な船ポトマック号がマージー川の砂州を離れたとき、新米甲板員のジョー・ワトスンは、胸が張り裂けるような思いを抱きつつ、涙に曇った目で遠ざかる陸地を振り返った。今や、全世界は自分のものだ。しかし、その世界は空っぽだった。人生の豊かさと喜びを与えてくれるものは全て、船のプロペラが回転するたびに遠ざかり、大海原が彼自身と心の願いとを引き裂いていった。

彼のアメリカでの生活に深入りする必要はないだろう。彼のような男には、アメリカでの成功は約束されたようなものだった。働き者でまじめ、どんな仕事でもやる気十分で、かつ有能なのだ。おまけに、銀行業務や一般財務に通じた優秀な会計士でもあり、自分の真価を発揮できる地位を得るまでに、さほどの時間はかからなかった。また、幸運に恵まれたこともたしかだ。ほぼ一文無しの状態で上陸してから一年も経たないうちに、身を粉にして働き、徹底的な倹約に励んだ彼は、なんとか商売の元手となる金を貯め込んでいた。そんなとき、一人のアメリカ人青年と出会ったのだ。同じように貧乏だったが、青年には億万長者になる素質があった。つまり、計り知れぬ活力を持ち、頭が切れて目端が利き、意志が強く、何がなんでも金持ちになろうという野心の持ち主だったのだ。しかし、金への強い執着心にもかかわらず、ジョゼフ・ウォルデンは低所得者層の悪徳とは不思議と縁がなかった。ウォルデンは公正な取引という名誉を汚さず、勤労と優れた経営力と倹約で資産を築きたいと考えていた。非常に潔癖で、多少無愛想でずけずけした口の利き方をするかもしれないが、友人としても仲間としても申し分のない青年だった。

抜け目のないウォルデンは、自分の新しい友人が新事業の理想的な共同経営者になると一目で見抜いた。二人にはともに相手に欠けている特別な資質があり、協力して事業にあたればまさに鉄壁の組み合わせとなるはずだった。とどのつまり、二人は資金を貯め、ウォルデン・ポッターマック・カンパニーという社名を掲げて事業に乗り出した（ジェフリーは上陸したときにジョー・ワトスンという名を捨て、ちょっとした気まぐれと感傷から、自分を自由と新しい生活が待つ土地へと運んでくれた船を、名付け親に選んだ。船の名の綴りをちょっと変え、マーカス・ポッターマックと名乗っていたのだ）。

しばらくの間、新会社は資金不足によるありとあらゆる困難にぶつかった。しかし、二人の経営者の結束は固かった。好機は何一つ見逃さず、全ての努力を惜しまず、どんな薄利でも喜んで受け入れ、ぎりぎりまで倹約を実行した。そのうちに、徐々に資金難も落ち着いてきた。小さな雪玉だった資本金は、最初は気づかないほどに、その後は加速度的に大きくなり始めた。資産とは、人口と同じように等比数列で増加していくものなのだ。苦労は一、二年で終わり、会社の経営は軌道に乗った。さらに数年後には、小さな雪玉はびっくりするほどの大きさに成長していた。ウォルデン・ポッターマック・カンパニーは業界でも指折りの企業に成長し、共同経営者達には相当な財産ができた。

この頃、二人の経営者達の考えの違いが自ずと明らかになってきた。アメリカ人にとって、今の会社の成功は巨万の富をもたらす大事業への入口に到達したことを意味していた。ウォルデンは、とことんまで拡大路線を押し進め、大事業へ、さらに大事業へと手を広げ、大富豪にのぼりつめようと固く心に決めていた。一方、ポッターマック氏はこれでもう十分だと感じ始めていた。莫大な富など、どうでもよかった。また、ウォルデンとは違い、連戦連勝の勝負の楽しみも感じなかった。最初は単に生活のために必死で働いたのだ。次にはある程度金を貯めて、不自由なく暮らしていけるようにと働いてきた。貯まった金を総計すれば、もう目的は達成されたようだった。今の財産があれば、ほしいものは全て買える、そう、金を出せば手に入るものなら。

それはアメリカでは買えない。自分を匿《かくま》い、息子として受け入れてくれたアメリカに感謝してはいたものの、ポッターマック氏はしばしば大海原の向こうにある故国の方角を望郷の目で眺めた。時間が経てば経つほど、アメリカが与えられないものへの思いは強くなるばかりだった。美しいイギリスの田園地帯。古びた教会のあるはるか昔から続く村。尖り屋根のホップ乾燥所、わらぶき屋根の納屋。より古い文明の名残をとどめるありとあらゆるもの。

そして、故郷への思いを断ち切れない理由は他にもあった。一別以来、ポッターマック氏はアリスの面影を一瞬たりとも忘れたことはなかった。最初はもう死んだも同然の、自分の人生から永遠に消えた人、かつて愛した人として大切に心にしまっているだけだった。しかし、ときが経つにつれ、微妙な変化が生まれた。次第にポッターマック氏は、二人の別離を取り返しのつかない永遠の別れではなく、この世で再度結ばれる余地があるものとして、心の片隅でぼんやり考えるようになっていた。非常に漠然としたとりとめのない思いだったが、どうしても断ち切れなかった。そして、その考えはだんだんはっきりとした形を取り始めた。状況が完全に変わったではないか。アリスと別れたときのポッターマック氏は、世間からみれば汚らわしい犯罪者だった。しかし、その犯罪者、ジェソリー・ブランドンは死んで忘れ去られ、マーカス・ポッターマック氏は地位と名誉のある男性だ。事情はまったく異なる。

そのため、ポッターマック氏は時間に余裕のあるときによくよく検討してみた。そして自分の愚かさをたしなめ、夢を捨て去ろうとした。だいたい、アリスはとっくに結婚して落ち着いているに決まっているではないか。自分は死んだ男なのだ。死んだままでいるべきであって、生者を悩ますどこかのうるさい亡霊のように、再びこの世に現れようとしてはいけない。

それでもその密かな思いは生き続け、結局ポッターマック氏は事業から手を引き、引退する手はずを整えた。共同経営者は名残惜しげにポッターマック氏の自社株を引き取ることを認め――引き取る際は単なる時価ではなく、気前よく色をつけてくれた――ポッターマック氏の商業生活は終わった。そして数週間後には、イギリスへ向かう船上の人となった。

さて、アリスについては何か具体的な目的があったわけではなく、ともすれば白昼夢のような漠然とした考えしか抱いていなかったポッターマック氏だが、母国に上陸するやいなや、居ても立ってもいられないような思いに駆られた。せめてアリスの消息だけでも聞きたい、まだ生きているかを確かめたい、許されるならば一目顔を見たい。まだ独身でいるのではないか、このかすかな希望を抱いていなかったといえば嘘になる。もしまだ結婚していないのなら――結構、そのときはどのような行動をとるべきか、よく考える絶好の機会だ。

最初にとった行動は、昔住んでいた場所の近くに宿泊先を確保することだった。そうして、アリスがかつてよく訪れた通りを、毎日ぶらついて歩いた。日曜には毎回几帳面に教会へ行き、目立たない後ろの席で礼拝に加わり、信徒達がぞろぞろと帰っていくときにはポーチをうろうろした。何人もの知り合い、ときの経過により多かれ少なかれ変化した顔を見つけた。しかし、灰色の髪にひげを生やし、眼鏡をかけた見慣れない男が、昔知り合いだったハンサムな若者だと気づくものは、誰一人としていなかった。だいたい、どうして気づくわけがあるだろう？　その若者は刑期半ばで死んでしまったではないか？

さりげなく探りを入れてみたい気はしたが、何を訊いても妙に思われるに決まっている。今はただ、アメリカから来た見知らぬ人としての立場を守ることが肝心だ。そのため、ポッターマック氏は通りや教会を張り込み、愛する人の顔を飢えた目で探し求めるしかなかった。そして、探しても探しても甲斐はなかった。

日に日に希望がしぼんでいくなか、何週間も辛抱強く探し続けた報いがようやく得られた。その日は復活祭日《イースター・サンデー》で、昔は一年でもっとも盛大な音楽会が開かれていた。その習慣はまだ続いていたらしく、教会はいつになく人で溢れ、特別の聖歌隊がいた。失望の繰り返しに終わるかもしれないと自分に言い聞かせたものの、ポッターマック氏の胸は踊った。もしアリスがこの教会に来ることがあるのなら、今日こそ現れるだろう。

そして、今度こそ、ポッターマック氏は失望せずにすんだ。入口近くの目立たない後方の席に腰を下ろしてまもなく、黒いドレスをきちんと着こなした女性が一人、通路を前方へ歩いていき、一瞬とまどったように足を止め、周囲を見回した。その体つき、歩き方、頭の傾け具合で、ポッターマック氏にはすぐにアリスだとわかった。たとえ多少迷いがあったとしても、その女性が信徒席に座る前に背後の人々をちらっと眺めたとき、疑念は跡形もなく消えていたはずだ。

息が止まってしまいそうだった。まるで死から蘇った人の顔を見ているような気がした。アリスが腰を下ろし、人々の背に隠れてしまってからも、ポッターマック氏はいま目にしたばかりの心ときめく光景が半ば信じられず、しばらく呆然としていた。しかし最初の衝撃が和らぐと、ポッターマック氏は現在の状況をあれこれ検討し始めた。一瞬ちらっと見たきりだったが、アリスは思ったより少し老けていた。年月の経過という単純な理由では割り切れないものがありそうだ。そう、年をとったというよりも近づきがたい雰囲気だった。多少暗い感じもする。中年の既婚婦人らしい服装に、ポッターマック氏は胸騒ぎを感じた。

長い礼拝が終わり、ポッターマック氏は座ったまま出口に向かうアリスを待った。アリスは誰とも口を利かず、目を合わせようともしていないようだ。アリスが横を通り過ぎると、ポッターマック氏はすかさず立ち上がって、列の後ろに紛れ込んだ。アリスの後を尾けていって、できれば住所を突き止めるつもりだった。しかし、人で溢れているポーチまで来たとき、年配の女性が馬鹿に大きな声で叫ぶのが聞こえた。

「まあまあ、ミス・ベントリーじゃありませんか！」

「ええ」忘れようにも忘れられない声が答えた。「少なくとも、以前お付き合いしていた頃はミス・ベントリーでしたわ。今は、ミセス・ベラードと申します」

すぐ後ろに立って掲示板を眺めていたポッターマック氏は、大きくため息をついた。その苦い失望を味わった瞬間、初めて自分がどれほど多くを望んでいたかを悟った。

「あら、そうでしたの」声の大きな女性が言った。「ミセス・ベネット――ベネットとおっしゃったわね？」

「いいえ、ベラード――べ、ラ、ー、ドですわ」

「ああ、ベラード。そう、つまりご結婚なさったのね。どうなさったのかとよく考えたんですよ。あの後――いえ、その――何年も前に、教会に来るのをやめてしまったじゃありませんか。ご主人とはうまくやってらっしゃるんでしょ？」

「主人は四年前に亡くなりましたの」ミセス・ベラードは、感情を殺した幾分素っ気ない口調で答えた。

心臓が大きく跳ね上がるのを感じ、ポッターマック氏はさらに聞き耳を立てた。

「それはそれは！」相手の女性は声を張り上げた。「なんてお気の毒な！　お子さんはおありなの？」

「いえ、おりません」

「まあ、そうなの。でもまあ、それも悪くはないかもしれませんね、寂しいには違いないでしょうけれど。今は、ロンドンに？」

「いえ」ミセス・ベラードは答えた。「週末に来るだけです。バッキンガムシャーのボーリー、エイルズベリーからさほど遠くないところに住んでいますの」

「そうでしたの。そんな田舎に一人きりで暮らしているのでは、さぞ退屈でしょうね。住み心地のよい下宿が見つかったのならよろしいんですけど」

ミセス・ベラードは軽く笑った。「そこまでご心配いただかなくても大丈夫ですわ、グッドマンさん。退屈なんてことはありませんし、下宿に住む必要もありませんの。家があるんです。ほんの小さな家ですけれど、一人暮らしには十分ですし、自分の家ですから。一生、住む場所の心配はしなくていいんです」

ここで歩き去る二人の女達との距離が開き、話の内容まではっきり聞き取れなくなった。ただ、声は聞こえる。どうやらミセス・グッドマンは少々耳が遠いらしく、二人はかなり大声で話をしていたのだ。しかし、ポッターマック氏はもう十分聞いてしまった。メモ帳を取り出し、掲示板に目をやって何か書き写しているふりをしながら、名前と住所だけながらもちゃんと書きとめた。それから、教会のポーチを離れ、二人の女性を追った。やがてミセス・グッドマンと別れたミセス・ベラードの後を、ポッターマック氏は十分な距離をとって尾けていった。今の滞在先にはもう関心がなかったが、人通りの少ない郊外の道を、若々しい軽やかな足取りで進んでいく美しい姿を見て楽しんでいたかったのだ。

ポッターマック氏の喜びと勝利感は、ある種の好奇心、特に故ベラード氏に対する好奇心によって水をかけられた。しかしながら、物思いにふけって必要な行動をとるのをやめるわけにはいかない。時刻表は持っていないし、その日は日曜日だったため、ポッターマック氏は平日の列車一覧表を手に入れるためにメリルボン駅へ向かった。そして翌朝びっくりするほど早く、スーツケースを片手に駅に現れ、ボーリー行きの一番列車に乗った。その小さな町へ着くとすぐ、駅のホテル《レイルウェイ・イン》に部屋をとった。そこなら、ロンドンの列車が到着するたび、駅前の通りに出てぶらつくのに都合がいい。

その日の午後遅くなって、駅から出てきた乗客達の小さな集団のなかに、大きめのバッグを持ってきびきびと歩いてくるミセス・ベラードを発見した。ポッターマック氏は向きを変えて駅前の通りをのんびり歩き出し、ミセス・ベラードをやりすごして十分な距離をとった。通りは人もまばらで、尾けるのはわけもなかった。やがて町はずれに出て、ミセス・ベラードは静かな脇道へ入って見えなくなった。ポッターマック氏も足を速めて同じ脇道に入る。ミセス・ベラードはちょうど住み心地のよさそうな小さな家の、庭の扉を開けているところだった。開いた玄関には若いメイドが立っており、嬉しそうに笑って出迎えている。ポッターマック氏は、門にペンキで記された〝ラベンダー・コテージ〟という名前を心に刻み、ゆっくりとその小さな家の前を通過して道の突きあたりまで行ってから引き返した。二度目に家の正面を通ったときには、憧れの人の聖なる住処《すみか》を、うっとりした目で名残惜しげに眺めた。

ホテルに戻ったポッターマック氏は、早速信頼できる不動産業者はいないかと訊いた。すると、評判のいい業者の名前ばかりか、もっと耳よりな情報まで手に入った。将来ご近所になる相手に関心を持ったホテルの主人が、どのような家を探しているのかとポッターマック氏に尋ねていたところ、女主人が口を挟んだのだ。

「トム、〝栗の木荘〟はどうかしら？　ほら、バーネット大佐が住んでいた家よ。今は空き家で売りに出されていて、何ヶ月も買い手がないでしょ。ちょっと場所は不便かもしれないけど、立派な家だわ。こちらの方にはぴったりじゃないかしら」

　詳しく話を聞いて、ポッターマック氏も同じ意見になった。とどのつまり、翌日、念入りな下見の後、不動産業者フック・アンド・ウォーカーには手付け金が支払われ、地元の事務弁護士《ソリシター》には譲渡の手続きが依頼された。一週間も経たないうちに、町でも指折りの建築業者が修繕や手直しのためにその屋敷に派遣され、ポッターマック氏は資料の山に埋もれて、家具や備品の問題と格闘していた。

　しかし、このような仕事に追われていても、ポッターマック氏は究極の目的を忘れたわけではなかった。新参者の自分が、ミセス・ベラードに正式な紹介を受ける可能性は皆無に等しい。そのため、ポッターマック氏はしきたりを無視して、手っ取り早い方法をとることに決めた。しかし、ここにきわめて重大な問題があった。アリスは気づくだろうか？　ポッターマック氏は大いに悩み、自問自答を繰り返したが、皆目見当がつかなかった。むろん、普通の状況なら、答えはわかりきっている。ひげ、眼鏡、灰色の髪があったとしても、ミセス・ベラードは一目でポッターマック氏の正体を見抜くに決まっている。しかし、今の状況はとても普通とはいえない。ミセス・ベラードにとって、ジェフリーは十五年ほど前に死んだ人間なのだ。そして、彼が死んだという知らせは、単なる噂話や曖昧な情報ではなく、確認済みの事実としてアリスにも届いただろう。死体が発見され、本人をよく知っている人物が身元を確認したのだ。アリスは、ジェフリーの死を一瞬たりとも疑えなかったはずだ。

　それでは、ジェフリーが死んだという知識と目の前に突きつけられた事実の矛盾に対し、ミセス・べラードはどのような反応を示すだろうか？　二つの信じがたい事柄、このどちらを受け入れるだろう？　死んだ人間が再び生き返ったと考えるか、それとも信じられないほど死んだ人間に生き写しの別人と考えるか？　どちらとも結論は出なかった。しかし、一つだけ自信があった。ミセス・べラードはジェフリーそっくりの自分に、大いに心を動かされるはずだ。そういう心理状態なら、たとえ二人の出会いに常識はずれな点があってもすんなり見逃してしまうだろう。

ポッターマック氏の計画は、単純すぎて荒っぽいほどだった。仕事の合間をみて、必ずミセス・べラードの家の前の小道、モルトハウス・レーンの入口を通って様子を窺うことにしたのだ。最初の数日間は、機会に恵まれなかった。しかし、ボーリーに来てから一週間を少し過ぎたある日の朝、小道を覗くと、目指す庭の低木の上に女物の帽子がはっきりと見えた。ポッターマック氏は大胆にその細い往来へ足を踏み入れ、家の真正面まで歩いていった。庭仕事用の手袋をはめ、小振りな熊手を使って花壇の手入れをしているミセス・べラードがいた。ポッターマック氏は気づかれないように木の柵へと近づき、帽子をちょっと持ち上げて、申し訳なさそうに声をかけた。この道をまっすぐ行けば、エイルズベリー・ロードへ出るのでしょうか。

その声を聞くなり、ミセス・べラードはぱっと立ち上がり、驚きを絵に描いたような顔でポッターマック氏を見つめた。ポッターマック氏の顔を見ても、驚きが和らいだ様子はない。ややしばらく、ミセス・べラードは棒のように立ち尽くし、ポッターマック氏を穴のあくほど見つめ、幽霊でも見たかのように口をぽかんと開けていた。ポッターマック氏も音が聞こえそうなほど心臓がどきどきしていたが、多少の心の準備はできていたこともあり、ちょっと間をおいてから、仕事の邪魔をした詫びを述べて同じ質問を繰り返した。それを聞いたミセス・ベラードはなんとか自制し、木の柵まで近づいてきて、途切れがちの震え声で説明を始めた。柵の上の手袋をはめた手が、はっきりとわなないている。

ポッターマック氏は礼儀正しく耳を傾け、その後思い切って、ここに定住するつもりで来たばかりなこと、新しい土地になじもうと努力していることなど、身の上話を打ち明けた。事情を聞いた相手はすっかり愛想がよくなり、ポッターマック氏はさらに話をつないで、ミセス・ベラードの家の外観や静かで緑豊かな小道の前というすばらしい立地をほめた。そうこうするうちに、いつしか二人は町の中心部や周囲の田園地帯について楽しいおしゃべりをしていた。話している間、ポッターマック氏はわざと顔の一部をミセス・ベラードからは見えないようにしていた。ミセス・ベラードはまじまじとその顔を見つめ、それでいて自分の目を疑っているような、奇妙な困惑の表情を浮かべている。その表情にはどこか遠くを見るような、懐旧の念が入り交じっていた。上首尾に気をよくしたポッターマック氏は、最後に家事が手つかずのままになっていることを説明し、家政婦をしてくれる中年の信用できる女性を知らないかと訊いてみた。

「ご家族は何人ですか?」口調に熱がこもるのを、ミセス・ベラードはうまく隠しきれなかった。

「家族ですか」ポッターマック氏は答えた。「このちょっと古ぼけた帽子の主、一人きりでしてね」

「でしたら、家政婦は簡単に見つかるでしょう。実をいうと私も」ミセス・ベラードは続けた。

「一人心あたりがありますの。ギャドビーさんという中年の未亡人ですけど、いかにもディケンズの小説に出てきそうな名前だと思いません？　家事の腕前についてはほとんど存じませんが、気立てのいい、立派な人柄の女性であることは保証しますわ。もしよろしければ、あなたのご住所をお聞きして、後でそちらに伺うように伝えておきますけれど」

ポッターマック氏はその申し出に飛びついた。名前とホテルの住所を書きとめ（ミセス・ベラードは食い入るような目で、名前の方を盗み見た）、心をこめて礼を言い、古ぼけた帽子を派手に振り回して別れの挨拶をすると、うきうきした気分で歩き出した。その日の夜、ミセス・ギャドビーがホテルを訪ねてきて、すぐさま話は決まった。その契約は、後日願ってもない幸運だったことが証明された。ミセス・ギャドビーは得がたい優秀な召使いであるとわかったばかりか、雇い主とミセス・ベラードの橋渡し役となったのだ。もっとも、橋渡しが取り立てて必要だったわけではない。ミセス・ベラードはポッターマック氏とたまたま顔を合わせた折りには――そういう折りは驚くほど頻繁にあった――いつでも知り合いとして親しげな挨拶をしてきた。そして徐々に――実際はそう徐々に、でもなかった――二人の関係は単なる顔見知りから友人へと発展した。さらに数週間後には、二人の友情は成熟して無二の親友となった。ポッターマック氏は万事好都合に運んでいると感じ、運命の女神に貸し越しになっている未払金をいくらか回収するべきときも近いと思った。

しかし、運命の女神には、まだ手を打つつもりはなかった。

運命の女神が奥の手を出したのは、ポッターマック氏が新しい家に移り、すっかり落ち着き始めた数週間後だった。ポッターマック氏は買い物をして、店のカウンターの近くに立っていた。そのとき、左後方に人がいることに気づいた。その人物の姿はぼんやりとしか見えなかったが、自分がじろじろと見られているような感じがした。あまりいい気分ではなかった。人相を変えたとはいえ、いつ何時前科者の正体を見破られないとも限らない。その人物が左側から右側へと移動したとき、ポッターマック氏ははっきりと不安を抱き始めた。右の耳たぶには独特の紫色の痣がある。見知らぬ観察者の動きそのものが、この特徴を連想させ、かなり嫌な予感がした。不安を募らせながらしばらくぶしつけな視線に耐えた後、ポッターマック氏は振り返り、失礼な観察者の顔をちらりと見た。その途端、ひどいショックを受けた。が、同時に多少は胸をなで下ろした。その見知らぬ男はまったく知らない相手ではなく、旧友でかつての職場の同僚、ジェイムズ・ルーソンだったのだ。

ポッターマック氏の顔にも、思わず気づいたという表情が現れてしまったに違いない。が、すぐに押し殺す。昔の友人を恐れたわけではないが、過去とは縁を切ったのだから今更認めるつもりはない。自分は新しい人間として新しい人生を歩み始めたのだ。従ってポッターマック氏はちらっと目を向けたきり、できるだけ無関心そうにカウンターに向き直って、買い物を片づけた。ルーソンの方も表面的には気づいた様子をみせなかったため、ポッターマック氏はこちらの正体に疑いを持ったわけではなく、他人の空似が気になったくらいなのだろうと希望を抱き始めた。それが当然ではないか。自分に似ている人物、ジェフリー・ブランドンは十五年近く前に死んでいるのだ。

しかし、店を出て他の用事のために通りを歩いていたところ、すぐにルーソンがぴったり尾けてくることに気づいた。本当に尾行しているのかどうか、一、二度、急に引き返したり、わかりにくい裏通りや細い道に飛び込んで試してみた。それでもなおルーソンが執拗につきまとっているのを発見したとき、ポッターマック氏は自分の正体が見破られたと認め、できるだけ自分主導でことを運ぼうと覚悟を決めざるをえなかった。そのため、ポッターマック氏はまっすぐ家へ向かった。しかし、正面玄関から家へ入る代わりに、庭園の長い壁の脇の小道を通って小さな通用口から中に入り、鍵を開けっぱなしにしておいた。ほどなくルーソンが扉を開けて顔を覗かせた。そして、庭にいるのがポッターマック氏一人きりだと確かめると、入ってきて扉を閉めた。

「よう、ジェフ」ルーソンはポッターマック氏の前に来て、にこやかに呼びかけた。「こんなところにいたのか。たきぎ《ブランド》は——いや、ブランドンは、と言った方がいいかな——火にくべられる前に逃げ出して、危ないところを助かったわけか（旧約聖書 ゼカリヤ書3・2より）。うまく逃げ出したんじゃないかとずっと思ってたんだよ。お前は本当に油断のならないやつだな」

ポッターマック氏は最後のあがきをみせた。「失礼だが、人違いをしているのでは——」

「よせよせ」ルーソンが遮る。「無駄だよ。だいたい、お前だって俺に気づいただろうが。お前が昔なじみを知らないふりをしたって、俺がお前を知らないふりをしたってどうにもならないさ」

ポッターマック氏はその不愉快な事実を受け入れ、分別のある男らしく、避けられない運命に従うことにした。

「そうだな」と認める。「そういうことなら、わざわざ知らん顔をする理由もない。ただ、わかってもらいたいんだが――」

「ああ、よくわかってるとも」ルーソンが言った。「俺が気を悪くしたなんて思うなよ。古い知り合いを探す気がさらさらないのも当然だ。しこたま金を貯め込んだようだから、なおさらじゃないか。あれからどこにいたんだ？」

「アメリカだ。数週間前に帰ったばかりなんだよ」

「そうか。帰ってこない方が利口だったのにな。ま、一財産できたんで、故郷に帰って金を使うつもりだったんだろう」

「いやいや、財産なんてはどのものじゃない」ポッターマック氏は答えた。「だが、つましくやれば生活には困らない。もともと贅沢好みじゃないんでね」

「運のいいやつだな」ルーソンはがつがつした目で周囲を見た。「ここはお前の地所なのか？」

「そうなんだ。買って引っ越してきたばかりだよ。馬鹿みたいに安い値段で手に入ったんだ」

「そうなのか。まったく運のいいやつだよ、お前は。ちょっとした貴族みたいじゃないか」

「ああ、とても気に入っているよ。みてのとおり、ちゃんとした家があるし、敷地も申し分のない広さがある。ここでのんびり暮らしていきたいと思っているよ」

「正体がばれない限り、大丈夫だろうさ。お前がちゃんと話のわかるやつなら、そんな羽目になる必要もない」

「ああ、そんな羽目にはなりたくないね」ポッターマック氏は少々不安になった。さっきから昔の友人を観察していたのだが、ときの経過がもたらした変化は好ましくなかった。この薄汚くていかがわしい飲んだくれに自分の秘密を知られてしまい、間違っても嬉しいとはいえない。しかし、それでも次のような言葉を聞くとは夢にも思っていなかったのだ。

「まったく今日はついてたよ」ルーソンは言った。「たまたまあの店に顔を出すなんてな。朝の稼ぎとしちゃ、久しぶりの大もうけだよ」

「そうかい」ポッターーマック氏は少しとまどった。

「そうとも。一千ポンド手に入れる機会にありついたんだからな」

「まじめな話か？　よくわからないな」

「わからない？」ルーソンは突如態度を一変させた。「なら、教えてやろうじゃないか。お前がぴんぴんして、ここで貴族みたいな生活をしていることを、スコットランド・ヤードの連中には知られたくないだろう？」

「当然、知られたくないね」

「そうだろうとも。お前が昔なじみにふさわしい、気前のいいところをみせてくれるんなら、絶対にばれないだろうよ」

「なんだって」ポッターーマック氏は息をのんだ。「なんの話かよくわからないが」

「まったく、お前もどうしようもない馬鹿だな」ルーソンは言った。「じゃあ、単刀直入にいこう。お前は俺に千ポンド渡す、俺は永遠に口を閉ざしていると神にかけて誓うというわけさ」

「もし、断ったら？」

「そのときは、スコットランド・ヤードに顔を出して、結構な情報と引き替えに小遣い稼ぎをするさ」

ポッターマック氏は恐怖に駆られて後ずさりした。青天の霹靂だった。かつて付き合っていた頃には非の打ち所のない青年だったこの男が、ここまで身を持ち崩すとは。実際、強請《ゆすり》に他ならないではないか。犯罪のなかでも、もっとも下劣で卑怯な、浅ましい行為だ。しかし、ポッターマック氏が目の前の卑劣漢に満腔《まんこう》の怒りを覚えたのは、単に恐喝されたためだけではなかった。ルーソンが金をせびった瞬間、ポッターマック氏は今も自分をとらえている汚い罠を仕掛けた人間、小切手を偽造した犯人の名前を知ったのだ。

ポッターマック氏はショックのあまり、しばらくは口も利けなかった。そして、ようやく口を開いたときには、取引の条件を決めるしかなかった。選択の余地はない。こけ脅しでないことはわかっていた。ルーソンの目には、見間違いようのない悪意の光が宿っていた。相手の人生を踏みにじっておきながら、根っからの恥知らずはなおも憎悪の炎を燃やし続けているのだ。

「横線小切手でいいか？」ポッターマック氏は訊いた。

「なんだって、馬鹿を言うな！」という答えが返ってきた。「普通小切手もだめだ。小切手はお断りだよ。現金がいい。ただし使いづらいと困るから、紙幣でもらおう。五ポンド紙幣でな」

「なんだって、一千ポンドだぞ！」ポッターマック氏は叫んだ。「銀行でなんて思われるか！」

ルーソンはにやにや笑った。「銀行のやつらはどう思うだろうなあ、俺が千ポンドの小切手を持って窓口に行ったりしたら？　裏書きを気にするんじゃないか？　だめだ、紙幣を持ってこい。五ポンド紙幣だ、いいな？　銀行はちゃんとお前の顔を知ってるから、問題ないさ。よく聞け、ジェフ。これは極秘の取引だぞ。二人ともこのことを誰にも知られたくない。俺達は赤の他人でいた方がずっと安全だ。だからな、どこかで顔を合わせたとしても、帽子を脱いで挨拶する必要はない。俺も無視する。俺達は他人だ。俺はお前の名前すら知らないんだ。ところで、お前の名前はなんだ？」

「マーカス・ポッターマック」

「おいおい、また妙な名前だな！　ともかく、聞かなかったことにするよ。これで文句はないだろう？」

「ないとも」ポッターマック氏はしみじみと答えた。「だが、金はどこでどうやって渡せばいい？」

「取りに来る」ルーソンは答えた。「木曜の夜、ここに来て受け取るよ。それならお前も金を用意する時間には困らないだろう。日が暮れてから、そうだな、九時頃にしよう。あそこの入口の鍵を開けておけ。そうすれば、周りを確かめて、誰にも見られずに中に入れるから。それでいいな？」

ポッターマック氏は頷いた。「後一つだけ言っておくことがある、ルーソン」とつけ加える。「これは最初で最後の取引だ。千ポンド払うなら、お前が永遠に秘密と沈黙を守るのが条件だからな」

「わかってるって。永久《イン・サエクラ・サエクロールム》にだ」

「二度と金を要求したりはしないな？」

「するもんか」ルーソンは気を悪くしたらしい。「俺が公正な取引のなんたるかを知らないとでも思ってるのか？　俺は神に誓った。ちゃんと守るさ、信用しろよ」

ポッターマック氏はそれ以上追求しようとはしなかった。この忌まわしい取引はもう片がついたのだ。ポッターマック氏はそっと通用口の扉を開け、誰もいないのを確かめてから客を送り出し、その大きなたくましい背中が、壁の横の小道をふんぞり返って町へと歩いていくのを眺めた。

扉を閉めて庭に戻ったポッターマック氏の心は、苦悩と絶望で一杯だった。夢は消えた。あの強欲な蛭《ひる》が自分にとりついている限り、アリス・ベラードに結婚を申し込むことはできない。これから先を予想したとき、今回の取引がほんの始まりにすぎないことは痛いほどわかった。恐喝者は毎回売りつけた品を抱えたまま帰り、再び、何度でも現れるだろう。

恐れは的中した。情け容赦のない強請は、犠牲者が全財産をなくして破滅するまで終わらなかっただろう。石工のギャレット氏の仕事場に、折よく日時計が出現したりしなければ。

第十一章　ポッターマック氏のジレンマ

ピアノの音が次第に弱くなり、ついに消えた。短い沈黙が続く。

ポッターマック氏は庭のはるか遠くを見つめていた視線を転じ、女主人を見た。ミセス・ベラードは少しとまどったような微笑みを浮かべてこちらを見ていた。

「結局、パイプに火もつけなかったんですね、ポッターマックさん」ミセス・ベラードが口を開いた。

「ええ」ポッターマック氏は答えた。「私の寂しい心はあなたの音楽が十分癒してくれたので、煙草の出る幕はなくてね。どのみち、パイプの火は消えてしまったでしょう。他のことに心を奪われると、いつもそうですから」

「では、ちゃんと聴いてくださっていたのね？　居眠りをしているのかと思いましたわ」

「夢を見ていたんですよ」ポッターマック氏は答えた。「白昼夢をね。でも、ちゃんと起きて聴いていましたよ。不思議だな」やや間をおいてから続ける。「音楽にはどんな力があって、記憶を呼び覚ませるのでしょうね。他に似たようなものといえば、香りくらいですか。音楽と香り、その唯一無二のものが、それぞれ眠っている記憶を呼び覚ます力を持っているようですね。絵や彫刻に代表される芸術品には、まったくない力です」

「それなら私は」ミセス・ベラードが答えた。「ある意味で、阿片のパイプのような働きをして煙草を打ち負かしたみたいですわね。でも、そのおかしな関係を修復する時間はなさそうよ。アンがお茶の道具を持ってきたようですから」

その言葉とほぼ同時にドアが開き、盆を持ったメイドがしずしずと入ってきて、重大な儀式でも執り行うような態度でお茶の道具を並べていった。メイドが部屋を出ていき、お茶が注がれると、ミセス・ベラードは再び口を開いた。

「私は訪問相手の一覧表から外されてしまったのかと思いかけていましたわ。この頃、一人で何をなさっていたの?」

「それが」ポッターマック氏は言葉を濁した。むろん、詳しく話すわけにはいかない。「ずっと手がふさがっていたんですよ。やることが一杯ありましてね。例えばほら、日時計ですよ。日時計のことは前に話しましたよね?」

「ええ、でもずいぶん前の話ですわ。完成したら見せてくれると言っていたのに、それっきり。ギャドビーさんにも見せていないそうじゃないですか。とてもがっかりしていましたわ」

「それは大変だ!」ポッターマック氏は声をあげた。「これだから、年寄りの独り者は自分勝手で困るな! いや、すぐに埋め合わせをしますよ。そちらのご都合はどうでしょう? 明日、家でお茶をご一緒にいかがですか?」

「ええ、ぜひ。でも、あまり早くは行けないんですの。五時十五分前では?」

「結構ですとも。まずお茶を飲んで、それからのんびり日時計を見に行きましょう。他にもいろいろお見せしたいものがあるので」

こうしてポッターマック氏にとっては、願ったり叶ったりの約束が整った。今日の午後、あるきわめて重大な質問をするつもりだったが、まだ機が熟していないようだ。だから明日に延期すればいい。デリケートな質問というものは、それなりの手順を踏んで慎重に切り出さなければならないが、今のところそういうきっかけは見つからないし、見つかりそうでもない。無理にきっかけを探す必要がなくなって、ポッターマック氏は気持ちよく女主人の相手をすることに専念できるようになり、最終的には明日の成り行きに自信も新たに、うきうきしながら帰っていった。

ミセス・ギャドビーが〝栗の木荘〟の気持ちのよい食堂に用意したお茶は、大成功だった。もし、美しい来客がたまたまここ一週間満足な食事をとっていなかったら、さらに喜ばれただろう。ともあれ、どうみても食べきれない大量のご馳走は、来客に対するミセス・ギャドビーの敬意と賞賛、及び歓迎の意を十分に表していたし、少なくともその場の雰囲気を盛り上げるのに役立った。

「ギャドビーさんは本当にいい人ね」ミセス・ベラードは、皿がぎっしり並んだテーブルの上を見て、微笑んだ。「それに、心がこもっているわ。このご馳走、私達二人への感謝の気持ちなのね。私がこちらへ紹介したことを喜んでくれているのよ。あなたのおかげだわ、ポッターマックさん。ギャドビーさんはとてもよくしていただいているのね」

「それは何よりだ」ポッターマック氏は答えた。「私こそ、ギャドビーさんとあなたにお礼を言わなくては。ギャドビーさんのおかげで、この家はいつも完璧ですから。後であなたも見てみますか？」

「ええ、もちろん。独身男性の家の様子を見たがらない女なんていますす、ポッターマックさん？　でも、私が本当に見たいのは、ギャドビーさんの管轄外の場所、あなたの個性を反映している場所なんです。ぜひ作業場を見せていただきたくて。構いませんかしら？」

「構いませんとも。実際問題、お茶をすませたら、いや、ちょうどすんだようですね。早速ご案内しましょう」

二人は立ち上がり、裏口から家庭菜園や果樹園を抜ける長い小道に出て、一緒に歩いていった。やがて、壁つきの庭園の入口に着き、ポッターマック氏はイェール鍵で扉を開けた。

「神秘的でわくわくする場所ね」扉が閉まり、バネ錠がかちりと鳴ったとき、ミセス・ベラードは言った。「こんなとっておきの神聖な場所に案内してもらえるなんて光栄だわ。すばらしいお庭ね」ミセス・ベラードは広い長方形の庭の内部を見回した。「本当に平穏で静かで、別世界のよう。ここにいれば、世間から完全に切り離されてしまうわ。ときには、それもいいものですね」

ポッターマック氏は同意し、今がちょうどそんなときだと考えた。「一人になりたいときには」と切り出す。「私は誰にも邪魔をされずに、完全な孤独に浸りたいのでね」

「そうね、ここなら大丈夫よ。絶対に人目に触れないわ。たとえ人を殺しても、誰にも気づかれないでしょうね」

「そうかもしれませんね」ポッターマック氏は少々鼻白んだ。「そんな取り柄があるとは思いもよりませんでしたよ。もちろん、そんな目的のためにこの庭が作られたのではないことくらい、よくおわかりでしょうが。日時計のご感想は？」

「今ちょうど見ていたところですけど、日時計が庭全体を引き立てる仕上げになっていますわ。とっても素敵。あの新しい石の土台が風雨にさらされて古びた感じになれば、もっといいでしょうね。たしか、あの下には井戸があるとおっしゃっていませんでしたかしら。なんだか恐いようなおもしろいような気がするわ」

「なぜ、恐いなんて？」ポッターマック氏はもじもじした。

「あら、井戸ってなんだか不気味だと思いません？　私はそう思うんです。私の庭にも一つありますけど、つるべが暗い穴の中をどこまでも下がっていって、地中の奥深くへと消えていくのを見ると、いつもぞっとしますわ」

「そうですね」ポッターマック氏は賛成した。「その感じ、よくわかりますよ。都会育ちの人は、だいたい同意見でしょうね。実際、多少は危険ですから。特に、ここのように柵一つない井戸はね。だからこそ、さっさとふさいでしまったわけです」

話しているうちに、二人は日時計の前までやってきた。ミセス・ベラードが時計を一周して格言を読む。「どうしてこういう格言は、いつもラテン語なのかしら？」こう質問が出た。

「短いのが理由の一つでしょうね」ポッターマック氏は答えた。「『日の出に希望を、日没には平穏を』この文は、ラテン語なら五語です。同じ意味で英語に直すと十三語になりますから」

「美しい格言ね」ミセス・ベラードは憂いを含んだ目で石の柱を眺めた。「最初の一文は、私達全員が経験していますわね。後半の文は、日の出と日の入りの間の年月に、私達が味わった悲しみや幻滅をあがなってほしいという祈りが込められているんでしょう。でも、そろそろ作業場に行きましょうか」

ポッターマック氏はミセス・ベラードをイチイの生け垣の裏にある、日あたりのよい一続きの作業部屋に案内した。充実した道具一式を見せるポッターマック氏は少し得意げでなくもなかったが、それでも、美しい未亡人が工具や器具にすっかり夢中になったのはやや意外だった。女というものは、男の大工道具を小馬鹿にしたような目で見るのが普通ではないか。が、ミセス・ベラードは形だけ眺めるだけでは満足しなかった。ポッターマック氏は自分の〝機械装置〟をきちんと見せ、説明し、実際に一つ一つ使ってみせなければならなかった。素早く締められる万力のついた大工仕事用の作業台、大小の金敷や鑞づけ用の大型バーナーがある金属加工用の作業台。小型の炉、旋盤、砥石車にベンチドリル。これら全てを、ミセス・ベラードは興味津々で観察し、不思議なほどの勘のよさで用途や使用方法などを見抜いた。ポッターマック氏は自分の宝物を見せるのが楽しくてつい夢中になり、一瞬、今日の本当の目的を忘れかけたほどだった。

「お仕事の場所を見られてよかったわ」庭に戻ったとき、ミセス・ベラードは言った。「あなたが工芸の神々に見守られて、忙しく幸せそうにしている様子が目に浮かびます。あそこで作業しているときは、さぞ楽しいでしょうね」

あまりにも真剣な口調なので、ポッターマック氏もまじめに答えた。

「職人なら誰でも、働いているときは幸せだと思いますよ。もちろん、私が言っているのは、たとえ単純なものでも、自分の両手と頭を使って作り出す熟練工のことですがね。ええ、仕事をしているときは幸せですよ、ことに、ちょっと手を焼くようなときは」

「わかりますわ。ちょっと頭を使って工夫しなければならないときのことでしょうね。でも、普段はお幸せなのかしら？　人生は楽しい？　あなたはいつも屈託がないけれど、本当に人生を楽しんでいるのかしらと思うことがあるんです」

ポッターマック氏は少々考え込んだ。「きっと」と口を開く。「私が一人きりで友達もいないのを気にしているんですね。もっとも友人が一人もいないわけではありませんよ。あなたがいるじゃないですか。男性にとって、これ以上望めないほど優しくて親切な友人が。ただ、あなたの指摘にも一理ありましてね。私の人生には足りないものがあります。仕事は楽しいですが、空しさを埋め合わせる方便にすぎません。とはいえ、完璧な人生も手が届かないわけではないのですよ。あなたからの一言があれば、それでもう十分です。あなたが私の妻になってくれるなら、この世で望むものは他に何一つありません。私は完全に幸せな人間になれるでしょう」

ポッターマック氏は言葉を切り、ミセス・ベラードを見つめた。そして、相手が涙を浮かべ、見るからに暗い顔でうつむいているのに気づき、少々面食らった。返事がないため、ポッターマック氏はさらに心をこめて言葉を継いだ。

「どうしていけないんです、アリス？　私達は無二の親友だ。心から相手を思いやり、敬愛しあう友人じゃありませんか。同じこと、同じ生き方を好む者同士です。趣味や娯楽も同じです。

お互いに相手の幸せを考えれば、必ずうまくいく。はい、と言ってくれませんか、アリス？　これから先の人生を、手を取りあい、ともに生きていこうじゃありませんか？」

ミセス・ベラードは顔を上げ、今にも涙がこぼれ落ちそうな目を向け、手をポッターマック氏の腕においた。

「マーカス」ミセス・ベラードは言った。「あなたは大切な人よ。もし、許されるのであれば、ありがたく、喜んでお受けするでしょう。今まで友人として、誰よりも大切な友人としてお付き合いしてきましたね、私にできるのはそれだけです。あなたの妻にはなれません」

ポッターマック氏はうろたえて、ミセス・ベラードを見た。「でも」声がかすれる。「どうして、だめなんです？　どんな障害があると？」

「私の夫が障害なんです」低い声が答えた。

「夫！」ポッターマック氏は息をのんだ。

「そうなんです。あなたはここに住む他の人達と同じように、私が未亡人だと信じていたんでしょうね。私は未亡人ではないの。夫はまだ生きているんです。一緒に生活することはできないし、するつもりもありません。いいえ、あの男の存在すら認めたくないんです。でも、夫は生きています。あなたと私の間に立ちはだかって、なおも私を苦しめるんでしょう。さあ」ポッターマック氏は驚きのあまり身動き一つせず、黙ってミセス・ベラードを見つめるばかりだった。ミセス・ベラードが続ける。「東屋へ行って腰を下ろしましょう。そこで、悲しいお話を全てお聞かせしますわ」

ミセス・ベラードが芝生を横切って歩いていく。ポッターマック氏はなんとなく気が進まないまま、後を追った。あの運命の夜以降、ポッターマック氏はほとんど東屋を利用していない。忌まわしい思い出のために、足が遠のいていたのだ。今でさえ、自分で選ぶなら、東屋は避けただろう。ルーソンが座った夜以来空いたままだった椅子に、愛する人が腰を下ろすのを目にして、ポッターマック氏はなんとなく嫌な気持ちになった。

「私の身の上をお話ししますね」ミセス・ベラードは口を切った。「最初は少女時代の話、いえ、娘時代といった方がいいかもしれません。その頃、私はジェフリー・ブランドンという青年と婚約していました。心から愛し合っていたんです。ジェフリーがどんな人だったかについては、そうね、年齢の違いを除けばあなたと瓜二つといえば十分だわ。顔立ちも、声も、趣味も性格もそっくりでした。もしジェフリーが今も生きていたら、きっとあなたに生き写しだったでしょう。それで、私は最初からあなたに惹かれたんです。

私達はとても幸せでした。幸せそのものだったんです。お互いに愛し合う、理想の相手でした。私は自分のことを世界で一番幸運な娘だと思っていたわ。本当にそうだったんですもの。私は近々ちょっとした財産を相続することになっていて、何不自由なく結婚生活を送れるようになり次第、式を挙げる予定でした。そんなとき、私達の幸せは一瞬で木っ端微塵になったんです。悪夢のような出来事でした。ジェフリーが勤めていた銀行で、小切手の偽造が何度も行われていることが発覚したんです。疑いはジェフリーにかかるように仕組まれていました。ジェフリーは起訴され、有罪となり――もちろん、でっち上げの証拠のせいです――懲役刑を宣告されてしまったんです。

有罪が確定すると、ジェフリーはすぐさま正式に私との婚約を破棄しました。でも、もちろん私に別れるつもりはありませんでした。ただ、その意見の食い違いは問題にならずじまいでしたわ。かわいそうなジェフリーは脱獄して入江の船に向かって泳いでいき、溺死してしまったんです。後日、死体が引き上げられ、刑務所に移送されて検死審問が行われました。私も刑務所へ行き、特別の許可を得て葬儀に参列し、刑務所内の墓地に花輪を供えました。それで、私の恋物語には終止符が打たれたんです。

ジェフリーが死んだとき、私は一生結婚しないと心に決めました。そのとおりにしておけばよかったんです。実際には違う結果になってしまいましたけれど。ジェフリーには私の他にもう一人、とても親しい友人がいたんです。銀行の同僚で、ジェイムズ・ルーソンという人でした。もちろん、私もその人をよく知っていましたし、ジェフリーが有罪判決を受けた後は、しょっちゅう会うようになりました。ええ、以前はそんな風ではなかったんですが、かなり親しくなったんです。だって、ルーソンはジェフリーの無実を心から信じていると言ってくれたんですもの。他の誰もが気の毒なジェフリーの有罪を当然のように思っていましたから、自然と私はたった一人の忠実な友人に引き寄せられていきました。その後、ジェフリーが亡くなり、永遠に私のもとから消えてしまったとき、ルーソンはことあるごとに私を慰め、元気づけてくれました。とても親身になってくれて、心から死んだジェフリーのことを悲しみ、何かと話題にしては思い出が色あせないようにしてくれましたので、私達は以前にも増して親しくなりました。

その後しばらく経って、ルーソンの友情はだんだん熱を帯びて愛情へと変わり、最終的にははっきり結婚を申し込んできました。むろん、私は断りました。正直なところ、その申し出にちょっとびっくりしたんです。私はまだ自分をジェフリーのものだと思っていましたから。でも、ルーソンはじっと待ち続けました。私の返事に気を悪くした様子はありませんでしたが、最終的な答えとして受け入れようともしなかったんです。ジェフリーだって、残された私が一生独りぼっちで生きるのではなく、自分の忠実な無二の親友の庇護を受けることを望むはずだと、それはそれは熱心に口説いたのです。

そんな説得をされているうちに、やはり気乗りはしませんでしたが、私の結婚に対する嫌悪感も少しずつ薄れてきました。そして、ルーソンがジェフリーに対する自分の忠実さを認めて、それに報いるという形で結婚を承諾してくれないかと言ったとき、ついに根負けしたのです。ルーソンを拒み続けるのも恩を仇で返すような気がしましたし、ジェフリーに死なれてからというもの、私はもう捨て鉢だったのです。結局、ルーソンが銀行のリーズ支店へ赴任する直前に、私達は結婚しました。

目が覚めるまでに、それほど長くはかかりませんでした。そしていったん気づいてしまうと、うまうまと騙されていた自分に我ながら驚いたものです。結婚してすぐ、ルーソンがあれほど執拗に結婚を迫ったのは、私への愛情からではないとわかってきました。私が少額の財産を受け取ることを嗅ぎつけたせいだったのです。ルーソンのお金に対する欲望はえげつないほどでした。そのくせ、まるで貯めておけないのです。お金はルーソンの両手から湯水のようにこぼれ落ちていきました。申し分のない給料をいただいていたのに、私達はいつもお金に困り、しょっちゅう借金をしていました。原因はルーソンのひどい賭博癖です。ルーソンは最初から負けが決まっているような、たちの悪い博奕打ちだったのです。無茶な山を張って瞬く間にお金をすってしまい、まぐれで大あたりしても、もうけでまた大博奕を打っては本も子も失ってしまいます。いつもお金に困っていたのも当然なんです。

ようやく少額の財産が私の手に入ったとき、ルーソンはとてもがっかりしました。財産は信託の形でむやみには使えず、事務弁護士である叔父が管財人となっていたものですから。叔父はとても慎重な人でしたし、私の夫をよく思っていませんでした。ジェイムズ・ルーソンは金を全部好き勝手に使うつもりでいたのに、実際には、金に困れば私に工面を頼まなければならず、私もなんとかうまく叔父を説得しなければならなかったのです。こんな状態でも、私の受け取る収益はほとんど夫の借金と損の穴埋めに回されていました。

そうこうしている間に、私達の間はますますこじれてきました。あてがはずれて財産は信託にされているは、いちいち理由を説明して私にお金を頼まなければならないはで、ルーソンは苛立ち、へそを曲げてふてくされ、ときには口汚く私を罵ることさえありました。ですが、これだけではないのです。私は結婚当初から、ルーソンのひどい飲酒癖にびっくりさせられました。なのに、お酒の量はどんどん増える一方です。このお酒がもとで、私達の不和は決定的になり、別れることになったのです。

お酒の影響は、人によって様々ですよね。ジェイムズ・ルーソンの場合には、まず品性がかけらもなくなって、嫌らしいほど浮かれ出すんです。次には自慢話をしゃべりまくって威張り、その後すぐ喧嘩っ早くなって凶暴そのものになります。一、二度、本当に暴力をふるいそうになったこともありました。それはさておき、酒を飲んで気が大きくなり、自慢話を始めるとき、ルーソンはたびたびジェフリーを馬鹿にして、侮辱するようなことまで言うのです。私は見苦しい喧嘩を避けるため、その場を出ていかなくてはなりませんでした。でも、最後のとき、ルーソンは口を滑らせたのです。ジェフリーを『あの馬鹿』呼ばわりして、私が未だに忘れられずにいるのを嘲りました。当然、私がかんかんになって部屋を出ていこうとすると、ルーソンが私を呼び止め、目の前で笑うのです。そして臆面もなく私に向かって――この私に向かって、小切手の偽造を計画して実行したのは自分だ、『あの間抜けのジェフ』を罠にはめ、法律家達への生け贄にする木偶《でく》人形に仕立てたのは自分だ、と大威張りで言い放ったのです。

本当に雷に打たれたような気分でしたわ。最初は、ただの酒の勢いで、でまかせだと思いました。でも、ルーソンは独りよがりの自己満足でくすくす笑いながら、犯人にしかわからない細かいことまでしゃべったんです。私もついに本当なのだと悟りました。あの酒浸りのけだものが、私のジェフリーを死へ追いやった卑劣な裏切り者だったのです。

私はその場から立ち去りました。すぐに小さなスーツケースに荷物をまとめて家を出ていき、町のホテルに部屋をとったんです。翌日、家に戻って、ルーソンと話し合いました。ルーソンはすっかりうろたえ、小さくなっていました。自分のしゃべったことははっきり覚えているくせに、単なる酒の上の冗談で、何もかも私への嫌がらせのつもりでついた嘘だったとごまかそうとするのです。でも、その手には乗りませんでした。家に戻るまでに、私は自分なりに考え直してみたのです。自白は全てつじつまが合うし、これまでに知ったルーソンの人柄ともぴったりです。がめつくて無節操な性格、病的な賭博癖、後先なしに借金を作るだらしのなさ。私はルーソンの言い訳や否定の言葉には一切耳を貸さず、最後通牒を突きつけました。こういう条件でした。

私達はすぐさま完全に縁を切る。今後は赤の他人で、顔を合わせたとしても知らないふりをする。私は母の実家の名前、ベラードを名乗り、未亡人として暮らしていく。ルーソンは私を苦しめたり、私との関係や付き合いを一切口外しない。

もしこの条件をのめば、四半期ごとに手当を払い、今回知った事件の真相についてはなんの行動も起こさない。もし拒めば、叔父に頼んで裁判上の別居が認められるよう手続きをとり、法廷で自分の知っていることを洗いざらい話す。銀行の役員にも一連の事実を通告する。叔父の意見を聞いて、偽証その他文書偽造の犯罪行為で訴えることができるのなら、告発する。

私の最後通告に、ルーソンは泡を食いました。まず頭ごなしに怒鳴りつけ、次に泣き落としにかかって、うまく言いくるめようとしました。が、それでも私の決意が揺らがないと悟ると、最終的にはあきらめました。私の脅しがよほど効いたんでしょうね。ただ、実際には何もできなかったと思います。でも、そんなことはルーソンの方がよくわかっていたでしょう。私が知らないだけで、他にも後ろ暗いところがあったのかもしれませんね。いずれにしろ、ルーソンは四半期ごとの手当を小切手ではなく紙幣で受け取るという条件を一つつけましたが、私の要求をのみました。

別居の条件が決まるとすぐ、私は母の実家のあったエイルズベリーに行き、下宿に住みながら安い小さな家を探し、ようやくボーリーで手頃な家を見つけたのです。そしてずっとそこに住み、多少心細い収入でやりくりしながら平穏に暮らしてきました。ええ、自由の代償として喜んで払ってきましたけど、手当の支払いはやはりかなりの負担でしたから。ジェイムズ・ルーソンも取り決めをきちんと守ったといっていいでしょうね、一つの点を除けば。そう、一つ約束が破られるのは、最初からわかっていました。ルーソンは手当だけでは満足しなかったのです。折りに触れ、一時的に困っているから助けると思って金を貸してほしいと頼んできました。回数は多くなる一方ですし、むろん返ってくるはずがありません。いつもではありませんでしたけど、つい出してやることもあったんです。

それでも、完全な平和は続きませんでした。私がボーリーに越してきて一年ほど経った頃、ルーソンから手紙が来て、『奇妙な偶然で』銀行のボーリー出張所の所長になったと知らせてきたのです。偶然なんかであるものですか。そこへ異動できるように、自分でうまく手を回したんです」

「なんのために？」ポッターマック氏は口を挟んだ。

「単なる嫌がらせだったのかも」ミセス・ベラードは答えた。「取り決めを破らずに、私を苦しめたかっただけかもしれません。でも、私は意図的なものを感じました。私を精神的に不安定な状態にして、お金の要求にもっと簡単に折れるようにするつもりだったんでしょう。いずれにしろ、ルーソンがこちらに来てから、お金の無心はもっと頻繁に、もっとせっぱ詰まったものになってきました。一度は答えを聞くために家に来るようなことも言ってきたんです。でも、すぐにはねつけてやりました」

「ボーリーで会ったことはあるんですか?」ポッターマック氏は尋ねた。

「ええ、一度か二度。でも、通りで顔を合わせても私は目もくれませんでしたし、ルーソンも私を困らせるようなことはしませんでした。きっと私が恐くて用心していたのでしょう。もちろん、私はできるだけ避けるようにしていましたし。それでも、いなくなったときには、本当にほっとしましたわ。ルーソンが失踪したことは聞いているでしょう? 一時期、町の噂になっていましたから」

「ええ、知ってますよ」ポッターマック氏は答えた。「なじみの石工、ギャレットさんが、事件がわかるとすぐ教えてくれたので。でも、その話を聞いたときには、まさかあなたに――私にも――これほど大きな影響があるとは思いませんでしたよ。ご主人はどうしていると思いますか?」

「わかりません。本当に不思議な話だわ。ルーソンが逃亡しなければならなかった理由なんて、まるで見当がつかなくて。すぐばれるような悪事をしでかして逃げたけれど、まだ明るみに出ていない、くらいしか考えられないわ。この事件で何より不思議なのはたぶん、ルーソンが一度も私にお金をせびってこないことです。少なくとも私が手当を払うこと、どんなに嫌っていても裏切ったりしないことは、よくわかっているはずなのに」

ポッターマック氏は沈んだ顔で考え込んだ。この気高い誠実な女性を欺くと思っただけで胸が痛む。とはいえ、自分に何ができる? もう引き返せないところまで来てしまった。その際、知らず知らずのうちに、アリスまで巻き込んでしまっていたのだ。が、やってしまった以上後戻りはできない。それに、将来に関しては、自分の幸福がすなわちアリスの幸福になると、心から信じることができた。

「ご主人が海外に渡ったという可能性は？」ポッターマック氏は訊いてみた。

「なんとも言えないわ」ミセス・ベラードは言った。「根拠がないでしょう。気味が悪いくらい、連絡がないことを別にすれば」

「こういうこともありうるかな」ポッターマック氏の声がかすかにかすれた。「死んだのかもしれない」

「ええ」ミセス・ベラードは認めた。「それも一つの可能性だわ、それなら音信不通なのも説明がつくし。でも、そんなことを推測して役に立つかしら？」

「ちょっと考えてみたんだが」ポッターマック氏は言った。「もし死んでしまったのなら、その、私達の問題も解決するんじゃないかとね」

「死んだとわからない限り、無理よ。かえって悪いわ。万一ルーソンが死んで、誰にも発見されなかったり、同じように、死体の身元が確認されずに終わるなんてことがあれば、私はあの男に縛り付けられたままで、自由になる見込みは万に一つもないのよ」

ポッターマック氏は大きく息を吸い込み、思わず日時計へと目を向けた。

「でも」ポッターマック氏は低い声で尋ねた。「仮にご主人の死が疑いようのない事実として判明したら？　そのときは、アリス、結婚を承知してくれますか？」

「そのことならもうお返事したでしょう?」ミセス・ベラードは強い口調で答えた。「自由の身であれば、喜んであなたを夫として受け入れると言ったじゃないですか? 一度では足りないのなら、もう一度言います。でも、そんなことを言っても、なんの足しにもならないわ。私の夫が死んだとか、死んだらしいと考える根拠なんてないんですから。あってほしいと願うばかりだわ。そんな願いを口に出すなんて酷いようですけど、ごまかしたところでただの偽善よ。ルーソンは気の毒なジェフリーを破滅させ、私の人生も台無しにしたんだわ」

「私なら、そうは言いませんね」ポッターマック氏は優しくたしなめた。「あなたの人生という砂時計には、まだまだたっぷり砂が残っているじゃないですか。私達二人には、過去という難破船から幸せな将来を拾い上げる時間はまだ残っているんですよ」

「そうね」ミセス・ベラードも頷いた。「私が間違っていたわ。打ち砕かれてしまったのは、人生のほんの一部だけなのね。それに、ひょっとしたらあなたも私と同じように嵐を切り抜けた経験があるんじゃないかしら。もしそうなら、私達はお互い力を合わせて、失ったものを過去の難破船から取り戻さなければいけないわね。でも、結婚は無理ですから、友人という関係で満足しなければ」

「アリス」ポッターマック氏は答えた。「私を夫として受け入れる気持ちがあると言ってくれるのなら、それで十分だよ」

二人は東屋を出て、手を取りあってゆっくりと古い庭を歩き回った。ポッターマック氏は苦い失望感をなんとか押し隠そうと、日あたりのよい花壇に植える予定の花や果樹について屈託のないおしゃべりをした。すぐに、二人はもとの友人同士に戻ったようだった。ただ、果樹園へと出ていく前に、ポッターマック氏が出入口の鍵に片手をかけたままミセス・ベラードを抱き寄せてキスをしたとき、二人の新しい愛情に満ちた関係が自ずとはっきりした。

ポッターマック氏はミセス・ベラードを家まで送っていき、小さな木戸で別れの挨拶をした。

「マーカス」ミセス・ベラードは一瞬ポッターマック氏の手を取り、ささやいた。「あなたがあまりひどく気落ちしていないといいのですけど」

「気落ちなんてしていませんよ」ポッターマック氏は明るく答えた。「もう嬉しい約束はできたわけだから、喜んでいますよ。いずれ幸運の女神がさらに力を貸してくれることを願ってね」

しかし、表面上は明るく振る舞いながらも、家へ戻るポッターマック氏は絶望の淵に突き落とされたような気分だった。心の中で何年も育んでいた平和な幸福の夢、最初は非現実的な幻想のようだったが、日に日に鮮やかではっきりしてきた夢は、実現するようにみえた瞬間、完全に打ち砕かれてしまった。ポッターマック氏は暗い気分で思い返した。自分自身でも本気だとは気づかないくらいだったが、失った恋人を探し求めようという決意が固まり始めた、アメリカ生活終盤のこと。恋人をロンドンでずっと探し回り、ついに目的を達したこと。愛する人をこの土地まで地道に追いかけ、家を購入したこと。ポッターマック氏は長い間たゆまぬ努力を続けて、いつも一歩一歩成功へと近づいてきた。そして、全ての困難を克服し、かけがえのない人をまさに手にしたと思った瞬間、およそ克服しがたい、予想外の障害にぶつかるとは。

怒りで目がくらみそうだった。何より腹立たしいのは、障害を自分自身で作り出していた点だった。致命的な大失敗をした人々の例に漏れず、ポッターマック氏もこうしておけばよかったとほぞを噛まねばならなかった。もし、わかってさえいれば！　万事うまく取りはからうことも朝飯前だったのに！　今となってみれば、あれほど苦労して作ったグッタペルカの靴底も、いかに不必要だったかがよくわかる。動転していたせいだ。今ならちゃんとわかる。はるかに単純でうまい処理ができたのだ。柔らかい地面に井戸へ向かう足跡を何歩かつけ――石膏の型で十分だ――井戸端に上着を放り出しておき、翌朝庭に行って警察に通報していたとしたら？　疑いがかかる危険などなかったはずだ。だいたい疑われる理由がどこにある？　完全に筋の通った説明ができたはずだ。宵の口に鍵をかけずに庭を出た。真っ暗になってから戻ったとき、扉が少し開いていた。朝になり、見覚えのない足跡と上着を発見した。おそらく誰かが庭に迷い込み、暗闇で井戸に落ちてしまったのだろう。ごく自然で単純明快だ。誰一人疑ったり、事故と自分を結びつけたりはしなかっただろう。井戸は浚われ、死体が引き上げられ、事件は完全に終わりとなる。

しかし、そうはならなかった。歯噛みするほど皮肉な状況だった。逃げ場のない板挟みだ。アリス・ベラードが自由に結婚できることを、世界中でただ一人、ポッターマック氏だけは知っている。そしてその知識は、生涯胸に秘めたままでいなければならないのだ。

第十二章　代役

この物語をここまで読んでこられた読者には、ポッターマック氏が並はずれて粘り強く、意志の強い紳士だということが、もうおわかりだと思う。もっと弱い人間なら、およそ克服不可能な障害が突然発生すれば、希望を捨てて敗北を認める潮時だと考えただろう。しかし、ポッターマック氏はくじけなかった。ポッターマック氏にとっての困難とは、両手を握りしめ悲嘆に暮れることではなく、解決策を積極的に探し求めることを意味した。

そのため、アリス・ベラードに求婚した後、ポッターマック氏は目の前が真っ暗になるような絶望感にとらわれたものの、ほどなく天性の快活さを発揮して気を取り直した。こうしておけばよかった、などと考えたところで時間の無駄だ。これからどうしたらよいかを考えよう。ポッターマック氏は障害を自分の希望にとどめを刺すものとしてではなく、解決すべき問題として様々な角度から検討し始めた。

さて、結局何が問題なのだろう？　自分、マーカス・ポッターマックはアリス・ベラードとの結婚を望んでいる。それは自分の人生で何よりも大切な願いであり目的であって、到底あきらめられない。また、アリス自身も結婚を望んでいるが、まだ自分の夫が生きていると思っている。

ポッターマック氏は、その大なる人物が死んだことを知っている。ただし、そのことを公にはできない。そうはいっても、アリスの夫が死んだ事実が明らかにならない限り、結婚は不可能で、永遠に実現する見込みもない。というのも、死者にはまことに厄介な独特の性質があるからだ。死者は死なない。いくら待っても無駄だ。つまり、問題は実質的にこう要約できる。事実上《デ・ファクト》死んでいるジェイムズ・ルーソンは、法律上《デ・ユレ》も死ななければならない。

しかし、どんな手を打てばいいだろうか？　すぐに消えてしまったとはいえ、最初ポッターマック氏の頭に浮かんだ数多くの荒唐無稽な計画については、あまり触れる必要はないだろう。例えば、日時計をどけて死体を釣り上げ、どこか見つかりそうな場所に置くことも実際に検討してみたが、仮に実行するときの恐怖に耐えられたとしても、計画が物理的に不可能なことはいうまでもない。

次にポッターマック氏は、今では計り知れない価値を持つ上着に着目した。崖っぷちや川岸、埠頭に放置するのはどうだろう。しかし、これでは必要な目的を達成できそうにない。上着の持ち主が死んだ疑いが持ち上がるのは確実だ。が、疑いではなんの役にも立たない。人妻を未亡人にするには、れっきとした事実が必要なのだ。この思いつきに関連して、ポッターマック氏は〝死亡の推定〟に関係する法律を研究してみた。しかし、一〇二七年に生存が確認されている人物の死亡の推定を、王座裁判所《コート・オブ・クイーンズ・ベンチ》が一八五〇年頃に拒否していたことがわかった。ポッターマック氏は、法律がルーソンの死亡を認めるより先に自分が死んでしまうだろうと判断し、結局あきらめた。

それでも、ポッターマック氏の決意は変わらなかった。なんとかして、ジェイムズ・ルーソンを公式に死者として認めさせなくてはならない。具体的な計画こそ思い浮かばなかったものの、その問題が頭から離れることはなかった。昼も夜も、庭仕事をしているときも、静かな小道を散歩しているときも、美しい未亡人の居心地のよい居間にいるときでさえ、ポッターマック氏の頭はなんらかの解決策を求めて空しく回転し続けていた。たまたまある偶然が一つの新しい手がかりを教えてくれなければ、永遠にそのままだったかもしれない。そもそも、いざ目の前にしたときにも、手がかりはごくさりげなくて、ポッターマック氏の抱える問題の性質とはまるで無関係にみえ、危うく見逃すところだった。

ポッターマック氏は以前から時折ロンドンを訪れ、様々な買い物、特に工具類や用材を購入することにしていた。そんなあるとき、たまたまコヴェント・ガーデンの近くまで来て、はたとその日が金曜日であることに気づき、目と鼻の先のキング・ストリートにある競売会場を覗こうと思い立った。金曜日は〝種々雑多な道具類〟の売り出しの日で、大工道具、器具、科学実験用具などを使用する人々なら一見の価値はある。ポッターマック氏も一、二度非常に役に立つ掘り出し物を手に入れていた。

しかし、今回は空振りに終わったようだ。ドアの側柱に掲示されている目録をざっと眺めたところ、主な出品が『最近死去した、有名エジプト学者の貴重な収集品』と判明し、見る気も失せてしまった。背中を向けかけたそのとき、目録の終わりの方の『その他の品』に、模型製作者の道具や器具が多数含まれているのが目に入った。そこで、ポッターマック氏は会場に入り、目録をもらって道具類が展示されている奥の部屋に進んだ。よく見極め、安ければ購入する価値がありそうな品の〝ロット番号〟をあちこちで書きとめていく。本来の用事を終え、ポッターマック氏は暇つぶし半分に部屋を歩き回り、目録を手にエジプト学者の様々な収集品を眺めた。

古代エジプトの遺物には、人の心を強く動かす何かが必ず備わっている。太古からの時間の重み、不可思議な知識と空恐ろしいほどの技術の証拠。そこからは、昔のエジプト人が到底古代人とは思えない、かつ現代の私達とはまったく異なる精神を持っていたことが読みとれる。見る人の多くが、ある種の神秘さに心を打たれるだろう。ポッターマック氏も大いに感銘を受けた。副葬品の小さなウシャブティ人形、木製の頭受け、先王朝時代の彩色壺、封泥《ふうでい》、火打ち石一式、銅製の日用品や武器。これらの神々しい品を眺めているうちに、この場にはふさわしくないような気がしてきた。特に、木や石でできた墓碑、小さな肖像、ミイラの内蔵を収めたカノープスの壺やその他死者の宗教的な記念品を、販売目的でこんな公共の競売会場に陳列するのは、その神聖な性質を汚しているような感じがする。棺、とりわけミイラに関しては、ここで人目にさらしていること自体、侮辱としか思えない。ここにあるのは本物の亡骸なのだ。墓碑によれば、存命中は貴顕《きけん》紳士淑女だったのだ。それが単なる骨董品として目録に載り、棺や果ては死に装束の上にさえ、競売人の札が貼りつけられている始末だ。

ポッターマック氏は開いた大きな箱の前で足を止めた。中にはかなり傷みの目立つミイラが、体の一部を折り曲げられて、壊れた木片と一緒に押し込まれていた。ミイラに巻きつけられた麻の包帯の上には、〝ロット十五〟の番号札が貼りつけられている。目録を見ると、より詳しいことがわかった。『役人のミイラ、及び木製の棺の一部（未修復）』一方、ミイラに貼りつけられた紙には、『カーマ・ヘル、第十九もしくは第二十王朝の神官』と故人についての説明が書かれていた。

ポッターマック氏は箱の前に立ったまま、不快げな、ほとんど怒っているような目で醜悪なミイラを見下ろした。分厚く包帯を巻きつけられた姿は、ゴミ箱に投げ込まれた巨大な布製の人形そっくりではないか。この大きな布製の人形はかつて、祭事や神聖な儀式を司る立派な神官だったのだ。まもなく〝損傷保証せず〟との条件付きで売りに出され、数シリングでどこかの山師的な骨董業者に競り落とされるのだろう。こんなことを考えていると、サー・トーマス・ブラウン（十七世紀の医師、著述家）の言葉が頭に浮かんだ。『時間とカンビュセス（古代ペルシアの王）が手出しを控えたエジプトのミイラは今、貪欲の餌食となっている』実際信心深いミツライム（聖書でエジプトを意味する）の肉体の不滅さえ手に入れようとした努力は、無駄だったわけだ。

ポッターマック氏は背を向けて、ゆっくりとドアに向かいかけていた。そのとき突然、二つのまったく無関係と思われる考えが一瞬で結びつき、第三の考えを形成した。新しく生み出されたのは、突拍子もない考えだった。思いついた本人もぎょっとした。考えが頭に閃いた瞬間、ポッターマック氏はぴたりと足を止め、やがて引き返して再度箱の前で立ち止まった。しかし、かつてはカーマ・ヘルだった巨大な布製の人形を見つめる目には、もう不快感も怒りもない。それどころか強い関心が現れ、大きさを目測したり細かい点まで見極めて鑑定しようとしていた。箱に押し込むために、もろい死体が二つ折りにされた箇所の傷み具合や、腐った麻の穴から覗くしなびた鼻の一部を事細かに観察する。もうこのミイラの来歴には、興味がなくなっていた。かつてどんな人物であったかなど、どうでもいい。重要なのは、今の状態だ。これは死体——死んだ人間の体だ。見た限りでは、男の死体、それも背の高い男の死体だ。

ポッターマック氏は、目録のロット十五の横に鉛筆で印をつけて懐中時計に目をやり、外に出て競売が始まる時間までキング・ストリートをぶらついた。歩きながら、さっきの突飛な、しかし、どこかとりとめのない考えを、もっと具体的にまとめ上げようと頭を絞る。簡単にいうと、自分の少々手の込んだ計略で故カーマ・ヘルに割り振れる役割を判定しようとしていたのだ。

実際にこの不気味な遺物を手に入れるのは、造作もなかった。競売人が、ロット十五になんらかの価値があると思い込ませようと、良心的な売り込みをしたのはたしかだ。が、「若干の修復」が必要となる可能性をまことしやかにほのめかしても、会場は盛り上がらなかった。競売人は自ら十シリングという値をつけて、競りを始めなければならなかった。そして十五シリングで木槌が振り下ろされ、ポッターマック氏が死んだ神官の法律上正当な所有者と認められた。金と引き替えに、箱が引き渡された。ふたを釘付けにされ、周囲をひもで縛られた箱は通りへと運び出され、ほどなく辻馬車の屋根に積まれてメリルボン駅へと移送され、ボーリー行きの次の列車を待った。

死んだカーマ・ヘルがボーリーの栗の木荘へ到着してからというもの、ポッターマック氏の習慣や精神状態は、がらりと変わってしまった。以前は暗中模索の不安定な状態だったため、いつもそわそわして堂々巡りの考えを追い、上の空だったのだが、そんな様子は微塵もなくなった。

今、ポッターマック氏の心はある程度落ち着いていた。仕事がある。細部まで全てはっきり決まっているわけではないにしても、他の作業のときと同じように、残りの計画を練りながら、やらなければならない仕事を片づけていくことができた。

最初の問題は、箱をどこに置くか——中に収まっているものを取り出すときにはどこで扱うか、だった。とりあえず、箱は庭の通用口から作業場へ運び込まれ、置きっぱなしになっている。しかし、このままにしてはおけない。いずれ中身を出すことになるのだから、なおさらまずい。というのも、最近アリス・ベラードがカタツムリの小さな包みを持ってきて、ポッターマック氏が作業場で処理している間、隣に座り、屈託のないおしゃべりをするようになったのだ。これはポッターマック氏にとって、この上ない楽しみだった。が、〝二人はよい連れ、三人は仲間割れ〟という諺《ことわざ》もあるとおり、カーマ・ヘルは非常に目障りな三人目となるに違いない。また、難点は他にもあった。棺のかけらと一緒に箱に収められ、競売人の札がついている現在の状態なら、カーマ・ヘルは別に問題ない。十五シリングの価値がある雑品だ。しかし、『若干の修復』（競売人が意図していたものとは多少性質が異なる）が施された後では、人に見られては困る状態になる。準備は絶対に他人の目に触れない状態で行わなければならない。

この状況は、物置を空っぽにすることで万事うまくいった。地ならし機と芝刈り機は防水布をかければ外で保管しても問題ないし、庭仕事の道具は金属細工の工房の片隅に詰め込むことができた。片づけがすみ、物置のドアにきわめて安全性の高い鍵を取りつけた後、ポッターマック氏は例の箱をそこへ引きずっていった。ふたを外し、補強した上で、頑丈な蝶番を二つと丈夫なレバー鍵を取りつける。これでひとまず安心だ。物置には植木鉢を保管するための長い台があるし、明かりとりは屋根にある窓一つだけだから、誰にも見られることなく安心して効率よく作業に励める。

まず、ミイラをむき出しにしてみた。途方もない長さの腐った麻の包帯をほどく。ミイラ本体がどのような状態か、五体全て揃っているかどうかを確かめたかったのだ。が、包帯を全てほどき、台の上に載せて眺めたとき、ポッターマック氏はその様子にぞっとした。包帯が巻きつけられている状態でさえ、巨大な布製の人形は十分不気味だった。しかし、包帯を外した姿は、おぞましいとしか表現しようがなかった。つまり、それが何であるか、はっきりわかるようになったのだ。死体だった。乾燥してしなび、見るからに異様だったが、それでも一人の男の死体であることは疑いようがなかった。

ポッターマック氏は台の前に立ち、嫌な顔をしてミイラを眺める一方、競売会場で感じた罪の意識めいたものを覚えた。しかし、びくついてもどうにもならない。ある特別な目的、必要不可欠の目的があるからこそ、これを購入したのではないか。その目的を達成しなければならない。そのため、ポッターマック氏は吐き気を飲み込み、手際よく調査を始めた。

死体は間違いなく完全そのものだった。腹部がちょっとおかしな感じに見えるが、おそらく乾燥したせいだろう。ただし、開腹した跡がはっきりと残っていた。両足は股関節から半分とれかかり、乾燥した筋肉の組織数本で、かろうじてぶら下がっているだけだった。しかし、骨にはまったく傷がなさそうだ。頭部は足と同じく、乾燥した筋肉の繊維一、二本でつながっているだけで、脊椎から分離しかかっている。そのとき、頭が横倒しになって、顔がポッターマック氏の方を向いた。身の毛のよだつような顔だった。ひからびた鼻、紙のように薄い耳、落ちくぼんだ目、ぞっとする冷笑を浮かべている口元。不気味とはいえ、その顔にはたしかに人間の表情があった。恐いもの見たさでじっと眺めているうちに、生前のカーマ・ヘルの顔つきがありありと目の前に浮かんでくるような気がした。

二フィートの物差しで慎重に採寸した結果、死体の長さは五フィート九インチをわずかに下回るとわかった。乾燥して縮んだ点を考慮に入れれば、おそらく身長は五フィート十インチを優に越えるだろう。ジェイムズ・ルーソンの身代わりとしてはまずまずだ。残念ながら、顔立ちはまったく似ていないが、さほど問題にならないはずだとポッターマック氏は踏んでいた。肝心なのは、体の大きさだ。しかし、むろん今のようにかちかちの壊れやすい状態では使い物にならないから、はたしてどれぐらい柔らかく、動かしやすい状態にできるかが、鍵となる。ポッターマック氏は試しに濡れたぼろ切れを何枚か重ねて片方の肩の上に載せ、一、二時間放置してみた。試験の結果は、おおむね上々だった。筋肉や皮膚は水気を吸ってかなりふくれあがり、ぐっと普通の死体らしくなったし、腕は肩関節で自由に動くようになった。ただし、この処置はちゃんと時期を見計らってやらなければならない。早すぎれば、あまり好ましくない変化が起こる可能性がある。ポッターマック氏は濡れた部分を完全に乾燥させ、他の準備が整うまでミイラを箱に隠しておくことにした。

準備は二種類あった。第一に、身代わり役はある程度厳しい状況下でも絶対にぼろが出ないような〝舞台化粧〟を施す必要がある。第二に、身代わりが出演するドラマにふさわしい舞台を見つけなければならない。どちらも、ポッターマック氏にとって非常に頭の痛い問題だった。

舞台化粧については、幸い警察の作成した人相書きを含む、ルーソン失踪の記事を載せた地方新聞が保存してあった。ポッターマック氏は持ち前の用心深さで、その新聞を引き出しの中敷きにしていた。今回それを引っぱり出して、びっくりするほど細かい内容の人相書きにじっくり目を通した。上着が手元にあるのはもっけの幸いだった。かなり目立つ柄で、偽物を用意するのは至難の業だっただろう。その他は、ピンヘッド柄で梳毛織物《ウーステッド》のベストとズボン、灰色で無地の綿シャツ、取り外し式の襟《カラー》、ネクタイ及び下着だ。必要に応じて自分自身の記憶も参考にすれば、全て人相書きどおりのものが簡単に揃えられる。靴も細かい特徴が示されていたが、大きな靴屋ならどこでもあっさり偽物を手に入れられるし、ゴム製の靴底も、千単位で出回っている型だった。

それでも、死んだルーソンの衣類を調達するのには面倒ばかり続き、数え切れないほどロンドンへ足を運ばなければならなかった。服は自分のものではないことが一目でばれてしまうため、うまくごまかす必要があった。〝インヴィクタ〟の靴底を製造する会社は商工人名録をあたって見つけ出さなければならなかったし、丸い踵に至っては、先端が六つの星の模様がほとんどで、大変な時間と手間をかけて五つの星の品を探す羽目になった。ようやく衣装一式が揃ったときも、それで一件落着とはいかなかった。全てが新品だったため、最後の舞台へ登場させる前に〝それらしく使用感を出す〟必要があったのだ。衣類は実際に袖を通し、乱暴に扱って（大きすぎてとても人前に出られないため、着たのは庭や作業場だった）着古した感じを出し、自然なしわをつけなければならなかった。靴にも底を貼りつけ、右の靴底の馬の首にナイフで切れ目を入れた。その上で、脱げないように前もってコルクの中敷きを二枚入れ、夜の間にでこぼこ道をたっぷり歩き回らねばならなかった。下着には名前を書く必要があったが、用心深いポッターマック氏はぎりぎりまで手をつけないことにした。それでも、これらの予備工作には全て、かなりの時間と手間がかかった。が、時間はどうでもよかった。急ぐ必要はない。ポッターマック氏の頭には計画がはっきりと描かれており、焦りはなかった。

また、ラベンダー・コテージにしょっちゅう顔を出すことは当然として、衣装の用意にばかりかまけているわけにもいかなかった。ドラマの舞台に関しても準備をしなければならなかったのだ。ジェイムズ・ルーソンの次の、そして——ポッターマック氏は心から願った——最後の登場に、ふさわしい舞台を見つけなければならない。

舞台は手近で、ルーソンが通って逃げたと思われている道筋でなければならない。実際問題としては、荒れ地と森しか考えられなかった。荒れ地はだめだった。見通しがよすぎるし、人通りも多すぎて怪しまれかねない。森については、人が入ることさえ珍しいようだとしか知らない。きっとそのせいで自分でも行こうと考えたことがないのだろう。人の手がまったく入っていないため、下草が生い茂ってほとんど歩けない状態なのだ。

今回、ポッターマック氏は森を徹底的に探検することに決めた。森は曲がりくねった小道でほぼ二等分されているため、左右それぞれきちんと調査してみるつもりだった。

まず、強いていえばより人通りの少ない、小道の左側から調べることにした。下草ができるだけ少ない場所を選んで足を踏み入れ、低木をくぐって進み始める。張り出している大小の枝を避けるために身を低く屈め、左手に持った携帯用のコンパスから目を離さないようにした。歩きづらくて疲れる上に、体を二つ折りにするような体勢のため、困ったことにコンパスと足下の地面しか見えない。そのせいで、危うく大変な目に遭うところだった。しゃがんだまま、できるだけまっすぐによろよろと進んで十分ほどしたとき、突然自分が低い崖らしき場所の端に立っていることに気づいたのだ。もう一歩前に踏み出していれば、崖っぷちを越えてしまっただろう。

ポッターマック氏はぴたりと足を止め、背中を伸ばして周りの木の枝をよけ、下を覗き込んだ。一目見て、砂利坑だとわかった。ただし、廃坑になって何年も経っているらしく、底には背の低い木ばかりか、かなりの大木まで生えている。ここはもっと綿密に調査する価値がありそうだ、とポッターマック氏は思った。砂利坑は人工的な穴だから、砂利が採掘されていたときには荷馬車が底まで行き来する道があったはずだ。

そこで、ポッターマック氏は崩れそうな端から安全な距離を保ちながら、慎重に崖っぷちを進んでいった。そのまま二百ヤードほど歩いたとき、一段低くなった荷馬車道に行きあたり、道なりに進むとすぐに砂利坑の入口に出た。まだ深いわだちの残るでこぼこ道を下って、砂利坑の底に着いたポッターマック氏は、足を止めて周囲を眺めた。しかし、木が生い茂っているし、灌木もかなりの高さがあって、まるで見通しが利かない。仕方がなく、砂利坑の底を一回りしてみることにした。切り立った岩盤にまで伸びているイラクサを踏みわけながら、苦労して進んでいく。

半分ほど回ったところで、少し離れたところにトンネルか洞穴のようなものの入口をふさぐ、大きな木製の柵が見えた。柵は可動式で中央で二つにわかれており、さらに近づくと、そのうちの一つには半開きの小さな扉がついているのがわかった。そばに行って隙間から覗いてみたところ、洞穴は堅い岩盤に人が掘った穴だとわかった。荷馬車置き場として使用していたらしく、下には幅の広いわだちがついていたし、壊れた連結器の部品がすぐ近くに片寄せられていた。

この穴に大いに興味を持ったポッターマック氏は、小さな扉を引き開けた。錠には錆びた鍵が差しっぱなしになっていた。戸口をくぐって、内部を念入りに見て回る。砂利坑の様子や、新しい掘削の跡がないことから判断すると、本来の荷馬車置き場としては何年も使われていないようだ。しかし、この洞穴そのものには、比較的最近誰かが使っていた痕跡があった。その痕跡が、使用した人物達の人となりをかなりはっきり物語っていた。天井に向かって薄くなっていく煤《すす》の筋が壁の一つについていたし、木炭のかけらが混じった木の灰が山盛りになっていた。つまり、一度ならず同じ場所で火が焚かれたということだ。長い燃えさしの近くには、塩漬け牛肉の缶に針金の取っ手をつけた錆びた鍋《ビリー》が転がっている。汚らしい布切れやぼろぼろのブーツも一足あるから、服を取り替えたのだろうが、衣更《ころもが》えの時期が早すぎたとはとても思えない。鳥やウサギの骨がかなりたくさん周囲に散らばっているのは、農場の近くで運よく捕まえて、けちくさい密猟でもしたのだろう。

この見知らぬ浮浪者の残していった品々を、ポッターマック氏は注意深く眺めた。頭の柔軟な人の例に漏れず、ポッターマック氏は勘がよかった。この砂利抗内に、洞穴とこれほどはっきりした浮浪者の痕跡があれば、話は決まったようなものだ。これまでポッターマック氏自身の計画は、大まかな概略の段階からほとんど前進していなかった。だいたいの方向性は決まっていたもののの、細部はまだはっきりしていなかったのだ。が、今や、計画は細かい点まですっかり完成し、後は実行するだけでよくなった。最大の難点でさえ、この洞穴の発見で解決されてしまったのだ。

ポッターマック氏は音の反響する穴の中をゆっくり行きつ戻りつしながら、想像力を働かせて劇的な幕切れを思い描き、この幸運な発見をした自分を祝福した。まったく何から何まで信じられないほどおあつらえ向きだ！　この場所、この状況、まるで注文して用意されたかのようではないか。もう、頭を絞ってもっともらしい死因を考え出す必要もなくなった。今まで毒薬の空瓶とか、発砲済みの弾丸などを代わる代わる検討してきたが、もうどちらも忘れていい。死因は考えるまでもない。真っ昼間にここへ来た自分自身が、危うく首の骨を折るところだったのだ。暗闇を歩いてきたのなら、間違いなく死んでいただろう。

そして、消えた紙幣と空っぽになってしまうポケットの問題もあった。ポケットが空になってしまうのは、何が入っていたかわからないからで、さすがに勝手に入れる勇気はなかった。その点については、何か合理的な推測がされるだろうと期待していたのだ。しかし、そんな推測はもう必要ない。いかにお人好しの田舎の巡査であろうと、この鳥やウサギの骨を見れば、死人のポケットが空っぽになった理由は見当がつくだろう。

すばらしい大団円《デヌーマン》を思い描くのに夢中だったポッターマック氏だが、細かい実際の段取りに頭を切り換えた。以前ここに住んでいた誰かから、この場所の占有権をすぐさま引き継ごう。しかし、今のように勝手に出入りできる状態ではまずい。ここを占領するときには、『この家屋敷を享受、使用する』のを誰にも見られてはいけない。また、自分の留守に誰かにぶらっと立ち寄られたりしたらぶちこわしだ。どうやったら誰も入れないようにできるか、対策を考えなくてはならない。

入口を調べてみたところ、大きな柵の内側には特大の鉄のU字釘が打ってあり、そこに太い木の棒が通してあった。従って、小さな扉に鍵をかけてしまえば、この洞穴には誰も入れなくなる。そこで重要になるのが、扉の鍵だ。鍵は回せるだろうか。渾身の力を振り絞ってみたが、びくともしない。もっとも、必死で努力した結果、錆びた鍵は反対方向に回すことができた。しかし、どれほどがんばってもかんぬきは出てこなかった。鍵も錠前も、何年分もの錆がびっしりくっついている。

こうなれば手は一つしかない。鍵を持ち帰って、きれいに錆びを落とすのだ。その上でオイルかパラフィンを使えば、きっと錠も動くようになるだろう。ポッターマック氏は全身の力を込めて鍵をなんとか反対方向へとひねり、鍵穴から抜き取った。その鍵をポケットにしまってから、砂利抗の入口へ引き返し、荷馬車用の坂道を上っていった。道が水平になったとき、いったん足を止めてコンパスを確認する。そしてコンパスを手に持ったまま、わだちを頼りに、かつては荷馬車が森を往来するのに使っていた道を見つけようと歩き出した。

それは計画の成否に関わる重要なことだった（洞穴はきわめて重要な計画の舞台となる予定だから、簡単確実に道を見つけられなくてはならない）ため、ポッターマック氏はじっくり実地踏査を行った。わだちはやがて比較的短い下草に覆われて見えなくなり、その後は草に隠れた道を大きな灌木や木が生えていないのを目印に見わけていった。時々方位をメモし、踏みわけ道に目立たない印を残しながら、ついに小道へ出た。このように細心の注意を払い、灌木の太めの枝や若木の幹からナイフで樹皮を削り取る。そこで立ち止まり、目印になるものはないかと周囲を見回す。生まれつき用心深いポッターマック氏は、人為的な印をつけるのは避けたかった。それに、そんな必要もなかった。小道に出た地点のちょうど真向かい、ほんの数ヤード小道から奥に入った場所に、巨大なブナの木が立っていたのだ。

ポッターマック氏は次回来たときに見わけられるようにその木を細かく観察し、コンパスをポケットに戻して自宅へ向かって歩き出した。歩きながら森の入口までの歩数を数え、そこで足を止めてメモに数字を書きとめる。それがすむと、今日のところは探索も終わりだった。その日の残りは、鍵の錆びを落としたり、メモをもとに通り道の縮図をカードに書いたり、その他この重要な計画に関わる雑用を一つ二つ片づけるのに没頭した。

ポッターマック氏の行動をいちいち説明する必要はないだろう。翌日、きれいになった鍵と小型のスパナ、オイルと混合したパラフィンの瓶、数枚の羽を用意したポッターマック氏は、地図を見て難なく洞穴へ戻った。それから、錆びついた錠前と根気よく格闘した。内部に大量のオイルを注《さ》し、同じようにオイルを塗った鍵をスパナで挟んで回す。やっとのことで、錆びついたかんぬきがきしみ音をたてて不承不承飛び出してきた。かんぬきにも油を塗り、数回出したり引っ込めたりを繰り返した後、ポッターマック氏は小さな扉を閉め、錠を下ろし、鍵をポケットに入れてその場を離れた。他人に見られては非常に都合の悪い最後の作業を、まず覗き見されずに行える安全な場所を確保できて、心は軽い。

その最終的な作業に取りかかるべき時期が、間近に迫っていた。衣装は揃った。実際に着て、荒っぽく扱ったおかげで、どれもこれも申し分のない状態になっている。季節はもう夏から秋へと変わり、しばらくしたら、森への遠征、特に夜間の遠征がつらく、やりにくい気候になるだろう。それに、決して焦っているわけではないものの、ポッターマック氏もこの厄介で人目をはばかる仕事を早く片づけてしまいたいと思うようになっていた。舞台装置が完成し、心静かに大団円《デヌーマン》を待てる日が待ち遠しかった。その上、カーマ・ヘルとの付き合いから解放されたら、さぞ嬉しいだろうとしみじみ感じていた。

しかし、こうしている間にも、古代の神官は日に日に間借り人としてふさわしくなくなってきていた。既に死体らしく、かつ持ち運びやすくする処置を施す時期がきていたのだ。最初に包帯をはがしたとき、カーマ・ヘルは木製の人形そっくりで、板のようにかちかちに固かった。そんな状態では服を着せるのはもちろん、人目につかない状態で洞穴に運んでいかなければならないのに、話にもならない。また、ジェイムズ・ルーソンの死体にも、うまく化けられまい。ミイラ職人が施した巧みな防腐処理は、白紙に戻さなければならない。結論からいえば、カーマ・ヘルは四千年近く肉体的不滅を保ったのだから、ミイラ職人に支払った金は無駄ではなかったのだろう。

処置そのものに難しい点は一つもなかった。濡れたぼろ切れを分厚く重ねてミイラを包み、缶一杯の水をかけ、外側を防水布で覆った状態で四十八時間放置しただけだった。その時間が経過して、布切れを取りのけたとき、ポッターマック氏は自信を持つと同時にぞっとした。博物館の展示品にふさわしい雰囲気は跡形もなかった。それはもはやミイラではなく、埋葬されていない死体そのものだった。乾いた筋肉は水分を吸収し、びっくりするほど大きく膨らんでいた。羊皮紙のようだった皮膚はふやけて柔らかくなり、骨と皮ばかりだった両手はごく自然で、爪の妙に汚らしいオレンジ色が気になるだけだ。その色も、おそらく人工的な着色だと踏んで慎重に次亜塩素酸ナトリウムを塗布してみたところ、ほとんどわからなくなった。つまり、カーマ・ヘルはもう声高に検死官を呼んでいるような状態だった。ここまでは全て順調だ。しかし、ポッターマック氏は嫌というほど知っていた。片づいたのは計画の簡単な部分なのだ。次は本当の難局に立ち向かわなければならない。その難しさ、自分が身をさらさなくてはならない恐ろしい危険、計画が失敗する可能性とその忌まわしい結果を考え、ポッターマック氏は恐怖に身がすくんだ。

しかし、それでも決意は揺らがず、ポッターマック氏は次の行動の細部を練った。

第十三章　舞台の完成

ポッターマック氏がほどなく直面した仕事は、流動的で非常に難しい作業の連続だった。いよいよ〝舞台装置〟に必要な材料を、作業場や物置から砂利抗の洞穴まで運ばなければならない。全てが揃って〝組み立て〟の準備が整うまで、何回かにわけて運び、しっかり鍵をかけて保管しておくことになる。まあ、衣装なら、運ぶのに手間はかからないし、危険もほとんどない。昼間でも難なく運ぶことができる。しかし、カーマ・ヘルの運搬、とりわけ、大きな部分の運搬は、単に日が落ちてからではなく深夜、小道や森にまず人のいない時間帯に行わなければならないだろう。

真夜中に運ぶ必要があることは最初からわかっていたため、ポッターマック氏はあらかじめ夜間用のコンパス（二インチの磁針盤及び進行線が夜光）と警察仕様の懐中電灯を用意していた。これで遠征の準備は完了だ。最初に衣類を運ぶと決めていたので、まず一品ずつ念入りに点検し、必要な最後の仕上げを施すことにした。

ルーソンの上着や紙入れの中身を徹底的に調べるのは、これが初めてだった。調査は無駄ではなかった。〝借金〟を断る最近のアリスの手紙が出てきたのだ（おそらくこの手紙が破局の引き金となったのだろう)。住所も署名もなく、この非常に個性的な筆跡の持ち主を見わけられるのは自分だけだとは思うが、それでも面倒のもとになるかもしれない。ポッターマック氏はすぐさま手紙を焼き捨て、残りの書類をさらに慎重に調べていった。しかし、他に目を引くものはなかった。商人からの勘定書、未払金の請求書、競馬の取引額のメモ、ブローカーからの手紙、ルーソン自身の名刺が数枚。こんな書類ばかりで、全てもとに戻しておいた。他のポケットからは〝J・ルーソン〟の名前入りのハンカチ、革製の紙巻き煙草入れ、金庫のものとおぼしきばらの鍵が一つ、それだけしか出てこなかった。鍵はズボンのポケットに移し、煙草入れは焼却した。ハンカチは下着に名前を入れるという次の作業の見本にするために、手元に残した。そして、名前を書き込む際には、細心の注意を払って忠実に手本の真似をし、位置も警察の細かい人相書きに従って選び、耐久性抜群の特別なインクを使用した。

〝小道具〟を運び出す準備が整い、ポッターマック氏は決行する時間について検討してみた。今回は真夜中に出かけていく必要はないだろう。外から見て怪しげな点はまったくないし、実際に森へ出かけたときに誰かを見かけたり出くわしたりしたことは一度もない。それでも、行くには夕暮れ後がよいだろう。その頃なら仮に人に見られても顔は判れないし、洞穴での作業の様子もはっきり見えたりしないはずだ。

そのため、日が西に傾く頃、ポッターマック氏は最初の荷物を持って出かける準備をした。自分の上着の代わりにルーソンの上着を羽織り、その上からゆったりした撥水性のコートを着込む。ズボンとベストはリュックサックの底にきちんとしまい込み、上から蛾の採集道具や折り畳み式の捕虫網を詰めた。そして、太陽が深紅色の円盤となって鉛灰色の群雲の向こうに沈み始めたとき、ポッターマック氏は捕虫網の棒を手に持ち、庭の通用口から森へ出発した。

森への遠征は平穏そのものだった。黄昏時で、見渡す限り自分以外の人影はない。小道を進み、森へ入り、すっかり見慣れたブナの木の前に着いた。その間、誰にも会わなかった。そこから、普通の人にはまず見わけられない踏みわけ道に入る。地図を確かめるまでもなく、時折灌木や若木につけた目立たない道しるべを確認するだけで十分だった。砂利坑への入口に着いたときには、もう日が暮れていた。しかし、まだ下へ向かう荷馬車用の坂道を見わけられるくらいの明るさは十分残っていたし、崖っぷちから小さな木が落ちて、ちょっとした土砂崩れがあったのも見てとれた。今初めて気づいたのだから、最後にここへ来た後に崩れたのだろう。ポッターマック氏は上を見て、ちょっと遠回りして慎重に落石の間を進んでいった。足下に気をとられ、このときはほとんど意識しなかったけれども、落ちた木や積み重なったり散らばったりしている落石は、ある思いつきのきっかけとなったのだった。

ルーソンの上着を脱ぎ、懐中電灯の弱々しい光を頼りにズボンとベストを取り出し、洞穴の奥の隅に投げ出した。最近誰かがここに来た痕跡(誰もいるはずがないことはわかっていたのだが)はないかと、心配しながら一通り内部を眺める。それから電灯を消し、外に出て小さな扉を閉め、鍵をかけてポケットにしまう。ポッターマック氏は安堵のため息をついて、洞穴に背を向けた。一回目の運搬は終わった。たいしたことではなかったが、それでも最初の一仕事はこれで片づいたのだ。

帰りに森を抜けるとき、ポッターマック氏は夜間用のコンパスを使ってみた。道を見わけるのは拍子抜けするほど簡単で、どうしても必要だったわけではない。しかし、コンパスはとても役に立ったし、取り扱いに慣れておいた方がいいと思ったのだ。このコンパスが頼みの綱となる可能性だってある。夜、森で迷ったりしたら、さぞ恐ろしいだろう——特に、後半の荷物が何かを考えればぞっとする。

最初の遠征がいとも簡単に成功したことで、精神的にも楽になった。また、回を重ねるごとに、この体験にも徐々に慣れてきた。薄暗くなってからでも、ポッターマック氏は目印には目もくれずにあっさり森を通り抜けた。闇の中を帰るときも、夜光のコンパスを片手に、同じように難なく帰ってこられた。夕方の遠征は六回続き、衣装一式——服、靴、帽子、靴下、下着——が施錠された洞穴に収められ、役者の到着を待つばかりとなった。

しかし、いよいよ本当におぞましい作業に手をつけるときが来た。これから数回にわたる遠征の有様を思い描き、ポッターマック氏はおののいた。もう黄昏時に出かけていくのは無理だ、真夜中に出ていかなければならない。そう感じた。その感情を不可抗力として受け入れる一方、理由は多分に精神的なものであることも承知していた。つまり、真夜中を選んだのは、外的な状況よりもむしろポッターマック氏自身の精神状態のせいだったのだ。たしかに、リュックサックにきちんと詰め込む荷物として、人間の頭はおかしい。とはいえ、さほど大きいわけではなかった。下顎を含めた一番長い径でさえ、せいぜい九インチか十インチだ。二ポンドのパンとビール瓶一本を詰めた方が、よほどかさばる。ただし、そんな弁当が入っているのなら、ポッターマック氏も荷物が改められるなどとは夢にも思わず、うきうきと出かけていっただろう。

このような理屈は全て、よくわかっていた。それでもやはり、ミイラの頭を手にして（柔らかくなった筋肉や靭帯《じんたい》が切れたため、頭はポッターマック氏の両手に転がり落ちてきた）、遠征のことを思うと恐怖に寒気が走った。物置から作業場へと抱えられていく間、頭が面と向かって自分を嘲笑っているような気がした。そして、作業台の茶色い紙の上に置いたときには、頭の下顎ががっくり落ち、今にも叫び声をあげそうにみえた。

手早く包んでリュックサックに突っ込み、せめてもの用心のつもりで砂糖液の瓶と採集箱を載せた。荷物を背負うときには鳥肌が立った。捕虫網の棒をつかみ、庭を抜けて通用口へ向かう。恐くてたまらなかった。扉の外へ出たとき、ポッターマック氏は数秒間その場から動けず、背後の扉を閉めるのをためらった。ついに扉を閉め、かちりとかすかな音がしてバネ錠に閉め出されたときには、不安のあまり、扉をもう一度開けたい、せめてすぐに飛び込めるように錠前に鍵を差したままにしておきたい、という衝動に屈してしまうところだった。

いったん歩き出した後は、足早に進んでいった。走り出さないように必死で自制する。まもなく新月で、おまけに曇っているため、あたりは真っ暗だ。あまりに暗くて、野原でも小道がよく見えず、暗闇がかすかに濃さを増したときに森に入ったとわかった。そこから歩数を数え、前方の闇に目を凝らす。今回の遠征では多少神経質になるだろうと予想し、最後に出かけたときの帰りに、あらかじめブナの木（砂利抗に向かう荷馬車道への〝出発点〟となる木）の下に目印として新聞紙を一枚広げ、大きな石で重しをしておいたのだ。真っ暗な闇を覗き込み、小道を進んでいることを足の裏の感触で確かめながらそろそろ進みつつ、黒い背景に浮かび上がる白っぽい紙を必死で探し求めた。規定の歩数を数え終わったが、なんの目印も見えてこない。足を止め、怯えながら密やかな夜の森の音に耳を澄ませ、不安に駆られて前後を見た。

何も見えない。が、暗すぎて白い紙でも、見えないのかもしれない。歩数を数え間違ったのかもしれない。いや、焦っていて〝歩幅が大きく〟なったのかもしれないし、〝歩幅が小さく〟なったのかもしれない。あきらめて小さな懐中電灯（強力なワーク・ランプも持ってきていたが、使用する勇気はなかった）を取り出し、弱々しい光で素早く周囲を改めた。木も灌木も、見覚えがないような気はするが、こんなぼんやりした光の中では、何もかも変わった様子に見えても不思議はない。それでも、もうこの道を知り尽くしていたポッターマック氏は、夜でも自分の目に自信があった。結局、向きを変え、ぼんやりした光で行く手を照らしながらゆっくり引き返していった。やがて、怪しげな影法師と緑がかった闇の陰から、突然白い点が浮かび上がった。慌てて近づいてみると、それはブナの木の下に置かれた新聞紙で、ポッターマック氏は安堵のため息をついた。

この後はもう、面倒はなかった。まるで地下室のような漆黒の闇に飛び込み、あやめもわかぬ暗さのせいでひときわ明るく見える心強いコンパスを頼りに、自信を持って進んでいく。時折、立ち止まって揺れる磁針盤を静止させ、ほんの一瞬懐中電灯をつけて自分の位置を確かめる。ほどなく、足下の感触でいつものわだちがわかった。続いてもっとわかりやすい、草のない道へと出た。坂を下り、崖下《がいか》のイラクサの間を通り抜け、土砂崩れの跡を踏み越えて、ついには洞穴の柵にたどり着いた。さらに数分後には、あの不気味な大荷物を新しい住処に置いて鍵をかけ、やっとのことで恐ろしい悪夢から解放されて、家に向かっていた。肩の荷が下りた今では、昼間と同じように難なく森を通れるので、少々腹立たしいくらいだった。

しかし、今回の遠征では命が縮む思いをした。歩いた距離は短く、荷物も軽かったが、庭園の通用口にふらふらと帰り着いたときには、小麦の袋を背負って十二マイルも歩いた後のように疲れ切っていた。が、今回はほんの手始めで、夜の遠足としては後の回とは比べものにならないほど楽だったのだ。近所の教会の時計が二時を打ち、こっそり家に滑り込んだとき、ポッターマック氏はその事実を痛感していた。まだ三回分の荷物が残っている。最後の荷物については、恐ろしくて考える気にもなれないくらいだった。

それでも、物事が予想どおりに運ぶことは、あまりない。その後の二回の〝旅行〟は初回よりもよっぽど危険だったのに、かえってすんなり終わった。最初の運搬が無事に完了したことで自信がついたし、〝出発点〟を見つけるときの失敗は、ちょっとしたこととはいえ、ひやりとしたが、おかげで同じ失敗を防ぐ対策もだいたいできた。それでもなお、最初に一番楽な荷物を運んでおいたのは、やはり賢明だった。なぜなら、続く二回は、勇気と気力を総動員する必要があったのだ。頭をリュックサックに入れても膨らみが目立つ程度だったが、足はどうしても隠しきれなかった。柔らかくなった筋肉と靭帯が許す限り折り曲げてみたが、両足とも長さ二十インチを超える細長い不格好な荷物になり、リュックサックの口から半分ほど突き出してしまった。

しかしながら、その二回の遠征はなんら問題なく終わった。これまでと同じく、小道でも森でも誰にも会わなかった。この事実に勇気づけられ、ポッターマック氏は最後の荷物を運ぶ度胸をなんとかかき集めた。実際問題、昼間でも人通りの少ないこのあたりで、午前一時や二時に誰かと出くわす可能性は、限りなくゼロに近い。その時間帯なら、夜勤の巡査を除けば、一人の人間にも会わずに町を通り抜けられるだろう。それに、巡査だってこんな寂しい郊外や森の中を、手探りでうろつき回ったりするはずはない。

そうポッターマック氏は結論を下した。きわめて合理的な結論ではないか。が、それでも最後の荷物には身がすくんだ。頭のない胴体はそれだけで二十六インチほどの長さがあり、腕がついているため、かさばって仕方がなかった。これを運ぶとなるとごまかしようがない。袋に入れて、そのまま担いでいくしかないだろう。もちろん、誰にも会わなければ、運びにくくて骨が折れるだけで、たいした問題はない。そう、誰にも会うはずはない、とポッターマック氏は再度自分に言い聞かせた。人などいるはずがない。が、それでも——予想外のことが起こる可能性に限りはないのだ。夜中の一時に大きな袋を担いでいる男の姿は、怪しいとしかいいようがない。田舎の巡査も番人も、見過ごしたりはしないだろう。そして、袋の中を一目見れば——。

しかし、不安をかきたてるような想像をして、神経をすり減らしたところでなんにもならない。町はずれなら、まず誰も外にはいまい。だいたい、いずれにしても例の荷物は洞穴へ運ばなくてはならないのだ。ポッターマック氏は不安と恐ろしさに震えながら、あらかじめ用意した袋にぐにゃぐにゃした胴体を入れ、口を縛り、肩に担いで、暗い外へ出た。

出入口の扉を閉めるなり、急ぎ足で歩き始めた。今回は走ろうという気にもなれない。水分を吸収した荷物は相当な重さだった。ポッターマック氏は時折足を止め、肩を替えなければならなかった。荷物を下ろしてちょっと休みたいような気もしたが、見通しのよい野原ではそうする勇気は出なかった。押さえようのない恐怖が、人目につきにくい森へとポッターマック氏を追い立てた。膝ががくがくして、汗が顔にしたたり落ちるが、足取りをゆるめる気にはなれない。それでもポッターマック氏は〝出発点〟を見落とさないように冷静さを保ち、森の入口から歩数を数え、ブナの木に近づく頃には小さな懐中電灯の弱い明かりをともした。すぐにその光は新聞紙をとらえた。ポッターマック氏は安堵の吐息をつき、小道を折れて古い荷馬車道へと踏み込んだ。

いったん小道からはずれてしまうと極限に達していた恐怖も薄れ、時折電灯をつけて灌木や木の目印と方向を確かめるだけで、自信たっぷりに進んでいった。少しばかり休憩をとろうという勇気さえわいてきて、実際に足を止めて肩から荷物を下ろそうとした、そのときだった。耳がかすかな物音をとらえたような気がした。森のどこかで何かが動いている。一瞬にしてこれまでの恐怖が蘇った。手足が震えだし、帽子の下の髪が逆立つ。口をぽかんと開けて立ちすくみ、胸苦しいほど緊張しながら耳を澄ませた。

やがて、また音が聞こえた。何かが下草をかきわけて動いている。はっきりしてきた音は、人の足音だった。最低でも二人の人間が、どちらかといえばゆっくり、こそこそと歩いている。次第に音は大きくなってきた。こちらに向かっているのだ。そう悟るや、ポッターマック氏はこっそり道をはずれて密生した木立へ入り、若いブナの木の前でそっと袋を下ろして幹に立てかけた。そして、同じように音を殺して十数歩木から離れ、再び足を止めて聞き耳を立てた。しかし、なぜか足音は止まっていた。足音、その後の完全な沈黙。嫌な感じだ。ポッターマック氏は不安になった。と、突然しゃがれたささやき声がはっきりと聞こえた。

「ジョー、森の中に誰かいるぞ！」

再び、一切の物音が途切れた。そのとき、木の幹に立てかけてあった袋が倒れ、枯れ葉の中に転がった。置き方が不安定だったに違いない。

「聞いたか？」見えない相手の、押し殺した声がする。

ポッターマック氏は全身を耳にして、声の主達の居場所を突き止めようと首を伸ばした。実際、少々身を乗り出しすぎて、バランスをとるためにやむなく片足を動かした。が、つま先が広がった木の根に引っかかり、二、三歩、前方へよろめいてしまった。大きな音ではなかったが、はっきり聞こえたはずだ。

その瞬間、森の沈黙は破られた。慌てふためいた声が叫ぶ。「やばい！　気をつけろ！」そして、ジョゼフと連れはなりふり構わず逃げ出し、肝を潰した二頭の象のように、下草をかきわけ灌木に突進していった。ポッターマック氏が音をたてて追いかけるようなふりをすると、二人の男は一層逃げ足を早めた。それからポッターマック氏は動くのをやめ、遠くに消えていく慌ただしい足音に、ほっとして耳を澄ませていた。

足音がほとんど聞こえなくなると、ポッターマック氏は向きを変えて再び木立の中へ入り、小さな懐中電灯をつけて袋を置いたブナの木へと向かった。が、見当が違ったらしく、泡を食ってしばらく探し回る羽目になった。ようやく電灯の弱々しい光がほっそりした木の幹をとらえ、ポッターマック氏はかけがえのない荷物を取り戻そうと喜び勇んで駆け寄った。が、いざそこへ行って電灯を地表に出ている根に向けても、袋は影も形もなかった。ポッターマック氏は唖然として、根の間やその向こうの地面を覗き込んだ。しかし、袋はどこにもない。妙な話だ。袋が倒れ、根の間で転がった音はしたが、見えなくなるほど遠くへ転がるはずはない。あの密猟者風の男達に、袋を持ち去ることはできただろうか？　いや、とても考えられない。声は反対方向から聞こえていたのだ。となれば、答えはきわめて単純だ。この木は違う木なのだ。

そうとわかった途端、ポッターマック氏の冷静さは消し飛んでしまった。焦りで半狂乱になりながら、下草をかきわけてあたりを探し回る。去年の落ち葉に覆われた地面を懐中電灯で照らし、目を皿のようにして覗き込む。何度も何度もほっそりした背の高い木の幹に引き寄せられては、新たな失望を味わった。魔法をかけられたような気分だった。ここはブナの木だらけのようではないか。実際、そこはブナ林だった。見つけ損なうたびに、ポッターマック氏は恐怖を募らせ、取り乱していく。どちらを向いているのか、どこにいるのかもまったくわからない。ポッターマック氏は真っ暗な森の中、ただ闇雲に名もない木を探し回った。

突如、恐ろしい事実に気づいた。迷ってしまったのだ。自分が今どこにいるのか、見当もつかない。荷馬車道がどっちにあるのかさえわからない。不気味な、しかし、かけがえのない荷物からは、もう半マイルも離れてしまったかもしれない。ポッターマック氏は立ち止まり、頭を冷やそうとした。こんな真似をしていても、見つかるはずがない。この調子では日が昇るまで迷い続けるか、誤って砂利坑に落ちて首の骨を折るのが落ちだ。もう手は一つしかない。いったん小道へ引き返し、最初から出直すのだ。

この単純な解決方法を思いつき、ポッターマック氏は多少落ち着きを取り戻し、状況をより冷静に判断できるようになった。コンパスを取り出してふたを開け、磁針盤が静止するまでじっと待つ。その上で、磁針盤がぶれないようにゆっくりと体の向きを変え、夜光の方位基線が真西を指すようにした。ちゃんとその方向さえ守っていれば、ほぼ南北に走る小道へ確実に出られる。自信も新たに、命綱の進行線から目を離さないように歩き出す。

そのまま三、四分歩いた。下草を押しわけてまっすぐに進まなければならないため、なかなかはかどらない。と、ポッターマック氏は何かかさばったものに足をとられ、木の幹にしたたかに衝突した。ぶつかったショックで少しふらついたが、体を立て直すのももどかしく懐中電灯を取り出し、今躓《つまず》いた物体に光をあてた。嬉しくて思わず歓声をあげそうになった。

あの袋ではないか。

状況が変われば、ものの見方もどれほど変わることか。出かけるとき、湿ってぐにゃぐにゃした同居人を詰めたその袋に触れただけで、ポッターマック氏は背筋が寒くなるほどの嫌悪感を覚えた。それが今はどうだ。喜びのあまり抱きしめんばかりに袋を拾い、新たな方向へと歩き出すときには嬉々として肩に担ぎあげた。そう、ポッターマック氏は袋を発見したばかりでなく、方向感覚も取り戻していたのだ。北へ十二歩進むと、荷車用のでこぼこ道から木立へ踏み込んだ地点に戻った。後は東へ向きを変え、中断された遠征を再び続けるだけでいい。

しかし、二人の男と出くわしたことで、ポッターマック氏の自信は揺らいでいた。でこぼこ道を、びくびくしながら忍び足で歩いていく。砂利抗に着き、周囲の暗がりを怯えながら見回したときには、背の高いイラクサの間からおぼろげな人影が自分を見つめているだろうと半ば本気で考えていた。ようやく荷物を洞穴へ置き、小さな扉の施錠を確かめたときでさえ、ポッターマック氏はいくらか落ち着いただけだった。その後家に着くまでずっと、ポッターマック氏は自身の身に降りかかるかもしれないありとあらゆる災難を、我ながら嫌になるほど鮮やかに想像し続けた。計画がまさに成就しようという瞬間に、まだ何もかも打ち砕く災難が待ち伏せしているのではないだろうか。

家に着いたポッターマック氏は疲れ果て、動揺し、意気阻喪していた。障害や危機を乗り越えた自分を祝福するというよりは、これから先に待ち受ける苦難がややもすれば頭に浮かぶ。残る身の毛のよだつような作業について考えながら、足音を殺して寝室に上がったときには、神経を落ち着かせるために決行を一日二日延ばして休もうと決めた。が、翌朝には気が変わった。短いとはいえ夜の眠りで元気を取り戻したポッターマック氏は、目が覚めるなり例の恐ろしい仕事をやり遂げ、片をつけてしまいたいという強烈な願望にとらわれた。また、常識的に考えれば、洞穴の中の死体と衣類は危険きわまりない代物だ。万一見つかれば、調査が始まってとんでもないことになるかもしれない。少なくとも計画は〝おじゃん〟になり、永久に実行できなくなる。

午後にたっぷり昼寝をして、さらに元気を取り戻し、長い黄昏時を過ごした頃には、出かけたくてたまらなくなった。今回は特別な準備はいらないし、行き帰りにも危険はない。ただ、二人連れの男の一件を思い出し、護身についてふと考えた。あの男達がよからぬ目的で森にいたのは間違いない。大慌てで逃げていったのが、何よりの証拠だ。いっそ、拳銃を持っていってはどうだろう。だが、イギリス人気質のポッターマック氏は殺傷能力の高い武器に抜きがたい嫌悪感を持っていた上に、その感情を長いアメリカ生活で和らげるどころかかえって強めていて、結局その考えは捨てた。捕虫網の棒が格好の武器になる。特に、暗闇では威力を発揮するだろう。実のところ、罪の証となる荷物がない限り、例の男達、その他の人々もさほど気にならなかったのだ。

　真夜中を過ぎてすぐ、リュックサックを背負い、丈夫な捕虫網の棒を手に持って、ついに出発した。しかし、今回リュックサックには、ワーク・ランプを含めた正真正銘《ボナ・フィデ》の昆虫採集用具しか入っておらず、見回り中の警官も気にならなかった。もちろん、小道でも森でも、誰かに会ったり、見かけたり、声を聞いたりするようなことは一切なかった。ポッターマック氏はもう通い慣れた道を心も足取りも軽く通り抜け、ほとんど本能的に出発点で折れ、ろくにコンパスも見ずに荷馬車道をすたすた歩いていった。そして、残念なくらい早く――ポッターマック氏にはそう思えた――洞穴の柵の前へと到着し、すぐさま最後の恐ろしい仕事に直面することになった。

　ポッターマック氏は、予想よりもさらに大きな苦しみを味わった。というのも、これまで、どうしても作業の恐ろしさを具体的に思い描く気になれなかったのだ。しかし今、洞穴に入って鍵をかけ、柵の内側の釘にワーク・ランプを引っかけて、おぞましい物体にまともに光があたるようにしたポッターマック氏は、恐怖に震えながら立ちすくみ、仕事に取りかかる勇気をかき集めようと必死に努力していた。その後やっと覚悟が決まり、作業に着手した。

　ポッターマック氏の苦悩を私達まで味わう必要はない。胸が悪くなるような作業だった。ばらばらになった死体に、それぞれ最終段階の〝組み立て〟に備えて衣装をつけなければならなかったのだ。ふにゃふにゃ頼りない体は思いどおりにならず、ぴったりした服の中へ押し込むのは骨が折れ、苛立たしいのと同時に恐怖を忘れさせてもくれた。作業の間じゅう、一瞬たりとも気を抜くことはできなかった。間違いは許されない。いずれこの衣服が綿密に調べられるときが来る。ごく些細な手違いが致命的な疑いを招きかねないのだ。頭も足もない胴体にベストを着せ、震える指でボタンをはめながら、ポッターマック氏はそう自分に言い聞かせた。それにもかかわらず、最後のボタンをはめ終えてしまってから、ズボン吊りを忘れたことに気づいた。

やっとのことで着付けの作業が終わった。足は下着とズボンと靴下と靴をつけた状態で、不気味なほど不自然にねじれた格好で地面に転がっている。カラーやネクタイまで全て身につけた胴体部分は、両方の袖から突き出した鉤爪《かぎづめ》のような茶色い手を投げ出し、背を下にして横たわっている。一方、そのすぐ近くには古代の頭蓋骨におよそ不釣り合いな布製の帽子をかぶり、軽蔑しながらもおもしろがっているように薄笑いを浮かべた頭部もあった。さて、これで〝組み立て〟の準備は完了だ。

〝組み立て〟は着付けよりも楽だったが、満足のいく結果にはほど遠かった。それぞれをくっつけることは、まるで不可能だったのだ。足はズボン吊りのついたズボンでかろうじて胴体とつなげられた。頭部はくっつけようがないから、できるだけ自然な場所に置くしかなさそうだ。〝組み立て〟の出来映えはまずかったが、発見が早すぎない限りこれで十分通用するだろう。

最後の幕の準備が全て整ったのを確認して、ポッターマック氏はワーク・ランプを消し、いざ外へ出る前に暗がりに目を慣らそうと、しばらくその場に立っていた。既に神経をぎりぎりまで張りつめている人にとっては、好ましい状態とはいいがたかった。闇の中、足下から数インチ以内のところに寝そべっているはずの不気味な人形が、ありとあらゆるまがまがしい想像を呼び覚ます。次いで、墓場のような洞穴の静けさが心に重くのしかかった。外から聞こえる音のせいで、沈黙がなおさらひしひしと感じられる。特にフクロウ達の鳴き声が気になった。その嘲笑混じりの「ホー、ホー」という声には、自分への威嚇が込められているような気がする。この手持ち無沙汰な状態に耐えられなくなり、ポッターマック氏はついに出入口の鍵を開け、外を見た。今はもうワーク・ランプのまばゆい光の影響はほぼなくなり、近くのものははっきり見えるし、ちょっと離れたところに黒っぽい絶壁が広がっているのもわかった。周囲の暗がりに目を凝らし、聞き耳を立てた。動いているものはないし、物音は森でごく普通に耳にする音だけのようだ。

いったん洞穴の中へ戻り、小さな懐中電灯を一瞬だけつけて場所を確認した上で、足と胴体をつないでいる壊れやすいズボン吊りに細心の注意を払いつつ、頭のないぐんなりした人形を優しく抱え上げた。そのままそっと扉から出て、でこぼこした地面や密生した草木の間を慎重に通り抜け、人形を〝指定席〟――例の木が落ちて石や砂利が散乱した〝土砂崩れ〟の現場――へと運んでいった。木のすぐそばに死体を下ろし、懐中電灯の光でざっと様子を確かめて微調整をし、その後、洞穴へ戻って頭部を持ってきた。首があったと思われる位置の上に頭を置き、ずれないよう一握りの砂利を周囲に撒いた。調整を終え、再度懐中電灯の弱い光をあてて、素早く全体を確かめる。やれるだけのことはやったし、もっともらしい様子になった。満足したポッターマック氏は、石を何個か拾い集めて死体の上に置き、一握りの砂利を何度かばら撒いた。最後に、死体がほとんど見えなくなるまで、背の高いイラクサを引っぱり寄せておいた。

これでポッターマック氏の仕事は完了した。もうこのあたりをきれいに片づけて、成り行きを見守るだけでいい。安堵のため息とともに、ポッターマック氏は死体から離れて、洞穴へ引き返した。ここに入るのもこれが最後だ、とポッターマック氏は思いたかった。もう一度鍵をかけて閉じこもり、ワーク・ランプをつけて内部を徹底的に調べ、自分がここを借用した痕跡が残っていないことを確認した。浮浪者のたき火の跡、鍋、鳥やウサギの骨などはそっくりそのまま残しておいた。他には何もないことを納得のいくまで確かめてから、ポッターマック氏はリュックサックを背負い、捕虫網の棒を拾い上げて外に出た。初めて見たときのように、扉は少し開けておき、錠前の外側には鍵を差しておいた。

森を通って家に向かうときの心境は、前夜とはまるで違っていた。会わないに越したことはないが、今は誰に出くわしたって構わない。仕事は終わったのだ。つらく苦しい秘密の計画は全て完了した。もう何も危険はない。あの恐ろしい夜、脅迫者から解放されたときの痕跡は、自宅からきれいに消えた。もう通常の生活に戻り、通常の仕事を再開することができるのだ。これから先、最悪の場合には死体の発見が早すぎて身代わりがばれ、計画がだめになる可能性もある。しかし、誰一人その陰謀と自分を結びつけたりはしないだろう。競売人にも名前は教えなかった。もし疑いがかかるとすれば、それは逃亡中の犯罪者、ジェイムズ・ルーソンにかかるだろう。しかし、身代わりが見破られるとは、とても思えない。もし見破られなければ、もし全てうまくいけば、ジェイムズ・ルーソンは正式にしかるべく死んだと見なされ、やがてそれ相応に埋葬されるだろう。そして、さらにうまくいけば、アリス・ベラードはミセス・ポッターマックとなるのだ。

第十四章　発　見

最後の遠征から数日間、ポッターマック氏がもっぱら例の夜の労働の結果を気にしていたとしても、無理はないだろう。実際、気がかりでたまらないポッターマック氏は、翌日偵察に出かけずにはいられなかった。しかし、砂利坑には下りず、上から様子を窺うことにした。木が落下して〝土砂崩れ〟が発生した場所は難なく見つかった。四つん這いになり、崖っぷちぎりぎりまで進んで下を覗く。たいしたものは見えなかった。倒れた木、イラクサの大きな茂み、その中央に何かがあり、端から靴が、反対側からはみすぼらしい帽子の一部が見えていた。

びっくりするほど目立たなかった。死体の上に引っぱっておいた背の高いイラクサが、顔など、体のところどころを隠しているため、最初一瞥したときには何があるのかわからなかった。まさに願ったり叶ったりだ。これならすぐに発見される危険性は、ますます少なくなる。そもそも、ここに人が来ること自体考えにくいが、たまたま迷い込んできても、死体にはまず気づくまい。

大いに安心したポッターマック氏は、崩れやすい崖っぷちから後退し、その場を去った。それきり、もう一度そこへ行きたいという強い衝動には頑として抵抗し続けた。しかし、先ほども述べたとおり、あの不気味なミイラは視界から消えたが、決して心の中から消えたわけではなかった。その後一、二週間、ポッターマック氏は落ち着かない気分で死体発見の知らせを警戒《キ・ヴィーヴ》していた。が、何週間経っても死体は発見されず、ポッターマック氏は次第に平静を取り戻し、じっと成功を待つようになった。

夏が終わって一ヶ月ほど雨模様の日が続き、下が砂礫層《されきそう》とはいえ、森は歩き回れる状態ではなくなった。秋が穏やかに幕を開け、じめじめした気候になった。生け垣のニレが突然黄色に衣更えし、森のブナも少しばかりためらった後、一気に緋色、深紅色、オレンジ色へと華々しく変身した。しかし、その美しさも長続きはしなかった。突然、厳しい霜《しも》が一日二日木々を襲った。霜が去ったとき、木は丸裸になっていた。色鮮やかなマントは脱げ落ち、足下の地面を彩る敷物となった。

その後、木枯らしが吹き、落ち葉をあちこちへ吹き飛ばした。しかし、遅い早いの違いこそあれ、落ち葉はあらかた逃げ場のない砂利抗へと吹き寄せられた。枯れ葉は吹きだまりとなり、小山となり、崖下で風が渦巻くたびに幽閉場所を落ち着きなく飛び回った。そして風のない場所に積もり、イラクサを埋め尽くし、重みで押しつぶした。

この頃、ポッターマック氏はもう一度身代わりの神官を訪ねてみた。しかし、砂利坑の崖っぷちまで這っていって覗き込んでも、姿は見えなかった。イラクサさえ見えない。下は一面朽葉色の丘になっていた。あの倒木も覆い隠され、目の利くものにかろうじて細長い盛り上がりがわかる程度だった。

発見を待ちながら過ごしたこの数ヶ月間は、ポッターマック氏にとって平穏で幸せに満ちた日々だった。焦ってはいなかった。いずれ計画が成就する可能性は高い。それも遠い先のことではなく、今にも起こりそうな気がする。死体の発見が早すぎるという危険は既に消え、もう心配はない。一ヶ月、また一ヶ月と時間が過ぎ去るにつれ、最終的に成功を収める見込みはよりたしかなものになっていく。そのため、ポッターマック氏は心穏やかに、自分の望みどおりの生活を楽しんでいた。

ただ、ポッターマック氏は今までひたすら愛する友人、アリス・ベラードを思って膨大な労力を費やしてきたのにもかかわらず、その当の相手に罪の意識を感じて苦しんだこともあった。アリスは二人の関係に痛いほど物足りなさを感じていたのだ。単純で平々凡々たる友情は燃え上がる愛情を一切慰めてくれないと気づきながらも、それ以上のものは与えられない。アリスのその絶え間ない苦悩が、ポッターマック氏にもひしひしと伝わってきた。ポッターマック氏は本当のことを教えてやりたくてたまらなかった。やがて全てがうまくいくとの揺るぎない希望を、アリスと分かち合いたかった。が、どうやって？　全世界を欺いているポッターマック氏は、必然的にアリスをも欺かなければならなかった。

しかし、ポッターマック氏は実際にアリスを騙していたわけではない。遠回しに、少しばかり勘違いをさせるようなやり方で、本当のことを話しただけだった。つまり、ポッターマック氏は自分の究極の夢についてあれこれとアリスに語った。夢が実現するまでの間については——いや、何がどうあれ、アリスを自分の違法行為に巻き込むわけにはいかない。従って、アリスがポッターマック氏の忍耐強さや思い切りのよさ、運命を明るく受け止める気丈さに心から感謝するのを、できるだけ平然と受け流さなければならなかった。が、自分がそんなあきらめとはおよそ無縁だったことを考えるにつけ、ポッターマック氏はいつも途方もない偽善者ぶりを痛感するのだった。

このように、平穏に心満たされ、わき上がる希望を胸に抱きながら、ポッターマック氏は季節の移り変わりを見守った。雪のマントをまとった野原を眺め、氷の張った池や小川で〝スケートの刃が滑る響き〟を聞き、凍てついた通りを白い息を吐きながら歩いた。それでもまだ、砂時計のときの砂がゆっくりと落ちていくなか、ポッターマック氏はひたすら待っていた。今はさほど強く発見を望んでいるわけではないし、焦りはまったくない。むしろ、発見はもう少し遅れた方がいい。やがて冬は雹《ひょう》と雨と吹き荒れる大風にしんがりを務めさせ、敗軍のように不承不承兵を退かせ始めた。その後は徐々に日が長くなり、太陽の光ははっきりと温もりを伝えてくるようになった。小鳥達もためらいがちにさえずり始め、木々の芽もいよいよ出番を迎える準備が整ったことを示した。そう、春はもうすぐそこだった。春の訪れとともにポッターマック氏の心境も少々変わり、検死審問が頭に浮かぶようになってきた。

ついに、頃合いの時期がやってきていたのだ。発見前に何ヶ月も経過したのは、願ってもないことだった。お粗末な身代わりが舞台になじみ、主役にふさわしい風格を身につけ、仕上げを施されただろう。しかし、この待機期間が必要以上に長引けば、本来の目的が果たせなくなるかもしれない。損傷が進みすぎて、詐欺行為が見抜けなくなるのはいいが、いずれでっち上げた身元まで特定できなくなってしまうだろう。そのため、春の光が強さを増し、木々の芽がほころび始めるのとともに、ポッターマック氏は一抹の不安を抱えながらも、早く死体が見つかればいいと思うようになった。桜草を集める人や、鳥の巣や卵を探し回る少年達に期待をかけてみた。それでも、砂利抗からはなんの知らせもなく、ポッターマック氏はひたすら待つ姿勢を改め、発見を促すようななんらかの積極的な行動を真剣に検討し始めた。

難しい問題だった。一つには、自分が個人的に事件へ関与してはならないという思いがきわめて強いせいだ。理由ははっきりとはわからない。しかし、ポッターマック氏はそう思ったのだし、おそらくその判断は正しい。しかし、自分が表に出られないのなら、どんな手を使ったらよいのだろう？　一日百回はこの問題を考えてみたが、答えは見つからなかった。そして、ある出来事があって、結局答えは見つからずじまいになった。予想もしなかった偶然が起こり、悩みは解決されたのだ。

こんな事情だった。しばらく雨が続いた後のある晴れた日、ポッターマック氏は一、二週間ぶりに森を通る小道を散歩してみる気になった。ついでに砂利抗へ行き、どんな様子か自分の目で確かめたいというかなり強い欲望を感じたが、自分の弱さに負けるつもりはなかった。発見が間近になればなるほど、自分はちゃんと裏に隠れているよう用心する必要がある。従って、答えなど見つかりそうにない例の問題を繰り返し自分に問いかけながら、半ば無意識のうちにかつての目印を探しつつ重い足を運んでいた。忘れられない〝出発点〟のブナの木まで数ヤードの地点に来たとき、急にあたりの様子が変わっていることに気がつき、足を止めた。柔らかいローム質の小道の表面に、一列の大きな蹄《ひづめ》の跡を挟んで荷馬車のわだちがくっきりと残り、目の前を横切っている。つけられたばかりだ。わだちの幅と深さ、蹄の跡の数、おまけに反対向きの跡もあることを考え合わせれば、荷馬車が一台以上、いや、少なくとも一台の荷馬車が何度か行き来しているのは間違いなかった。

その跡を熱心に見つめ、どういう意味があるのかとあれこれ考えながら立っていたところ、右手からごとごとと鈍い音が聞こえてきて、西から空の荷馬車が近づいてくるのがわかった。まもなくブナの木のすぐ後ろの隙間越しに、荷馬車屋の姿が見えた。馬には乗らずに、手綱を引っぱっている。ポッターマック氏に気づいた荷馬車屋は帽子に手をやり、丁寧に「おはようございます」と挨拶をした。

「おやおや、どこへ行くんだい？」ポッターマック氏はにこやかに尋ねた。

「古い砂利坑ですよ、旦那」という答えが返ってきた。「砂利なんて掘らなくなってから何年も経ってるやつでね。いやあ、バーバーさんがそこの石をたくさん使うもんだから。何件か新しい家を造ってるんで、そこの基礎にするんだってさ。すぐ近くに捨てるほどあるってのにわざわざ遠くから取り寄せるなんて馬鹿馬鹿しいってんで、古い砂利坑をもう一度使うことにしたんで」

「その砂利坑はどこにあるんだい？」ポッターマック氏は訊いた。「ここから遠いのかな？」

「遠い！　いやいや、旦那。ここからほんの数百ヤードってとこだね。一緒に歩いてくる気があるなら、見せてあげるよ」

ポッターマック氏はその申し出を一も二もなく受け入れた。荷馬車屋が元気よく「はいどう」と声をかけ、馬を進めた。ポッターマック氏は、歩き慣れた荷馬車道――大きな蹄と、幅の広い荷馬車が道を踏みならしたため、もう前とは違っているようにみえた――につけられていく新しいわだちをたどりながら、砂利坑への下り坂の始まりまで来た。ここでポッターマック氏は足を止め、荷馬車屋に「行ってらっしゃい」と声をかけ、荷馬車がごろごろと坂を下り、砂利坑をぐるっと回っていくのを眺めた。荷馬車は雨ざらしの〝切羽《きりは》〟が一部きれいになっている場所、新しく掘削が行われている現場へ向かった。

そこでは、二人の男がつるはしで砂利を削り、別の二人がシャベルで掘られた石をほぼ満杯の荷馬車へ積み込んでいた。作業現場は、ポッターマック氏の位置からみて砂利抗の右側だった。洞穴はちょうど反対側で、木製の柵が左手に見えている。ポッターマック氏はその場に立ったまま相関的な位置を素早く頭にたたき込み、背を向けて小道へ引き返した。歩きながらも、頭はめまぐるしく回転していた。

作業者達の誰かが大発見をするまでに、どれくらいかかるだろう？　いや、見落としてしまうことを計算に入れるべきだろうか？　イギリスの労働者達はもともと観察眼に優れているわけでもないし、ずば抜けて好奇心旺盛というわけでもない。死体は採取現場のほぼ反対側だ。作業者達が現場からふらふら離れていく機会があるとは限らない。とはいえ、何週間もそこで作業したあげく、死体を発見せずにいなくなったりすれば、自分は怒りではらわたが煮えくりかえるだろう。

まあ、悲観的になったところでどうしようもない。作業者の一人くらい洞穴へ行く可能性は十分にある。洞穴がもとどおり荷馬車置き場として使用されることも大いにありうる。ポッターマック氏としては運命の女神の意志を待ち、何が起こっても大丈夫なように覚悟を決めておくしかなかった。だが、腹をくるという賢明な決意にもかかわらず、いざ発見の知らせを聞いたときは、かなり驚いた。荷馬車屋と出会ってから四、五日が過ぎたその日、ポッターマック氏は朝食後のパイプを優雅に楽しみ、くつろいでいた。新しい本のページをぼんやり繰《く》りながらも、頭の中では砂利抗の作業者達のことが渦巻き、男達が崖下の不気味な物体に躓く可能性を秤にかけていた。と、玄関で聞き慣れたノックの音がして、ポッターマック氏ははっと我に返り、もっと楽しい問題に頭を切り換えた。立ち上がって自分で出迎えようとしたが、ミセス・ギャドビーに先を越された。ほどなく家政婦はミセス・ベラードの来訪を告げ、案内してきた。

　ポッターマック氏は挨拶をしようと前に出た。しかし次の瞬間、ミセス・ベラードの顔つき、態度に、いつもと違うただならぬものを感じた。ミセス・ベラードは家政婦の足音が聞こえなくなるまで戸口から動かず、その後近くに寄ってきて、取り乱した調子でささやいた。

「マーカス、聞いた？　ジェイムズのことだけど？」

「ジェイムズ！」ポッターマック氏はオウム返しに答えた。突然その名を持ち出されて、情けないことにポッターマック氏の頭は一瞬真っ白になってしまった。懸命の努力をして自制心を取り戻し、こう聞き返す。「まさか、戻ってきたわけじゃないんだろうね？」

「じゃあ、まだ聞いていないのね。死んだのよ、マーカス。昨晩、死体が発見されたの。今朝、町はそのニュースでもちきりよ」

「なんてことだ！」ポッターマック氏は大声を出した。「まさに大ニュースだな！　どこで見つかったんだい？」

「ここのすぐ近所よ。ポッターの森の砂利坑なの。いなくなった日の夜、坑の底に落ちたに違いないわ」

「そんな!」ポッターマック氏はさらに語気を強めた。「大変な事件だ。では、その日から何ヶ月もずっとそのままだったのか! だが――その――ルーソンの死体なのは間違いないんだろうね?」

「ええ、間違いないわ。もちろん、死体そのものは誰だかわからない状態だったそうよ。持ち上げようとしたら、ばらばらになってしまったんですって。恐ろしい話でしょう? でも、警察は服やポケットの中の書類や名刺で、身元を確認できたそうなの。後はほとんど骨だけだったらしいのよ。考えただけでぞっとするわ」

「そうだね」自制心を取り戻したポッターマック氏は、穏やかに相づちを打った。「たしかに、あまり楽しい話ではないね。が、もっと悪くなっていたかもしれない。ルーソンは生きて戻ってきたかもしれないんだから。これで君はやつと永遠に手が切れたんだよ」

「そうね、わかってるわ」アリスは言った。「正直なところ、死んだと聞いてどれほどほっとしたか。でもやっぱり――マーカス、私は何をするべきかしら?」

「する!」ポッターマック氏は呆気にとられた。

「そうよ。何かしなきゃいけないと思うの。なんといっても、夫だったんですから」

「言語道断の夫だったじゃないか。ともかく、君が何を言いたいのかわからないね。何をしなければならないんだい?」

「その、誰かが――誰か身内の人間が――名乗り出るべきだと思わない？――遺体を確認するために」

「まさか」ポッターマック氏は言い張った。「骨しか残っていないんだろう？　いいかい、骨を確認するなんて無理だよ。そんなもの、見たことがないんだから。だいたい、もう身元は確認されているじゃないか」

「じゃあ、その、身元を引き受けるために」

「だって、アリス。どうして君がルーソンを引き受けなければならないんだい？　何年も前に縁を切って、一切の関わりを絶つために名前まで変えたんじゃないか？

いやいや、アリス。黙って成り行きに任せておくんだ。〝静かな舌は人を賢くする〟という諺があるだろう。この場合は、まさにそのとおりだよ。君が名乗り出て、ミセス・ルーソンだと暴露してごらん、嫌な噂が山ほど流れることになる。ここには住めなくなるだろう。この町には君の本当の素性を知っている人はいないんだったね？」

「一人もいないわ」

「君とルーソンが夫婦だったことを知っている人は、いったいどれくらいいるんだい？」

「ほとんどいないわ。それに、みんな付き合いのない人ばかりよ。リーズではほとんど誰とも交際せずに暮らしていたから」

「結構じゃないか。だったら〝口は禍《わざわい》の門〟だよ。それに」別の重大な考えが閃き、ポッターマック氏はつけ加えた。「私達の将来を考えなくては。君にはまだ私と結婚してくれる気はあるんだろうね？」

「ええ、マーカス。もちろんよ。でも、お願いだから今はその話をしないで」

「私だってしたいわけじゃないよ。ただ、この件だってはっきりさせておかなければ。いいかい、これでもう私達二人はいつでも好きなときに結婚できるんだ」

「そうね、もう障害はないわ」

「だったら、アリス。わざわざ障害を作り出すのはやめようじゃないか。君がルーソンの妻だった事実を公表すれば、障害ができてしまうよ。今の状況を考えてごらん。君とルーソンは、同じ町で赤の他人のふりをして暮らしていたんだ。そして、同じくこの町で、君と私は親友として付き合い、婚約したのも同然の仲だとみられている。さて、私達が近々結婚したとしよう。それだけでも、噂話には事欠かない。だが、仮にルーソンが人手にかかって死んだとわかったりしたら？　そうなったら世間はなんて言うと思う？」

「なんてことかしら！」アリスは叫んだ。「そんなこと、考えてもみなかったわ。もちろん世間では、いいえ、少なくとも世間のなかには、私達が共謀して邪魔になるあの人を片づけたと言う人が出てくるでしょうね。たしかに、そんな風にみえるもの。ああ、ここに来て相談してみて、本当によかったわ」

ポッターマック氏は大きくため息をついた。これで危機は過ぎ去った。もっとも、それほど差し迫った危機だったわけではない。だが、本能が、すこぶる健全な本能が、いかなる形でも極力ジェイムズ・ルーソンと個人的な関わりを持つなと警告していた。そして今、完全な第三者の立場で、まるっきり他人事として気楽に事件の成り行きを見守ることができるようになった。アリスも余計な危険にさらされずにすむ。アリスは漠然とした忠誠心から、死んだろくでなしとの関係を公表しなくてはならないと考えたようだ。が、自分の過ちを人目にさらすのは気が進まないだろう。やがて帰宅するときには、自分の浅ましい家庭生活の悲劇を世間に公表すべきだという義務感から解放されて、さぞかし気が楽になるに違いない。

ミセス・ベラードが帰宅すると、ポッターマック氏は状況を検討し、何をしたらよいかと考えた。欲望と自己防衛本能が対立している。好奇心ではち切れそうではあるが、過度の関心が禁物なのもわかっている。まあ、そうはいっても、実際に何が起こったのか、これからどんな展開になるのかわかるのなら、その方がいい。結局、ポッターマック氏は外出して町をぶらつき、噂好きの人が詳しい最新情報を吹聴するのに耳を傾けることにした。

だが、目新しい話はさほどなく、収穫は一つだけ、検死審問の日時が既に決定したという情報だけだった。審問は明後日の午後三時、事件に対する世間の関心を配慮して、公会堂で開かれる予定だった。日時と場所、傍聴自由なことを確かめ、ポッターマック氏は帰宅し、検死審問が開かれるまではそれ以上事件に関心を示さないことに決めた。

しかし、検死審問を待つ間、ポッターマック氏は動揺を押し殺してはいたが、どうにも落ち着かなかった。作業場でも庭でも、何一つ手につかない。気晴らしといえば、田舎道をひたすら歩くことだけだった。不安と希望が交錯し、一時も心が休まらない。何しろ検死審問は、自ら原作者と舞台監督を務めたこの奇妙なドラマの終幕なのだ。今までの苦労全ての終着点だった。もし、うまくことが運べば、ジェイムズ・ルーソンは一巻の終わりだ。ルーソンは死亡し、埋葬され、戸籍登記所《サマセット・ハウス》にも正式に登記される。マーカス・ポッターマック氏はシメオンの賛歌『しもべを安《ヌンク・》らかに去らせ賜えり《ディミッティス》』（新約聖書 ルカによる福音書2・29）を口ずさみ、平穏に生きていくことができる。

いうまでもないことだが、ポッターマック氏は審問当日、公会堂へ時間どおりに、いや、たっぷり余裕を持って到着した。入口に着いたのは、審問の開始予定時刻より三十分近くも前だった。しかし、いたのはポッターマック氏だけではなかった。ポッターマック氏よりもっと時間に余裕を持ち、同じようによい席を手に入れたがっている人達がいたのだ。実際、時間前に場所取りに来た人はかなりいて、刻一刻と人数が増えていた。しかし、早く来ても狙いどおりにはいかなかった。正面の扉はまだ閉まっていて、その前で張り番の巡査が、通せんぼをしていたのだ。集まった人のなかには、近くの小さな広場や庭に入り込み、向こう側にある死体仮置き場の閉まったドアをさも満足そうに眺めているものもいた。

人込みをうろつき、誰にも話しかけずに、漏れ聞こえる会話の断片に耳を澄ませる。ポッターマック氏は、きわめて特殊な心理状態だった。心配や興奮や期待で胸が一杯だった。しかし、この自然な感情の裏に、どこか超然とした奇妙な感覚が、検死官や警察を始めとする周囲の単純な人々に対する優越感があった。やがてこいつらは、手探りの状態で苦労しながら結論へ、しかも間違った結論へと到達するだろう。一方、自分は何もかも知っている。死体置き場の遺体が誰のものか、よくわかっている。古代エジプトの第十九王朝もしくは第二十王朝の神官の貧弱な亡骸を、ジェイムズ・ルーソンの遺体と取り違えるところなのだと教えてやることだってできる。そういうわけで、ポッターマック氏は銀行の出張所長の怪死に関する熱心な議論を、一種の快い自己満足に浸りながら聞いていた。

やがて一人の紳士が巡査部長の案内で死体置き場に入ったとの情報が流れ、人々は我先にとそちらの方へ押し寄せた。ポッターマック氏も喜んで人の波に身を任せた。小さな広場に到着した傍聴希望者達は、一方は下手へ、一方は上手へとお決まりの螺旋状の列を作って進んでいく。「止まらないでください」という声が聞こえ、人々はずんずん先へ進む。やがて、ポッターマック氏は死体置き場のドアが見える位置まで来た。ドアは半開きになっていて、その前で張り番をしている巡査部長が、威厳のある冷静な態度をとりたい気持ちと、中で何が起こっているのか覗き見したくてたまらないという相反する気持ちを、なんとか両立させようと甲斐のない努力をしていた。

ポッターマック氏は、ようやく半分開いたドアの内側が覗ける位置まで来た。そして一目中を見た途端、例の〝優越感〟は一瞬で消し飛んだ。こちらに半ば背を向けた長身の男が、靴を一つ手に持ち、真剣なまなざしで靴底を調べているではないか。ポッターマック氏はぴたりと足を止め、呆気にとられて男を見つめた。すると、警官がさっきから繰り返している注意を怒鳴り、背後からの圧力も増してきた。しかし、ポッターマック氏が巡査部長の「止まらないでください」という命令に従おうとしたまさにその瞬間、背の高い男はドアを振り返り、二人の視線が合った。その顔を見たポッターマック氏は、絶叫するところだった。

男は、あの見知らぬ謎の弁護士だった。

この思いがけない人物の登場に、ポッターマック氏の頭はしばらく完全に麻痺してしまった。動転したあまり何もわからなくなり、人の波にただ押し流されていった。しかし、しばらくするとショックは治まり、気力も回復し始め、ある程度自信も取り戻した。だいたい、何をそんなに心配する必要があるというのだ？　あの男はただの弁護士ではないか。以前、庭の通用口で話をしたときも、どうということはない人物にみえた。たしかに、あの靴底に異常な興味を持ってはいたようだ。が、それがなんだ？　あの靴底は、馬の首にある傷まで完璧に仕上げてある。そうとも、舞台化粧の小道具のなかでも、もっとも完全無欠の自信作なのだ。

　このように自分を元気づけてみたものの、弁護士の予想外の登場は強烈な衝撃だった。不安をかきたてるような疑問が、いくつもいくつも思い浮かぶ。例えば、どうしてあの弁護士はこんな〝絶好のタイミング〟で現れたのだろう、砂漠で遠方からラクダの死骸を嗅ぎつけるハゲワシのように？　あの靴底を穴があくほど見つめていたのはなぜだろう？　足跡の写真を見たとは考えられないだろうか？　もし見たのなら、肉眼ではとらえられない何かを、写真がとらえていたのか？

　このような疑問が次から次へとわき上がり、考えれば考えるほど不安は募る一方だった。しかし、結局はとりわけ物騒な疑問をいつのまにか考えていた。ベルゼブル（新約聖書　マタイによる福音書12・24　悪霊の意）の名において、こんな生死のかかった重大な危機に、あの弁護士はなぜボーリーの死体置き場に現れたりしたのだろう？

　ポッターマック氏がこの理の当然の疑問を抱いたのも、無理はない。実際、奇妙きわまりない偶然の一致に思える。そして、偶然の一致には、普通ある程度の説明が必要とされるようだから、この問題を詳しく追求して、読者にはポッターマック氏の知らない事情を明らかにしよう。

第十五章　ソーンダイク博士、調査に乗り出す

ポッターマック氏の行動の波紋は、当の本人の予想よりもはるか遠くにまで広がっていた。やる気満々の地方記者の働きで、事件は日刊紙に掲載され、広く世間に知れ渡った。その世間にはロンドン、イースト・セントラル、イナー・テンプル、キングズ・ベンチ・ウォーク五Aと、その主も含まれていた。実際に博士にこの情報を提供したのはナサニエル・ポルトン氏で、時間は死体発見の翌日の午後だった。ちょうどそのとき、ソーンダイク博士はテーブルに訴訟事件摘要書を広げ、後輩のアンスティ弁護士のために少しばかり参考意見を書きとめていた。そこへ、前述のナサニエル・ポルトン氏が、片手にお茶の盆を、もう片方には夕刊を持って入ってきた。盆を置いたポルトンは、きちんと小さな長方形に畳んだ新聞を差し出し、こう前置きを述べた。

「『イヴニング・ポスト』にちょっと妙な事件が出ております。いささか私達の専門に関わりがあるようで。興味を持たれるかと、持って参りました」

「気が利くな、ポルトン」ソーンダイクは少々大げさなほど積極的に手を差し出した。「奇妙な事件には、常に注意を払う価値があるからね」

そして、ソーンダイクは印のついた記事に目を向けた。が、見出しを一目見ただけで、腹心の

助手への気遣いのつもりだった関心が本物となり、夢中になってしまった。ポルトンはその変化に気づいた。主人が彼にさえ予想外の熱心さで記事を読むのを見て、しわのよった顔をくしゃくしゃにして満足げな笑みを浮かべる。そもそも、ポルトンの読んだ限りでは、事件に謎めいた点は一切なかったのだ。奇妙で少々不気味なだけだ。ただ、ポルトンは不気味な話が大好きだった。記者も同じだったらしく、見出しに注目させるために、その『不気味』という言葉を使っていた。記事は次のとおり。

ボーリーで不気味な死体発見

昨日の午後、エイルズベリーに近いボーリーのポッターの森の砂利坑で、採掘の作業者数名が恐ろしいものを発見した。作業者達は旧荷馬車置き場を調べるために坑内を歩いていたところ、不意に腐敗の進んだ男性の死体に行きあたり、震え上がった。死体は垂直に切り立った〝切羽〟の下に倒れていて、数ヶ月前に転落したものと思われる。その後、死体はもとパーキンズ銀行の地方出張所の所長、ジェイムズ・ルーソンなる人物と確認された。氏は九ヶ月ほど前に謎の失踪をとげている。死体の検死審問は、次の木曜日午後三時にボーリーの公会堂で行われる予定で、その際、氏の失踪と死にまつわる謎が解明されることだろう。

「きわめて異常な事件だね、ポルトン」ソーンダイクは新聞を持ち主に返した。「わざわざ教えてくれて、ありがとう」

「その男がどのように死んだかについては、疑問の余地はなさそうですね」何かヒントになる感想を引き出せるのではないかと、ポルトンは抜け目なく水を向けた。「砂利坑に転落して、首の骨を折っただけのようですが」

「どうやらそのようだ」ソーンダイクが相づちを打つ。「しかし、他にもいろいろな可能性が考えられる。検死審問に出て証言を聞けば、さぞおもしろいだろうね」

「そうなさったら、よろしいではありませんか」ポルトンが言った。「木曜日の予定は、どれも延期しても差し支えありませんし」

「たしかにそうだ」ソーンダイクは答えた。「よく考えて、時間を割くだけの価値があるかどうか、検討しなければならないね」

しかし、ソーンダイクはよく考えてみたりはしなかった。既に心は決まっていたのだ。記事を読んでいるときにはもう、事件が声高に調査を要求しているのはよくわかっていた。

調査が必要な理由は二つある。第一に、ソーンダイクはジェイムズ・ルーソンの失踪にまつわることならなんであれ、並々ならぬ関心を持っていた。いずれにせよ、事件に関する自分なりの見解を完璧にまとめ上げたいと思っただろう。しかし、それとは別に、もっと緊急を要する理由が発生した。これまでソーンダイクは、事件に対して単なる傍観者の態度をとってきた。一市民としても、法の執行官としても、自分が介入する必要はないと感じていた。だが、今や自分の立場が道徳的に正しいか否かを判断する義務がある。つまり、事件が新しい展開をみせた今でも、見て見ぬふりが許されるかどうかを確認しなければならないのだ。

ソーンダイクにとって、死体の発見は寝耳に水だった。事件になんらかの進展があることは、ある程度予想していた。例えば、盗難紙幣の発見は、意外でもなんでもなかった。完全に〝計画どおり〟に思えた。捜査の対象となる場所を変えさせるための、ただの陽動作戦だ。しかし、この新しい展開は、そのような理由では説明できない。もし何かの〝計画〟だとしたら、動機はなんなのだろう？　何もないではないか。

ソーンダイクはすっかり混乱していた。今回見つかった死体が本当にジェイムズ・ルーソンならば、自分が慎重に組み立ててきた理論体系そのものが誤りだったことになる。しかし、誤りではなかった。その理論に従って、マーカス・ポッターマック氏が死んだジェフリー・ブランドンだとの結論が導き出されたのだから。身元調査の結果も、自分の結論が正しいことを疑問の余地なく証明している。が、うまくあてはめれば新しい真実を明らかにする――現在の条件にぴったりの――仮説の方が正しいに決まっている。それでもなお、自分の推理が正しいのなら、死体はルーソンのものではないということになる。

しかし、もし死体がルーソンではないなら、いったい誰なのだろう？　どういう事情でルーソンの衣服――もし精巧な偽物ではなく、本物なら――を身につけていたのだろう？　ここで公序良俗の問題が発生する。つまり、一人死んだ人間がいるのは間違いないのだ。もし、その人物がジェイムズ・ルーソンであると証明されれば、もう何も言うことはない。が、ジェイムズ・ルーソンではないなら、そのときは死体が誰なのか、どういう経緯でルーソンの衣服を着用することになったのかを突き止めるのが、一市民、及び法廷弁護士《バリスター》としてのソーンダイクの務めだ。いや、少なくともその方針にのっとって調査を開始しなければならない。

その夜、ソーンダイクは自分の推理の基礎となった資料をざっと見直した。それからリボン状の写真を広げて一番鮮明な左右の足跡を選びだし、次に文書用の小型顕微鏡を使って、方眼紙にそれぞれの拡大図を書いた。一フィートを三インチに換算する、つまり実物の四分の一の大きさの図を書いたのだ。しかしながら、図は輪郭だけで、靴底の細かいところは一切描かれていない。ただし、寸法は正確だった。例外は踵を留めているネジで、極端に拡大され、頭の溝の位置はきわめて丁寧に、寸分の狂いもなく書き込まれた。

これらの図面をポケットに、また予想外の問題が発生した場合に備えて写真をアタッシェケースに入れ、ソーンダイクは木曜の朝ボーリーへ出発した。別に面倒はなさそうだ。数ヶ月前にエイルズベリーの検死審問で知り合った検死官が、おそらく今回の検死審問も担当するだろう。仮に違っても、名刺を出せば必要な便宜は与えてもらえるはずだ。

しかし、やはりその知り合いの検死官が事件を担当していた。ただ、ソーンダイクが公会堂に到着したのは、審問の開始予定時刻の一時間近く前で、検死官はまだ来ていなかった。それでも、勤務中の警察官がソーンダイクの名刺をちらっと見て、検死官の部屋へと案内してくれた。ソーンダイクは時間潰しのために渡された新聞を読むふりをして、話しかけられないようにしながら警官が出ていくのを待ち、一人になると二枚の図面を取り出して足跡の寸法や目立った特徴を頭にたたき込むことに専念した。

二十分近く待った頃、階段を駆け上がる足音が聞こえ、検死官が手を差し出しながら部屋に入ってきた。

「お変わりありませんか、博士」検死官は心をこめてソーンダイクの手を握った。「いや、びっくりしました。が、嬉しいですよ。この事件の謎を解決するために、手を貸しに来てくださったんですか？」

「謎があるのですか？」ソーンダイクは聞き返した。

「そうですな、いや、ありませんね」検死官は答えた。「せいぜい、あの気の毒な男がどうして暗い森をふらふらしていたのか、くらいなものです。ですが、博士がここに来たということは、事件になんらかの興味か懸念があるのでは？」

「事件にではなく」ソーンダイクは言った。「死体に興味があるだけです。それに、どちらかといえば学問的な興味でしてね。今回の死体は九ヶ月間野ざらしになっていたそうですが、今までそんなに長期間、野外に放置されていた死体を調べる機会がなかったもので。たまたまこの近くにいたものですから、死体を調べて資料を作成する許可をいただけないかと、お願いしに来たわけです」

「そうですか。それでは今後のために、九ヶ月間外に放置されていた死体の状態を正確に把握したいというわけですか。もちろん、それでもお安いご用です。今すぐ、お調べになりますか？」

「そちらのご都合はいかがでしょう？」

「問題ありませんとも。三十分ほどで陪審員達が死体を見に行くと思いますが、博士の調査の邪魔にはならないでしょう。もっとも、その頃にはきっと調査も終わっているでしょうね。検死審問には出られますか？」

「一、二時間は手が空いておりますので、出ようかと思います。証言を聞けば、資料も一層充実するでしょうし」

「結構」検死官は言った。「では、席を用意させておきます。タトネル巡査部長に死体置き場への案内を頼んで、資料の作成中に邪魔が入らないように、見張りをさせましょう」

巡査部長が呼ばれ、指示が出された。警官は階段を一階分下がり、小さな広場に面した側面の出入口へとソーンダイクを護送した。真向かいが死体置き場だ。もうかなりの人数が公会堂の正面や広場の入口に集まっていた。その連中が護衛つきのソーンダイクの登場を見逃すはずがない。巡査部長が死体置き場の鍵を開けてソーンダイクを通すと、人々は広場に移動し、死体置き場のドアを目指して集まってきた。

案内してきた巡査部長は、一目瞭然の死体と衣類の置き場所をわざわざ説明しながら、好奇心をむき出しにしてソーンダイクを見ていた。そして、いかにも渋々といった態度で部屋を出ていき、ドアを半分開けたまま、部屋の内部がよく見える位置で見張りを始めた。ソーンダイクはできればドアを閉めてしまいたかったが、巡査の気持ちを察して、同情しないでもなかった。それに、調査をしているだけだから、一人や二人、見物人がいたところでたいしたことはない。

巡査がご丁寧に説明してくれたように、死体はテーブルの一つに置かれたふたのない棺というか、粗末な内棺の中にあった。隣のテーブルに広げてある衣類は、どことなくペチコート・レーン（ロンドン、ミドルセックス・ストリートの別名。毎週日曜に市が開かれる）のがらくた市か露店を連想させた。ソーンダイクはアタッシェケースを下ろし、衣類から調べ始めた。いちいち自分の行動を追う警官の目が気になるが、我慢して服を一つずつ改めていき、最後には自然と靴に行き着いた。様々な角度から眺め、中の部分を細かく調べた後、右の靴を取り上げてひっくり返し、踵を見た。その途端、答えは出た。

これはルーソンの靴ではない。

右の靴を置き、左を取り上げて同じように調べた。右を調べたときと同じ答えが出て重複証拠となり、それぞれの信憑性はさらに増した。この靴は、ジェイムズ・ルーソンのものではない。図に書き込んできた寸法と照合するまでもなかった。ソーンダイクが発見した、たった一つの事実で問題は決着した。

警察は目をつけていなかったというごく単純な理由で見落としてしまったが、それはきわめてわかりやすい、明白な事実でもあった。ネジの溝の位置が違っているだけなのだ。しかし、疑問の余地はない。丸いゴム製の踵を留めている中央のネジは、当然固定されている。一度ねじ込まれてしまうと、踵がちゃんとついている限り、ネジは動かない。わずかな角度でも回転すれば、ネジはゆるみ、穴から抜けて踵がはずれてしまう。しかし、この靴の踵ははずれたりしていなかった。ソーンダイクは実際につかんで試してみたが、がっちり取りつけられていたし、摩耗の程度からいっても間違いない。つまり、ネジはいじられたはずがないのだ。それにもかかわらず、ネジの頭の溝の角度は、ルーソンの靴とはまるで違っている。

片方の靴を手にして立っていたとき、警官が鋭い口調で「止まらないでください」と注意する声が聞こえ、ソーンダイクは半ば反射的に振り返った。そのとき、半開きのドアの隙間から、狼狽《ろうばい》を絵に描いたような顔でポッターマック氏が自分を見つめていることに気づいた。一瞬のことだった。目は合ったが、ポッターマック氏は巡査から命令されただけでなく、見物人達の強い背後《ウィス・》からの力《ア・テルゴ》も受けて、おとなしくその場を離れていった。

ソーンダイクは偶然の一致——実際は偶然の一致などではないのだが——に苦笑いを浮かべ、再び靴の研究に取りかかった。図面は完全に記憶していたが、それでも一切妥協を許さない緻密な精神が実証を求めた。従って、ソーンダイクは底を上にして両方の靴を置き、背中を警官に向けて、比較のための図面をポケットから取り出した。もちろん、間違ってなどいなかった。右足の図面によれば、ネジの溝の正確な角度は靴の長軸に対して直角、時計でいえば二時四十五分の位置だった。目の前にある右の靴では、溝は斜めだ。七時五分だった。左も同じだ。図面での位置は三時五十分。死体置き場の靴は一時四十分だった。

決定的な証拠だった。ソーンダイクの予想どおりだったのだ。仮に発見された死体の靴が偽物ならば、偽物を作った人物が見落とすか気にもしない些細な点の一つとして予想したのが、ネジの溝の位置だったのだ。その上、ごく普通の確率の法則をあてはめれば、溝の位置が両足ともたまたま一致してしまう可能性は、きわめて低い。

しかし、この問題は解決したが、より重大な問題が発生した。靴がルーソンのものではないのなら、おそらく死体もルーソンではないだろう。もし死体がルーソンではないのなら、誰か他の人物の死体ということになる。この結果、さらなる疑問が発生する。どうやって死体を手に入れたのか？　これはきわめて重大な問題だった。人間の死体を所有していたということは、ほぼ必然的に、その前にきわめて犯罪性の高い行為があったという結論に結びつく。

そのため、ソーンダイクは少々心配そうにふたのない棺の前に立ち、かつては一人の人間だった貧弱な遺骸を見下ろした。形勢はかなり不利だった。ソーンダイクはルーソンに会ったこともないし、およその年齢と足跡から推測した事柄――棺の中の遺体にもあてはまるようだが、ルーソンの身長は六フィート近くあること――以外には、個人的な特徴を何一つ知らない。身元を特定するのに有効な手がかりが一切ないのだ。それでも慎重に調べ上げれば、後ほど証人達が召喚されたとき、さらに突っ込んだ尋問をする足がかりとなる、決定的な特徴を何かつかめるかもしれない。

このように自分を励ましながら、ソーンダイクは棺の不気味な占有者をより注意深く観察し始めた。全体を一通り眺めたところ、死体の外観にどことなく事件の表向きの状況にしっくりしない点があるような気がしてきた。異様なくらい損傷が激しいようだ。そのとき、足の爪の異状に目を引かれた。オレンジがかった黄色に染められている。どうみても、これはおかしい。比較のために手の爪を改めると、かなり薄くはなっているものの、同じ不自然な着色の跡が認められた。

ここで、はっきりした一つの考えが浮かんだ。その考えを確認するため、今度は歯に注目した。すぐに新たな証拠が得られた。これは文明化された現代ヨーロッパ人の歯ではない。大臼歯の歯冠は咬頭《こうとう》が消失し、平らになるまですり減っている。これは手挽き臼ですりつぶした砂状の食べ物、及び退化した文明人には到底歯が立たないような食品類を咀嚼《そしゃく》していたことを物語っている。

その手がかりを追って、ソーンダイクは死体の鼻腔を覗き込んだ。ほとんど完全に鼻がなくなっているため、鼻の穴がむき出しになっている。小型の懐中電灯を使用し、内側の骨——鼻介骨《びかいこつ》、篩骨《しこつ》——が両側とも広範囲にわたって損傷していることが確認できた。子供がかくれんぼで使用する言葉を借りれば「もうちょっとで見つけられそう《ゲッティング・ウォーム》」なところまで来ている。ごくわずかに残った腹部をたっぷり時間をかけて念入りに調べたところ、最後まで残っていた疑念も消えた。

ようやく立ち上がったソーンダイクは、おもしろがっているともとれる苦笑いを浮かべ、自分が発見した内容をまとめた。ここにある遺体は、ジェイムズ・ルーソンの衣服を身につけ、砂利坑で発見された。手足の爪はヘンナ染料で着色されている。歯は、原始人に近い人種の典型的な歯だ。篩骨及び鼻介骨の損傷は、現在わかっている自然作用では到底説明できないが、ミイラ職人の鉤状の器具によるものと考えればぴったりだ。腹腔内の諸器官は影も形もないし、遺体の損傷が激しく断定はできないが、腹壁には切開の跡があるようだ。最後に、毛髪は単に風雨にさらされただけでは説明のつかない、科学的な浸食の跡を示している。つまり、この死体は一連のはっきりした特徴を備えていて、それら全てを有するものといえば、エジプト人のミイラしか考えられない。死体がエジプト人のミイラであることに、ソーンダイクは微塵も疑いを感じなかった。

この結論に達し、ソーンダイクは安堵のため息をついた。仮に犯罪の証跡を見つけた場合には、検死審問に介入し、死体の身元について異議申し立てをする覚悟でここまでやってきたのだ。とはいえ、いざ異議申し立てをするときには、非常に気が重かっただろう。ともかく、犯罪が行われたと考える理由がないのだから、もう介入する必要もなくなった。エジプトのミイラを所有することが、犯罪に結びつくとは思えない。たしかに、ポッターマック氏の行為は異例中の異例だ。しかし、犯罪とは別問題だ。特殊な状況をくんでやらねばなるまい。

それでもやはり、ソーンダイクは少なからず困惑していた。自分の普遍の正義に基づいて行動を起こしたソーンダイクは、これまで明確な動機がないことを無視して、ずっと目に見える事実を追ってきた。が、今や動機についての疑問が別の問題として浮上してきた。この独創的で、どこか憎めない死者の身分詐称の裏にある目的とは、いったいなんなのだろうか？　何か動機があったはずだ、それも強力な動機が。どれほど強力かは、今回の演出に伴う危険はいうまでもなく、準備に必要となる膨大な忍耐力と労力からも見当がつく。動機はどんなことだったのだろうか？　動機が最初から存在したはずはない。まだ明らかになっていない、何か別の事情があるはずだ。おそらく、検死審問の証言でなんらかの光明が得られることだろう。

いずれにしろ、犯罪は一切犯されていなかった。今日の誤った検死審問についても、実害はない。むしろ、好結果を生む。この検死審問が行われなければ曖昧で記録に残らないはずの事実、しかし公序良俗上ちゃんと確認されて記録されるべき事実が認定され、登記されることになる。

ソーンダイクがこの心休まる結論に達したとき、警官から、陪審員達が死体の検分にやってきたと声をかけられた。そのため、ソーンダイクはアタッシェケースを取り上げ、死体置き場を出て検死審問の会場へと向かい、検死官の席のすぐ近くに巡査が用意していた椅子に座った。

第十六章　カーマ・ヘル、退場

ソーンダイクは席に腰を下ろし――もう少し検死官の席から離れていればいいのにと思った――広い法廷内を見回した。いつになく大勢の傍聴人がいて、審問に対するこの地域の関心の高さが感じられる。何気なく眺めているうちに、ポッターマック氏が見つかった。正面に近いよい席を確保し、ソーンダイクが現れたことに気づかないふりをしようと、懸命に下手な芝居を続けている。実際、あまりにも下手すぎて、目が合うことも避けられなかった。ポッターマック氏はソーンダイクから如才なく会釈され、仕方なくできるだけ丁寧に挨拶を返した。

ポッターマック氏は、恐いような、待ち遠しいような気分だった。男らしく覚悟を決めようと必死に努力する。あの男はただの弁護士だ、弁護士は死体のことなど何も知らないではないか、と自分に言い聞かせる。そう、医者なら話は別だったかもしれないが。それでも、あの忌まわしい靴の問題があった。弁護士はたしかに、何か異常を発見したような目で靴を観察していた。弁護士が靴について無知であると考える理由はない。だが、何を見つけられたというのだろう？見つかるものなど何もない。靴は本物と同じ品だ。踵も、靴底も、何から何まで間違いなく本物とそっくりだ。この自分でさえ、本物とほとんど見わけがつかないだろう。

こんな調子で、ポッターマック氏の心は根拠のない希望と、根拠のありすぎる不安の狭間で惨めに揺れ動いていた。恐怖心までもがぜひともこの場に残り、証言の番を迎えたあの弁護士が何を言うかを聞き届けるようにと命じなければ、ポッターマック氏は席を立ち、その場から出ていっただろう。結局、逃げ出したくてたまらないくせに、椅子に貼りついたようにじっと待っていた。そう、地雷が爆発するのを待っていたのだ。定まらない視線がそれこそ一分ごとに、折悪しく現れた弁護士のスフィンクスのように謎めいた表情をとらえるたび、背筋が寒くなった。

時折さまよってくる不安げな視線に気づいていたソーンダイクは、ポッターマック氏の心境を重々承知しており、迷いを解いて苦しみを終わらせてやれない自分を申し訳なく思った。最後の賭けの成功を願いつつ、震えながらこの部屋で腰を下ろしている自意識過剰の賭博師の目には、自分のときならぬ出現がどれほど不吉に映るか、よくわかっていた。さらにまずいことに、陪審員と一緒に戻ってきた検死官が、着席前にソーンダイクの前で足を止めて話しかけてきた。

「死体は十分ごらんになりましたか、博士?」検死官は身を屈め、ささやくような声で言った。

「一つ質問させていただいても差し支えないでしょうか?」

「先に質問を聞かせていただきましょう」ソーンダイクは予防線を張った。

「実はですね、私が召喚した医学方面の証人は、警察医の代診《ロークム・テネンス》なんです。どんな人かは知りませんが、経験が浅いんじゃないかという気がしましてね。暴力を受けた形跡はないが、死因を示すはっきりした徴候は見つけられなかったと言うんです。どう思われます?」

「私がその方の立場でしたら、まったく同じことを申し上げたでしょう」ソーンダイクは答えた。「死因を推定させる所見は、何一つありませんでした。その点については、医学以外の証拠に基づいて決定しなければならないでしょうね」

「いや、ありがとう。助かりました」検死官は言った。「おかげで肩の荷が下りましたよ。さて、審問を始めるとしますか。そんなに長くはかかりませんから」

検死官は、長いテーブルの一番奥の席についた。片側には陪審員が並び、その向かいには筆記用具の確認をすませ、準備万端の速記係が数人着席している。再度ポッターマック氏と目が合ったソーンダイクは、その目が期待混じりの恐怖の色を浮かべて、自分をじっと見つめていることに気づいた。

「皆さん」検死官が宣言した。「あなた方の同胞、ジェイムズ・ルーソン氏の痛ましい死について、これから検死審問を始めます。おそらくご存じのことと思いますが、ルーソン氏は昨年七月二十三日の夜、少々不可解な失踪をしました。そして今週月曜の午後、まったくの偶然からルーソン氏の死体が発見され、我々には、氏がいつ、どこで、どのように死亡したか、調べて結論を出す義務が生じたのです。私が長々と前置きを述べるには及ばないでしょう。証人達の証言で事実が明らかになりますし、より詳しい証言を希望される場合は、あなた方にはどんな質問でもする権利が与えられています。死体の発見時から順を追って証言を求めていきたいと思います。ジョゼフ・クリック」

この呼び出しに応じて、がっしりした体つきの労働者が立ち上がり、おずおずとテーブルに近づいてきた。宣誓をすませ、ジョゼフ・クリックという自分の名前と、地元の建築業者バーバー氏に雇われている作業者である旨を供述した。

「さて、クリック」検死官が言った。「死体を発見したときの経緯について、話してください」証人は熱心に自分を見ている陪審員達を困ったような顔で見返し、手の甲で口を拭った。「この前の月曜の午後に――」

「つまり、四月十三日です」検死官が口を挟む。

「きっとそうだろうね」証人はおどおどと答えた。「俺にはわからないよ。とにかく、この前の月曜の午後だったんだ。俺とジム・ワードルは砂利坑で荷馬車に砂利を積んでた。最後の荷馬車が一杯になって見送ったら、ちょうど休憩時間だったから、パイプに火をつけて、古い荷馬車置き場を見に行こうってぶらぶら歩き出したんだ。昔は冬になるとそこに荷馬車を置いといたんだよ。柵の前まで来て、ジムが覗きに行った。そんとき、俺はたまたま切羽の上から落っこちた木に気がついたんだ。そしたら、何か木のそばに転がってるじゃねえか、端っこの方に帽子があって反対側には靴があった。いやあ、驚いたのなんのって。で、俺はジム・ワードルに言ったんだ。『ジム』って俺は言ったんだよ。『向こうに妙なもんがあるぞ。ほら、木の横さ』って言ったんだよ。『あそこに誰か寝転がってるみたいだ』で、ジム・ワードルもそっちを見て言ったんだよ。『お前の言うとおりだな』って言ったんだ。『そのとおりだな』って言ったんだよ。で、見に行ったら死体だったんだ、まあ、何しろ骸骨だった。もう、腰を抜かすところだったよ、本当にさ。ぼろぼろの古い服を着て、その上を虫が這ってるんだから」

「で、それからどうしました？」検死官が促す。

「砂利坑の向こうにいる仲間に怒鳴って、死体のことを知らせたんだ。それから、できるだけ急いで町の警察署まで行ったよ。そこにタトネル巡査部長がいたから、話したんだ。そしたら砂利坑に戻って待ってろって言われて、場所を教えたんだ」

クリックの証言を書きとめた後、検死官は陪審員を見やって、訊いた。「この証人に質問のある方はいますか?」誰も質問を希望しなかったので、検死官はクリックを放免し、ジェイムズ・ワードルを呼んだ。この男は、実質的に前の証人の証言を繰り返しただけで退席した。

次の証人は、地方警察のバーナビー警部だった。五十がらみの頭の切れそうな男で、いかにも警察官らしい、簡潔で正確な証言をした。

「今週の月曜、四月十三日午後五時二十一分、タトネル巡査部長から、ポッターの森の砂利坑で男性の死体が発見されたとの一報を受けました。私は死体置き場から空の棺を一つ持ってきて、車輪つきの担架に乗せ、タトネル巡査部長とともに砂利抗に向かいました。先ほどの証人達が、死体の倒れている場所を教えてくれたのです。死体は切羽の真下、上から落下した木のすぐ近くにありました。死体を動かす前には慎重に観察しました。死体は大の字になって倒れていました。眠っているような格好ではなく、かなりの勢いで墜落したようでした。死体の上には石や砂利が少しばかり載っていましたが、木と一緒に落下した砂利はほとんど下敷きになっていました。死体はかなり腐敗が進んだ状態で、棺に納めるために持ち上げようとしたところ、ばらばらになりかけました。頭部は落ちてしまいましたし、足はとれないようにと大変な苦労をしました」

この状況説明を聞いて、法廷内にはざわめきが走り、検死官はこうつぶやいた。「やれやれ、ひどいな！」しかし、警部は平然とした口調で先を続けた。

「遺骸は死体置き場に移送し、そこで私が衣類を脱がせ、身元確認のための調査を行いました。下着にははっきりと〝J・ルーソン〟と書いてありましたし、上着の胸ポケットからは表に〝J・L〟の頭文字がついた財布が出てきました。財布には〝ジェイムズ・ルーソン〟という名前と〝バッキンガムシャー、ボーリー、パーキンズ銀行〟という住所が書かれた多数の名刺、及び同住所でジェイムズ・ルーソン様宛の手紙が何通か入っていました。ズボンのポケットの一つからは、金庫用と思われる鍵が見つかりました。死体はパーキンズ銀行前ボーリー出張所長のルーソン氏に間違いないようでしたので、鍵の錆びを落とし、現所長のハント氏に見せました。ハント氏がその鍵を金庫の鍵穴に入れたところ、ぴったりはまり、完全に合致しそうでした」

「実際に鍵をかけることはできたのですか？」陪審員の一人が訊いた。

「いいえ」警部は答えた。「ルーソン氏が鍵を持ったまま姿を消した後、所長は取っ手の錠を変え、新しい鍵を二つ作ったのです。ですが、古い合い鍵が保管してあり、死体から見つかった鍵と比較してみましたところ、二つの鍵は同一であると判明しました」

「他の方法でも死体の身元を確認しましたか？」検死官が訊いた。

「はい。ルーソン氏が失踪したときに警察が配布した人相書きをもとに、一つ一つ衣類を細かく調べたところ、全て一致していました。その後、銀行の管理人をつれてきて衣類を見せたところ、管理人は失踪当夜ルーソン氏が着ていた服と靴だと確認しました」

「すばらしい」検死官は言った。「非常に徹底的で、しかも決定的ですな。陪審員の皆さん、死体がジェイムズ・ルーソン氏であることは、疑問の余地のない事実として確認できるようです。では、警部。衣類に話を戻しましょう。故人のポケットから二つの品が発見されたと言いましたね。他には何が見つかりましたか?」

「何も見つかりません。そちらに提出した二品を除いては、ポケットは完全に空でした」

「財布の中身は?」

「手紙と請求書、名刺、切手が数枚入っていただけです。提出したときに入っていたもの以外は、何もありません」

ここで検死官はアタッシェケースを開け、財布、手紙、名刺、請求書、その他の品を、鍵と一緒に木製の書類整理箱に載せ、陪審員達の方へ押しやった。陪審員達が興味深げに書類整理箱の品を調べている間に、検死官は尋問を再開した。

「では、故人の遺体からは貴重品は一切出てこなかったわけですね?」

「切手を除けば、何一つありません。ポケットは完全に空っぽでした」

「警部、故人が失踪当時貴重品を所持していたかどうかについて、何か知りませんか?」

「はい。昨年七月二十三日水曜日、午後八時頃故人が外出したとき、額面五ポンドのイングランド銀行紙幣で百ポンド所持していたことはほぼ確実です」

「ほぼ確実と言いましたね、どの程度確実ですか?」

「ルーソン氏が失踪した後、その金額分の紙幣が銀行から紛失していた事実に基づいて判断しました」

「では、その紙幣がどうなったか知っていますか?」

「はい。紙幣の番号は判明していて、もう全て回収されました。紙幣は使用されるとすぐ、出処を追跡されたのです。出処はほとんど例外なく、警察におなじみの悪党だとわかりました」

「その紙幣を持ち去ったのが故人で、他の人物ではないのはたしかですか?」

「はい、事実上確実です。故人は一人で出張所を管理していました。金庫の鍵の一つは故人が携帯していましたし、もう一つは鍵のかかった金庫の錠前がこじ開けられたときに、中から出てきました。ですが、よろしければここで一言故人のためにお断りしておきたいことがあります。故人は当初金を盗んだと思われていましたが、そういう意図はなかった模様です。後日明らかになったある事情から、故人は緊急の支払いに間に合わせるために一時的にその金を借りただけで、返済するつもりだったものと思われるのです」

「それを聞いて、皆さんも心が晴れたことでしょう」検死官は言った。「警部が今触れた事情についてては、検死審問に直接関係はないようですから、深入りする必要はありません。しかし、紙幣の件で、一つ重大な問題が発生しました。外出時に所持していた紙幣が発見された死体から見つからなかったのなら、さらに故人の死後に流通したと判明しているのなら、強盗にあったとも考えられます。ひいては殺人の可能性もあるわけです。これらの問題について、何か参考意見はありませんか?」

「ある程度意見はあります。ですが、もちろんただの推量です」

「構いませんよ、警部。検死法廷は証言に関する厳格な規定に縛られているわけではありません。それに、警部の意見は専門家の意見です。この問題をどのように考えているのか、教えてください」

「はい。私の意見では、故人は失踪当夜に事故で死亡したのです。暗闇で砂利坑に落ち、大量の土砂を崩し、小さな木も一本道連れにしたのでしょう。死体も木も砂利の山の上でしたが、死体の上にもかなりの量の砂利と、石がいくらかありました」

検死官は頷き、証人は先を続けた。

「それから約一ヶ月後に、浮浪者が死体を発見し、ポケットをあさったんでしょう。紙幣を見つけて持ち逃げし、死体を見つけたことは黙っていたんです」

「きわめて明確な論理ですね、何か特別な根拠はあるのですか?」

「はい。第一に、砂利坑に一人ないしは複数の浮浪者がしょっちゅう出入りしていた痕跡が、はっきり残っているのです。死体発見現場のすぐ近くには、砂利を掘ってできた古い荷馬車置き場がありました。その荷馬車置き場が、一人ないしは複数の浮浪者に随時家代わりに使われていたのです。そこから大量の木の灰や木炭が発見されましたし、壁や天井にはかなりの煤がこびりついていました。そこで何度も火が焚かれた証拠です。それに、古い鍋というか湯沸かし、大量のぼろ切れやゴミくずもありました。小さな骨もたくさん見つかり、ほとんどがウサギか鳥の骨でした。ですから、浮浪者がそこにいたのは間違いありません。

それに、故人の空のポケットが、浮浪者の犯行を示唆しています。盗られたのは、貴重品だけではないのですから。持ち物は全部なくなっていました。一つ残らずです。パイプも煙草も、マッチ箱さえないんです」

「先ほど言及した時期についての根拠は?」

「紙幣から判断したのです。紙幣については当初から厳重に警戒されていました。水も漏らさぬ警戒態勢でした。それでも、紛失からまるまる一ヶ月、一枚も見つからなかったのです。その後突然、次から次へと、ときには一束単位で発見され始めました。一度に全部出回ったかのようでした。が、仮に強盗事件であれば、犯人は手が回る前にさっさと紙幣を使ってしまっていたはずです」

「では、強盗殺人の可能性はないと?」

「私の把握している事実に基づく限り、そういう結論になります。ただし、もちろん医学的な裏付けが必要ですが」

「おっしゃるとおりですな」検死官は言った。「が、いずれにしろ警部は非常に貴重な意見を聞かせてくれました。陪審員の皆さん、何か不明な点もしくは警部に質問はありませんか? ない? 結構。ありがとう、警部」

次に呼ばれた証人は、警察医の代理人で、どことなくひょうきんな顔つきの若いアイルランド人だった。宣誓をすませ、デズモンド・マカラーニーと名乗った青年は、医学博士であり、現在休暇で不在の警察医の代診《ロークム・テネンス》であると証言した。

「さて、先生」検死官が口を切った。「あなたは故人の死体を詳しく検分しましたね、そうでしょう?」

「たしかに細心の注意を払って調べましたよ」医師は答えた。「ただ、あれは死体と呼べるかどうか。骸骨といいたいところですね」

「結構」検死官は鷹揚《おうよう》だった。「お好きなように呼んでください。遺骨、と呼ぶことにしましょうか」

「いいですとも」証人は言った。「おまけに、ごくわずかな遺骨でしたね。まあ、それでも細心の注意を払って調べましたが」

「検死の結果、死因についての所見はまとめられましたか？」

「いいえ」

「けが、もしくは、暴力行為の痕跡はありましたか？」

「いいえ」

「どのような形であれ、折れたり傷のついた骨はありましたか？」

「ありませんでした」

「死因に関して、これという意見を述べることはできませんか？」

「できると思いますよ。二十フィートも上から砂利坑に転落すれば、まず間違いなくそれが死因でしょう」

「たしかに」検死官は答えた。「しかし、それは医学的な証拠とはいえませんな」

「どっちみち同じことですよ」証人は明るく受け流した。

「故人が他人の暴力行為により死亡したのではないと、断言できますか？」

「無理ですね。死体が骨になってしまえば、骨折でもない限り、暴力行為の痕跡は全て失われてしまいます。絞殺されたか、窒息したか、誰かに刺されたか、のどを切られたか。いずれにしても骨にはなんの跡も残りません。私に言えるのは、殺人もしくは暴行につながる痕跡は一切見つからなかった、ということだけです」

「警部は、事故死、つまり転落死ではないかとの意見を述べました。先生も同意見のようですな。転落したのなら、直接の死因として何が考えられるでしょうか？」

「死因はいくつか考えられます。が、一番可能性が高いのはショック、脳挫傷、もしくは頸椎《けいつい》の脱臼でしょう」

「そういった場合、判別可能な痕跡は残りますか？」

「脳挫傷も、頸椎の脱臼も死んでから日が浅ければ診断可能ですが、今回のような骨では無理です。もちろん、頸椎を脱臼した際、高い頻度で発生する小さな首の骨、軸椎《じくつい》いわゆる第二頸椎の歯突起《しとっき》骨折があれば、遺骨であっても確認はできます。ですが、故人の骨に折れた形跡はありませんでした。特に気をつけて探したのですがね」

「それでは、死因をはっきりと示すものは、何も発見できなかったのですね？」

「そういうことになりますね」

「死体の外観を医学的見地から判断した結果、故人が転落死したという見解に矛盾点はありませんか？」

「ありません」

「そういうことなら」検死官は続けた。「死因についてはこれ以上なんともいえないようですな。陪審員の皆さんは、医師である証人に何か質問はありますか？　もしなければ、先生は退席して結構です」

マカラーニー医師はとびきりしゃれた帽子を取り上げ、証言台を去った。検死官は自分のメモにざっと目を通し、陪審員へ説示を始めた。

「事件の要点を長々と説明して、皆さんの時間を奪う必要はないと思います。皆さんは証言を聞き、既に結論に達していることでしょう。この事件には多少謎の部分、例えば、なぜ故人が夜間森をさまよい歩いていたかなど、不明な点があります。ですが、このような疑問点は、私達の関知するところではありません。私達は、故人がどのように死亡したかという問題だけを考えなくてはなりません。医師がいみじくも述べたように、死体は砂利坑の底で発見され、十八フィートないしは二十フィートの高さから落下したことがはっきりしている以上、死因は十分説明がつきます。唯一問題になるのは、故人が明らかに生前もしくは死後に金品を奪われていることです。しかし、皆さんは非常に有能かつ経験豊富な警部の意見を聞き、その立派な根拠もご存じです。ですから、もう私から申し上げることはありません。評決を考えてもらいましょう」

陪審員達が協議をしている短い合間に、傍聴人達のうち二名は、ほぼ確定的な評決に結びつく証言を慌ただしく再検討していた。ソーンダイクにとって、今回の審問はなかなか興味深かった。わかりきった状況が生む暗示的な力、結果的に生じた無意識の先入観、その先入観が判断力を歪める効果を研究するには、格好の機会だった。証言に一切嘘はなかった。証言に基づく推論も全て、それだけ取り上げれば健全で妥当だ。それでもなお、今から出る最終的な結論は、大間違いとなるだろう。理由は単純だ。今回の審問の関係者全員が主たる事実、死者の身元について最初から決めつけていたせいだ。従って死者の身元は立証されずじまいなのだ。

一方、ポッターマック氏は、審問の終わり頃には予想外の展開に安堵を味わっていた。審問の間じゅう、ポッターマック氏ははかない期待に胸をとどろかせ、座ったまま見知らぬ弁護士を盗み見ては、弁護士の証言はいつか、何を言い出すのだろうかと思い悩んでいた。最初のうちは、この見知らぬ男が陰謀の少なくとも一部を見抜いたと思い込み、死体の身元に異議申し立てが行われるだろうとまで考えていた。しかし、何事もなく審問は進み、証人達は次から次へと無邪気に証言台に立ち、陪審員の誤解を助長する餌をばらまき続けた。ポッターマック氏の恐怖は少しずつ和らぎ、自信が復活し始めた。審問はもうほとんど終わりで、関係者達は餌をきれいに飲み込んで、ちゃんと腹に収めてしまった。弁護士も、あの見事な出来映えの靴を穴があくほど見ていたくせに、結局何も言うことがないとわかった。そのため、ポッターマック氏は、あんなに簡単にびくついた自分を少しばかり軽蔑したいような気分だった。〝優越感〟が再び自己主張を始めた。ここに座っている自分は、経験豊富な警部、検死官、弁護士、医師も含め、完全に欺かれた審問を観察している。この審問に参加している人々のなかで、いや、全世界で、自分だけが全てを知っているのだ。

しかし、警戒心を抱いたのも仕方がない。弁護士とか医師とか聞くと、どうもその人を過大評価してしまいがちだ。実際よりも、はるかに多くの知識を持っているという思い込みがあるのだ。

が、いずれにしろ、今回の事件は全てうまくいった。ポッターマック氏がこう満足して締めくくったとき、陪審員長が評決に達したことを告げた。

「これまでに聞いた証言に基づき、どのような評決を下しましたか？」検死官が尋ねる。

「故ジェイムズ・ルーソンは昨年七月二十三日の夜、ポッターの森の砂利坑に転落して死亡したという評決です」

「わかりました」検死官は言った。「つまり〝偶発事故による死亡〟という評決ですね。私見でも非常に妥当な評決です。審問に出席くださったこと、真剣に取り組んでくださったことを感謝します。なお、この場を借りて、皆さんに喜ばしいお知らせをしたいと思います。パーキンズ銀行の経営者達のご厚意により、銀行の社費で故人の葬儀が行われることになりました」

部屋から徐々に人がいなくなっていき、ソーンダイクはぶらぶらとテーブルに近づいて、検死官と事件についてあたり障りのない意見を少々交わした。心をこめて握手をした後、ソーンダイクはようやく部屋を出て、最後まで帰りそびれていた人達に混じってゆっくりと正面玄関へ向かった。外に出て、散らばっていく人々に目を走らせる。やがて、ポッターマック氏が目に留まった。人込みからはずれ、どちらに行こうか迷っているようにぐずぐずしている。

実際のところ、計画が図にあたって、得意の絶頂のポッターマック氏は、少々茶目っ気を起こしていた。〝優越感〟の影響で、見知らぬ弁護士と少し話をしたい気になっていたのだ。うまく〝のせて〟、検死審問の解説をさせてやったらどうだろう。〝揚げ足をとる〟くらいまで、やってもいいかもしれない。もちろん、あまりひどい真似をしては無礼になる。だが、軽く引っぱってやるくらいなら、許されるのではないか。そのため、ポッターマック氏は公会堂の正面をうろつき、弁護士がどっちへ行くのか見定めようと待ち構えていた。そこへソーンダイクがさりげなく近づいてきて、当然二人は顔を合わせた。ポッターマック氏はちょっと面食らった。弁護士は駅へ向かうのをやめて、わざわざこちらへやってきたのだ。

「きっと覚えていないでしょうが」ポッターマック氏が声をかける。が、ソーンダイクは即座に遮った。「もちろん覚えていますよ、ポッターマックさん。またお会いできてとても嬉しいです」

名前を呼ばれて、ポッターマック氏は呆気にとられた。差し出された手を握りながら、大急ぎで頭を絞る。こいつはどうしてポッターマックという名前を知っているんだ？　名乗ったりはしなかったのだが。

「どうも」ポッターマック氏は答えた。「私も嬉しいですが、ちょっとびっくりしましたよ。まあ、あなたは職業的にこの審問に関心がおありだったんでしょう」

「公式に、ではありません」ソーンダイクは答えた。「新聞でおもしろそうな事件の記事が目に留まりましてね。近くにいたものですから、ちょっと顔を出して証言を聞いてみたわけです」

「で、おもしろい事件でしたか？」ポッターマック氏が訊いた。

「非常に。そう思いませんでしたか？」

「そうですね」ポッターマック氏は言った。「私はあなたのような専門家ではありませんから、肝心の点を少し見落としてしまったのかもしれませんね。ただ、少々妙なところがあるな、とは思いました。あなたはどの点が特におもしろいと思ったのですか？」

この最後の質問は、弁護士を〝のせる〟つもりでちょっと鎌をかけてみたのだった。ポッターマック氏はわくわくしながら答えを待った。

ソーンダイクは少し考え込み、ようやく答えた。

「この事件には興味深い点が目白押しで、どれか一つを特にあげるのは難しいですね。事件全体に興味があるので。それには特別なわけがありましてね、私には法律関係の友人がいて、扱った事件の話を非常に詳しく話してくれたんですが、そのきわめて異常な事件と今回の事件は、おかしなくらいよく似ているんです」

「そうですか」ポッターマック氏はまだ予備工作に夢中だった。「で、そちらの事件の特徴はなんでした？」

「その事件には非常に奇妙な特徴がたくさんありましてね」ソーンダイクは記憶をたぐるような口調で答えた。「おそらく一番特異な点は、関係者の一人がエジプト人のミイラに見わけのつきやすい衣類を一揃い着せて砂利坑に置き、巧妙なペテンを仕掛けたことでしょうか」

「なんですって！」ポッターマック氏は息をのんだ。〝優越感〟はひとたまりもなく消えた。

「そうなのですよ」相手が一瞬言葉を失ったのを見ながら、ソーンダイクは相変わらず思い出すような口調で先を続けた。「並はずれて異常な事件です。私の法律関係の友人はちょっとした気まぐれで、生きている死者と死んでいる生者の事件、なんて呼んでいましたが」

「で――ですが」ポッターマック氏は歯をがちがち鳴らし、口ごもった。「それは――む、矛盾しているように聞こえますが」

「たしかに」ソーンダイクも認めた。「もちろん、矛盾していますとも。実際には、こういう意味なんです。死んだはずの人間が生きていて、生きているはずの――ミイラが登場するまでの話ですが――人間が死んでいる事件、ということなんですよ」

ポッターマック氏は答えなかった。驚愕と狼狽で、口も利けなかったのだ。頭が混乱して、夢の中を歩いているような、非現実的な気分だった。疑い混じりの奇妙な好奇心が芽生え、ポッターマック氏は隣を歩いている背の高い人物の、沈着冷静な謎めいた顔を見上げた。この男はいったい誰だ、何者なのだ？　本当に弁護士なのだろうか――それとも悪魔か？　赤の他人のはずなのに、自分の――ポッターマック氏の――秘中の秘の行動を、ある程度詳しく知っているようだ。とても人間業で知りえたとは考えられない。到底不可能ではないか。

ポッターマック氏は懸命の努力をして自制心を取り戻し、会話を続けようとした。今の謎めいた言葉が何を意味するのか、この男――弁護士か悪魔か――が実際どこまで知っているのかを、なんとしても突き止めなくてはならない。たとえこの男が悪魔だとしても、悪意や敵意を持っているように見えはしないのだし。

「きわめて異常な事件だったに違いありませんね」ポッターマック氏はようやく言葉を発した。「私はその、今のお話にとても興味をそそられました。差し支えなければ、少し詳しい話を伺うことはできないでしょうか？」

「構いませんとも」ソーンダイクは承知した。「ただ、ちょっと長くなりますし、むろん他聞をはばかるのでね。ええ、二人きりで話し合える場所をご存じなら、喜んで私の聞いた話をお話ししますよ。きっとおもしろいでしょう。が、一つ条件があります」

「なんです？」ポッターマック氏は聞き返した。

「あなたにも記憶を掘り起こしてほしいのですよ。そして、もし似たような状況を経験したり、見聞きしたことを思い出せたら、比較検討のために教えてください」

ポッターマック氏は少し考えた。が、ほんの一瞬だった。生まれながらの分別が、隠したり秘密にしても自分のためにならないと告げている。

「結構」ポッターマック氏は言った。「承知しました。ただし、あなたの話を聞いてからでなくては、私の乏しい経験ではどこまで似たようなお話を紹介できるかわかりませんね。ですが、お茶を飲みに私の家の庭まで来てくだされば、邪魔は入りませんし、あなたのお話を聞いた上で、できるだけ記憶を蘇らせてみますよ」

「いいですね」ソーンダイクは言った。「喜んでご招待をお受けします。どうやら同じことを考えていたんでしょうか、私達は既にあなたの家に向かっているようですよ。そう、幸運にもあなたとお近づきになった、あの通用口の方へね」

実際、二人は話しながら小道に入っていて、壁つきの庭園の通用口はもう目の前だった。

第十七章　ソーンダイク博士、奇妙な事件を物語る

ポッターマック氏は通用口のイェール錠に細い小型の鍵を差し、回した。ソーンダイクはかすかな笑みを浮かべて見守っている。

「すばらしいですね、このイェール錠は」ソーンダイクは主人に続いて狭い通用口をくぐり、全てを見透かしたような目で壁に囲まれた庭園を眺めた。「鍵をなくさない限りはね。イェール錠を開けるのは至難の業ですから」

「やってみたことがおありなんですか?」ポッターマック氏が尋ねた。

「ええ、お手上げでした。もっとも、あなたはこの鍵を高く買っているようですね。向こうの出入口にも取りつけてあるのでしょう」

「ええ」ポッターマック氏は頷いた。「この壁つきの庭園だけは自分専用にして、邪魔をされないようにしたかったんです」

「よくわかりますよ」ソーンダイクが相づちを打つ。「邪魔が入る心配がないのは、どんなときでも結構なものです。ときには、絶対に邪魔をされてはならない場合だってありますし」

ポッターマック氏は素早くソーンダイクを見やったが、その話題を追求しようとはしなかった。

「ちょっと失礼します」ポッターマック氏は言った。「家まで一走りして、家政婦にお茶を持ってくるように言いつけますから。家よりここの方がいいでしょう?」

「ぜひ、こちらで」ソーンダイクが答える。「二人きりの方が結構ですし、ここならあの二つの立派なイェール錠で、立ち聞きされる心配もありませんから」

主人が席を外している間、ソーンダイクはゆっくり芝生を行ったり来たりしながら、ありとあらゆるものをおもしろそうに眺めていたが、特別な調査をしたりはしなかった。イチイの生け垣の上に見える天窓つきの屋根は、アトリエか作業場だろう。その反対側の隅には、ゆったりくつろげそうな東屋がある。ソーンダイクはこれらの建物から日時計へ目を転じ、細かく観察し、一回りして格言を読んだ。ソーンダイクが日時計をしげしげ見ているところへ主が戻ってきて、まもなくお茶の準備が整い、ここへ届けられるはずだと告げた。

「立派な日時計ですね、ポッターマックさん」ソーンダイクは言った。「この庭にはもってこいの装飾品ですよ。よくなじんで、どこか生き生きしているようではありませんか。日時計も花と同じで、日の出ている時間しかときを刻まないからなのでしょうね。時間が経って、この古い柱と真新しい土台の差が目立たなくなれば、もっといいでしょう」

「そうですね」ポッターマック氏はどことなく不安そうに相づちを打った。「土台がもう少し風雨にさらされれば、その分趣《おもむき》が出るでしょうね。格言は気に入りましたか?」

「ええ、とても」ソーンダイクは答えた。「明るくて心和む、珍しい格言ですね。どうやら初耳のようです。が、日時計にはぴったりですよ。『朝には希望を、夕まぐれには平穏を』前半部分は私達のほとんどが経験していますし、後半部分は私達全員の願いですね。この下には井戸があるのでしょう、違いますか？」

「そ——そうですね」ポッターマック氏は口ごもった。「おっしゃるとおりです。使われなくなって、ふたをされた古井戸があったのです。日時計のために地面をならしているとき、偶然見つけたんですが、危うく落っこちるところでしたよ。それで、今後事故が起きたりしないように、上に日時計を置くことにしたのです。無事にふさがれたときは、本当にほっとしました」

「もっともです」ソーンダイクが言った。「ふさがれる前は、心配で仕方がなかったことでしょう」

「そうなんです」ポッターマック氏はちらりと客の顔色を窺った。

「ふさいだのは、去年の七月の終わり頃ではありませんか？」ソーンダイクは半ば忘れかけた出来事を思い出すような口調で言った。ポッターマック氏は息をのみ、おそらくその頃だったと認めた。

ここでミセス・ギャドビーが開けてあった出入口から入ってきて、会話は中断された。後から若いメイドもついてきたが、二人とも日曜学校のおやつと間違えそうなほど盛りだくさんの用意をしていた。家政婦は、背の高い見知らぬ立派な紳士に関心を持ったらしく、ちらと眺め、内心どうしてこの人はキリスト教徒らしく食堂へ来られないのかしらと考えていた。食べ物を東屋の少々狭いテーブルへ手際よく移し、二人の召使いは母屋へ戻っていった。ミセス・ギャドビーがこれ見よがしに出入口の扉を閉める。鍵がかちりと音をたて、ポッターマック氏は客を東屋へ案内し、事件以来自分では決して座ろうとしない、かつてルーソンが腰を下ろした椅子を勧めた。もてなしの準備が整い、お茶が注がれた。ソーンダイクは前置きをごく簡単に切り上げ、早速本題へ入った。

「ポッターマックさん、先ほどあんなに興味をお持ちだったことですし、事件の話を聞きたくてうずうずしているでしょうね。日時計の影もゆっくり回っているようです。その上、話すことはたくさんあるのですから、時間を無駄にするのはもったいないですね。まず、似たような話をご存じかどうかの判断がつくように、わかりやすく事件の概略をお話ししましょう。

法律関係の友人が私に聞かせた話は、二人の男の物語でした。それぞれブラック氏、ホワイト氏と呼ぶことにしましょう。最初の頃、二人はかなり親しい友人で、同じ銀行の行員でした。その銀行は、オールソップ銀行としましょうか。どれくらいの期間だったか正確には知らないのですが、二人が勤めてからしばらくして、明らかに行員の犯行による小切手の連続偽造が発覚したのです。その件について深入りする必要はありません。今、重要なのは、疑いがホワイト氏にかかったという事実です。証拠はホワイト氏に圧倒的に不利で、仮に真正であれば疑う余地のない決定的なものでした。しかし、私の友人はその証拠には大きな穴があるのではないかと考えました。ブラック氏が真犯人で、かつホワイト氏に不利な証拠をでっち上げたのではないかという気がしてならなかったのです。実際、そうであったのかもしれませんが、法廷は証拠を受理しました。陪審員はホワイト氏を有罪と認め、裁判官はホワイト氏に五年の懲役刑を宣告したのです。ずいぶん厳しい刑でしたが、それはたいした問題ではありません。なぜなら、ホワイト氏は刑期を最後まで務めたわけではなかったのです。一年ほど経った頃脱獄し、広い入江の岸に向かって逃げました。そこで、囚人服と、砂浜から波打ち際に続く足跡が発見されたのです。約六週間後には全裸の死体が海岸に打ち上げられ、ホワイト氏の死体と確認されました。そして、検死審問が開かれ、ホワイト氏は誤って溺死したと断定されました。この結果、ホワイト氏は死者として刑務所やスコットランド・ヤードの記録から抹消されたのです。

しかし、ホワイト氏は死んではいませんでした。発見された死体はおそらく、どこかの海水浴客でしょう。ホワイト氏は、その人の服を囚人服の代わりにしたのです。こうして、ホワイト氏はなんの危険もなく逃走し、どこかで新しい生活ができるようになりました。むろん、偽名を用いて、です。単なる推測ですが、おそらく海外に逃亡したのでしょう。刑務所から脱走した瞬間、ホワイト氏は私達の視界から消え、約十五年間潜伏していました。ホワイト氏が生きていることを、昔の友人知人は誰一人として知らなかったに違いありません。

これで物語の最初の部分は終わりです。私の友人がふざけ半分で『生きている死者』と呼ぶ人物のくだりです。さて、ポッターマックさん。今の話となんらかの類似点のある事件をご存じかどうか、もう答えが出せると思いますが」

ポッターマック氏は少し考え込んでいた。ソーンダイクが話している間じゅう、夢を見ているような気分で座り込んでいた。またしても非現実的な感覚に襲われていたのだ。この謎めいた人物の穏やかな声を、耳を疑いながらも夢中になって聞いていた。弁護士はまるで魔法使いか千里眼の持ち主のように、ポッターマック氏の人生最大の秘密を顔色も変えず、自信ありげに物語る。

ポッターマック氏が自分以外には知るものはいないと信じていた行動や出来事が、明らかにされていく。あまりにも信じられないことばかりで、破滅の瀬戸際にいるという危機感は、いつのまにか不思議でたまらない気持ちに変わっていた。しかし、一つだけはっきりわかっていることがあった。この謎めいた見知らぬ人物を騙したり、ごまかしたりしようとしたところで、所詮無駄な抵抗だ。結局、ポッターマック氏はこう答えた。

「いや、実に奇妙な偶然ですが、あなたのお話とほとんど瓜二つの事件を、たまたま私も知っていまして。しかし、一つ相違点がありますね。私の知っている事件では、ブラック氏に該当する人物が真犯人なのは、間違いありません。その男は罪を認めました。あろうことか、小切手の偽造や、ホワイト氏に全ての刑罰を押しつけた抜け目のないやり口を自画自賛したのですから」

「そうだったのですか！」ソーンダイクは声をあげた。「それは非常に興味深い。この後詳しい事情を検討するときには、その点を考慮しなければ。さて、今度は物語の第二部に進みましょう。『死んでいる生者』の話です。

約十五年間の空白を経て、ホワイト氏は、いわば表舞台に浮かび上がってきたのです。ホワイト氏は小さな田舎町に現れました。見るからに裕福そうな暮らしぶりからみて、ホワイト氏は空白期間に社会的成功を収めたと思われます。しかし、ここでホワイト氏は少々不幸に見舞われました。運悪く、ブラック氏が同じ町の銀行の責任者として働いていたのです。当然、二人は出会いました。その場合でも、ホワイト氏の側におよそ理解しかねる手抜かりがなければ、何事もなくすんだでしょう。ホワイト氏はひげをたくわえ、眼鏡をかけ、外見をかなり変えていました。

しかし、一つだけ手抜きがあったのです。ホワイト氏の右の耳たぶには小さな痣があったようでしてね。それ自体は別に目立つものではありませんが、一度気づいてしまうと、きわめてはっきりした目印になります」

「お言葉ですが」ポッターマック氏は気色ばんだ。「意味がわかりませんね。その痣を放っておいたとの話ですが、どうやったら隠せたと？」

「除去できたでしょう」ソーンダイクは答えた。「小さな痣なら、ごく簡単な手術です。もっと大きなポートワイン母斑なら処置は難しくなりますが、今問題にしているようなごく小さなものであれば、とても簡単にきれいにできますよ。皮膚科医のなかには、その手術を専門にしている人もいます。たまたま私の知り合いにも一人いましてね。ジュリアン・パーソンズというセント・マーガレッツ病院の皮膚科医です」

「そうですか」ポッターマック氏は言った。

「それはさておき」ソーンダイクは言葉を継いだ。「私達の物語へ話を戻しましょう。ホワイト氏は痣を放っておいた。それがおそらく破滅を招いたのです。ブラック氏は、ホワイト氏にそっくりの顔を見てびっくりしたはずです。が、痣のせいで驚きは確信に変わりました。いずれにしても、ブラック氏はホワイト氏の正体を見抜き、以後恐喝を働くようになったのです。ホワイト氏が恐喝の格好の餌食であったことは、いうまでもありません。ホワイト氏は手も足も出ないのです。刑期がまだ残っているため、法の保護は求められません。金を払うか、刑務所に戻るか――もしくは、なんらかの非常手段をとるしかなかったのです。

最初のうち、ホワイト氏は自分の立場を受け入れ、金を払ったようです。かなりの大金が授受されたと信じるに足る証拠がありますから、おそらく何度も搾り取られたのでしょう。しかし、最終的にホワイト氏は、多くの恐喝の被害者が否応なくたどり着く結論に達したに違いありません。恐喝に終わりはないのです。恐喝犯はいつでもまた強請を働こうと考えているのです。ともかく、ホワイト氏は永遠に金を支払い続ける代わりに、唯一実行可能な代替手段を採用しました。ホワイト氏は、古井戸のある壁に囲まれた庭園で、ブラック氏と二人きりになりました。おそらく、ブラック氏が新たな金を要求するために、自ら足を運んだのでしょう。しかし、実際がどうであれ、ブラック氏は死んだか、もしくは生きたまま、井戸に落ちたのです」

「私が知っている事件では」ポッターマック氏が口を挟んだ。「半分事故のようなものでしたね。その男は少々逆上して殴り合いを始め、その最中に井戸の口を横切るように倒れました。そして、煉瓦の縁石に頭を強く打ちつけ、意識を失った状態で井戸に落ちたのです」

「そうですか」ソーンダイクは言った。「おっしゃるとおり、半分事故のようなものだったのかもしれませんね。ただ、事故の要素は比較的小さいのではありませんか。どっちみち、ブラック氏は井戸に落ちるはずだったと考えていいのでは？　いかがです？」

「ま、否定はできませんね」ポッターマック氏は答えた。

「いずれにせよ」ソーンダイクは先を続けた。「ブラック氏は井戸に落ちました。一見、恐喝者は一巻の終わりです。しかし、完全に終わったわけではなかったのです。さあ、ここから、今回の事件の佳境に入りますよ。

ブラック氏がホワイト氏の家へ来るときに通った道は、舗装されていなかったようです。そのあたりの土質は特殊で、地面を歩くときわめて鮮明な足跡が残ります。さて、たまたまブラック氏は非常に特徴のある模様の、ゴム底靴を履いていました。その靴底と踵が、あきれるほど目立つ、わかりやすい足跡を未舗装路に残していたのです。つまり、一目でブラック氏のものと確認できる足跡が、まっすぐホワイト氏の庭の通用口に向かい、そこで途切れていたわけです。これはきわめて危険な事態です。捜索が開始されれば――行方不明になったのが銀行の責任者なら、すぐさま開始されるはずです――消えたブラック氏がホワイト氏の庭の通用口まで来たことが、足跡でばれてしまいます。そうなれば、殺人が露見するでしょう。

さて、ホワイト氏はどんな手を打つべきだったでしょうか？　足跡を消し去るのは、現実的には無理でした。そこでホワイト氏は次善の策、いや、むしろよりよい策をとることにしました。足跡の続きをつけて通用口を通過し、野原に出て荒れ地の奥まで行ってから、さりげなく途切れさせたのです。

見事な計画で、完全に図にあたりました。捜索が開始されたとき、警察は警察犬のブラッドハウンドのように足跡を追い、荒れ地で見失いました。一人の写真家が特殊なカメラを使い、ブラック氏の足跡が始まった地点から荒れ地で消えるまでずっと、足跡を選りすぐって地道に撮影しました。しかし、ホワイト氏を疑うものは一人もいませんでした。ホワイト氏は事件の表面にまったく現れなかったのです。後はもう、時間が経ち、事件が忘れられるのをひたすら待てばいいように思われました。

しかし、ホワイト氏はそうしませんでした。代わりに、きわめて不可解な行動をとりました。ブラック氏の失踪から何ヶ月も経って事件が忘れられかけたとき、ホワイト氏はわざと事件を蒸し返したのです。ホワイト氏はエジプト人のミイラを手に入れ、それにブラック氏の服、もしくはブラック氏の服の偽物をわざわざ用意して着せ、砂利坑に放置したのです。私の法律関係の友人には、この行動の意図がつかめず、推測もできませんでした。しかし、どんな目的であったにせよ、うまくいったのです。ことは順調に運び、ミイラは発見され、ブラック氏の死体と確認されました。検死審問が開かれ、ブラック氏の失踪の謎はついに解決されたのです。

これがごくおおざっぱな事件のあらましですよ、ポッターマックさん。二人で話し合ったり、あなたの記憶にある事件と比較するにはもう十分でしょう」

「きわめて異常な事件ですね」ポッターマック氏は答えた。「そして、何よりも不思議なのは、私の聞き知った事件とそっくりだということです。実際、瓜二つと――」

「そのとおりです」ソーンダイクが遮った。「あなたもこう思ったのでしょう。あなたの事件と、私が法律関係の友人から聞いた事件は、実は同一の事件なのだと」

「ええ」ポッターマック氏も同意した。「そうとしか思えませんね。ですが、あなたの法律関係の友人がどうやってこの事件を知ったのか、そこがわからないのですよ。事件の立役者以外、真相を知るのは到底不可能ではありませんか」

「それをこれからご一緒に考えましょう」ソーンダイクは答えた。「ですが、具体的な話に入る前に、はっきりさせたい点が一つあるのですよ。先ほどブラック氏が自ら文書偽造の罪を認めたと言いましたね。いったい誰に認めたのです？」

「妻にです」ポッターマック氏は答えた。

「妻に！」ソーンダイクは思わず声をあげた。「ブラック氏は独身と思われていたようですが」

「実際には」ポッターマック氏は説明した。「ちょっと込み入った事情がありましてね。あなたの法律関係の友人の調査でも突き止められなかったのですから、その点については詳しく説明するべきでしょう。

ホワイト氏は不幸に見舞われる前、相思相愛のすばらしい娘と婚約していました。ホワイト氏の死が発表された後、ブラック氏は彼女に取り入り、やがて結婚を迫るようになりました。自分はホワイト氏の親友であり、自分との結婚を故人も喜ぶだろうと言いくるめたのです。結局、彼女は説得に負けて、ブラック氏と結婚しました。ただし、彼女にとっては、ブラック氏は単なる友人で、気の進まないままの結婚だったわけですが。ブラック氏が彼女をどう思っていたかは、よくわかりません。彼女には働かずに暮らせるだけの財産がありましたから、主な狙いは金だったのでしょう。その点は、結婚後の暮らしぶりで察しがつきます。

結婚は最初からうまくいきませんでした。ブラックは妻を食い物にし、彼女の財産を投機につぎ込み、いつも金に困って面倒ばかり起こしていました。おまけに、ブラックにはひどい飲酒癖があったのです。それでも、彼女は何もかも我慢していました。そんなある日、ブラックは自分が小切手偽造の犯人であると白状し、ホワイトに罪を着せた自分の頭のよさを鼻高々で自慢さえしたのです。それを聞いた彼女は夫と別れ、別の名前を名乗り、未亡人と称して別の町で一人暮らしを始めました」

「夫の方は？　なぜ黙っていたんですか？」

「まず、彼女は訴えると脅して、夫を震え上がらせました。その上で、これ以上自分につきまとわないなら手当を払うと約束したのです。多少は脅しが効いたし、ブラックは金もほしかった。そのため、手当を選んでできるだけ多くの金を搾り取ることに決め、条件をのんだのです。やがて、ホワイト氏はアメリカからイギリスへ戻ってきました。過去はきれいさっぱり捨て、今では評判のよい裕福な紳士です。ホワイト氏は昔の絆を取り戻すことを夢見て、彼女を探しました。そもそも、それが目的でイギリスへ戻ってきたのですから。ようやく発見した彼女は、どこからみても未亡人で、ホワイト氏はあっさり知り合いになることができました」

「彼女はホワイト氏に気づいたんですか？」

「気づいたと考えるのが自然でしょうね。ただし、一切口に出したことはありません。表面上、二人は新しい知人として交際しました。そして友人となりました。最終的にホワイト氏は彼女に結婚を申し込みました。そのとき初めて、彼女がブラック氏の妻だと知り、愕然としたのです」

ソーンダイクの表情が突然厳しくなった。探るような目でポッターマック氏を見つめ、こう尋ねた。「その結婚の申し込みはいつのことですか？　つまり、井戸の事件の前ですか、それとも後ですか？」

「ああ、もちろん後のことですとも。脅迫者に食らいつかれている間、破滅か刑務所かの状態では、ホワイト氏は結婚など考えられなかったのです。事件が片づき、全てが平穏無事に治まった頃になって、ようやく結婚が現実味を帯びてきたわけで」

ソーンダイクの顔が明るくなり、苦笑いが浮かんだ。「わかりました」ソーンダイクはくすくす笑った。「ホワイト氏は、抜き差しならない羽目に陥ったのですね。それでこそ、ミイラの説明がつきますよ。ミイラの役目は、死亡証明書を発行させることだったんですね。いや、独創的です。ところで、そろそろこの事件の真相を暴いた証拠を教えてほしいとお思いでしょうね？」

「ええ」ポッターマック氏は答えた。「あなたの法律関係の友人は、私が世界広しといえどもホワイト氏本人以外は知るはずがないと思っていた、ホワイト氏のある行動をよくご存じのようです。どうやって知ったのか、できれば聞かせてもらいたいですね」

「わかりました」ソーンダイクが応じた。「では、この事件の証拠を検討することにしましょう。ただし、ポッターマックさん。私の友人が知っていることと、推測したことを、はっきり区別してくださいよ。そして推測が、事件の検証や新たな展開によって、確信に変わった点にもよく注意してください。

事件を知ったそもそものきっかけは、ブラック氏の銀行の役員の話でした。その役員は、まるでつじつまの合わない状況下で、ブラック氏が失踪した事情を知っていました。ブラック氏は債権者から一定の金額をすぐに返済するよう脅されており、事件当夜外出する前には、支払いを迫られている金と同額の金を銀行から持ち去りました。ブラック氏は債権者を訪ね、その金を返済にあてるつもりで家を出た、と見なすのが当然でしょう。が、実際はそうならず、ブラック氏は町からまっすぐ郊外へと向かったらしく、そこで消息がぷっつり途絶えてしまったのです。

その役員によれば、ブラック氏の銀行口座には給料と普通の生活費の支出が記録されている一方、投機に大金をつぎ込み、必ず現金——たいていは五ポンド紙幣——で支払いをしていた事実が判明したそうです。が、投機に使った金はブラック氏の表向きの収入をはるかに上回り、かつ銀行口座にそれらしい入金記録は一切ありませんでした。支払っていた以上、その前に金を手に入れなければなりませんから、ブラック氏はなんらかの秘密の収入源を持っていたに違いありません。支払いはいつも現金でしたし、その金額に相当する小切手を受け取った形跡もありませんから、最初から現金だったと考えていいでしょう。いうまでもないことですが、ポッターマックさん、大金を紙幣もしくは貨幣で受け取るのは、いかにもうさんくさくて、怪しげな臭いがする話ですよ」

「投機のもうけかもしれないじゃないですか?」ポッターマック氏が口を挟んだ。

「可能性はありますが、実際はそうではありませんでした。どの取引を調べても、結局は損をしていたのですから。ブラック氏は病的な相場師らしく、最後には必ず大やけどをしていたのです。ま、ブラック氏のことは、これくらいでいいでしょう。次に、私の友人はその役員から小切手の偽造の話も聞き、ある意見をまとめました。ホワイト氏は正義の誤りの犠牲者であり、真犯人はブラック氏だと考えたのです。ちなみに銀行の役員も同意見でした。同時に友人は、ホワイト氏の脱獄とあやふやな死亡のいきさつも詳しく聞かされました。しかし、弁護士である私の友人は特別な経験を積んでいたため、銀行の役員とは異なる考えを抱いたのです。友人はホワイト氏の死を動かしがたい事実ではなく、一つの可能性にすぎないと見なし、死体の身元が誤って特定され、ホワイト氏が逃げおおせて生きている可能性を視野に入れたのです。

このように、私の友人は最初からこの事件や関係者について、たっぷり情報をつかんでいたわけです。さて、今度は別の事実を検証して、推論の段階へと移りましょう。今話した情報源にあたる銀行の役員は、私の友人にブラック氏の足跡を写した連続写真も手渡したのです。ブラック氏失踪の二日後の朝、銀行の従業員《アンプロイエ》が撮影した写真を」

「なんのための写真ですか？」ポッターマック氏が質問を挟んだ。

「特別製の新型カメラを試してみたかった、というのが本音でしょうか。ただし、表向きは行方不明の男の捜索の手がかりにするため、でしたが。私の友人は、写真を調べて、捜査の役に立つかどうか教えてほしいと頼まれました。もちろん、最初ちらっと見たときには、なんの役にも立たなさそうでした。しかし、たまたま私の友人は証拠としての足跡に強い関心を持っていて、ある特別な問題をかねてから解決したいと思っていたため、詳しい調査のために写真を預かったのです。その問題とは、連続した足跡には一つの足跡をばらばらに寄せ集めた場合にはない情報があるのではないか、つまり、連続した足跡からは個々の足跡から得られない証拠を引き出せるのではないか、ということでした。

例の写真はむろん、この問題を解決する絶好の機会を与えてくれたわけです。写真は長いリボン状で、二百近い足跡が写っていました。それに、一千五百分の一の測量図も添付されていて、足跡がそれぞれ番号つきの点で示されていました。点の列は銀行から始まり、いったん途切れた後、小道をたどっていきました。小道の横には、通用口のついた、大きな庭か農園を囲う壁が続いていました。点は壁を通過して、道なりに原っぱや森を抜け、荒れ地を通り、その先で終わりました。フィルムの終わりには、そこで行方不明の男は小道を逸れて荒れ地に入り、それ以上足跡は発見できなかったと但し書きがついていました」

「そうですか」ポッターマック氏は言った。「それくらい、警察だって百も承知だったでしょう。写真がそれ以上の情報を示しているとは思えませんが」

「たしかにそのとおりです」ソーンダイクも同意した。「それでも、その写真を詳しく調べた結果、行方不明の男がそこの壁の通用口から中に入ったきり二度と出てこなかったと、私の友人は確信したのです」

「ですが」ポッターマック氏は叫んだ。「今、足跡は壁を通り過ぎたと言ったじゃないですか、森を抜けて荒れ地を通ったと」

「そうです。が、写真を綿密に調べた結果、その足跡が一人の人間の一組の足跡ではなく、二人の人間がつけた、二組の足跡であると判明したのですよ。最初の一組は銀行から始まって、通用口で終わっています。後の一組は、通用口から始まって、荒れ地で終わっていました」

「では、足跡は全てそっくりではなかったんですか?」

「それは」ソーンダイクは答えた。「『そっくり』という言葉の意味によりますね。もし全部の足跡からどれか一つを選んで、どれでも同じ方向の別の足跡――右でも左でも――と比べたら、間違いなく同じ足でつけられた足跡だと思うでしょう」

「つまり、例の一続きの足跡は、左右が同じなら、どれをとってもそっくり同じだということですか？」

「そうです。右の足跡はどれも他の右の足跡とそっくりですし、左も同様です。ただし、個々の足跡として考えた場合ですよ」

「わかりませんね。最初から最後まで見わけがつかないほどそっくりな足跡を、あなたの友人はどうやって二人の人間がつけた二組の足跡だと結論づけたんですか？」

ソーンダイクはくすくす笑った。「非常に些細なことなのですよ」と言う。「かつ、単純そのものでしてね。あれほど頭が切れて臨機応変なホワイト氏が見落としたのが、意外なくらいです。いいですか、個々の足跡に相違点があるわけではなく、前半と後半の足跡にある、連続ならではの、ある特徴が相違しているのですよ」

「話がよくわかりませんが」ポッターマック氏は言った。

「では、私の法律関係の友人の手順を追ってみることにしましょう。先ほど言ったとおり、友人が例の写真を調べた目的は、連続した足跡に、重要な証拠となりうる、連続ならではの周期的な特徴があるかどうかの確認でした。写真を一瞥しただけで、あの一続きの足跡が少なくとも一つ、そのような特徴をほぼ確実に示していることがわかりました。あれは非常に派手な模様のゴム底と、丸いゴム製の踵の靴跡でした。さて、ポッターマックさん。人はなぜ丸い踵をつけるのでしょうか？」

「ごく普通の革の踵は片べりするから、これが一般的な理由でしょうね」

「では、丸い踵なら、どうなります？」

「丸い踵の場合」ポッターマック氏は即座に答えた。「ある一箇所だけがすり減ったりはしません。すり減る場所が踵の円周全体に分散――」

突然言葉が途切れ、ポッターマック氏は言いかけた口のままソーンダイクを見た。

「そのとおり」ソーンダイクが言った。「もうおわかりですね。丸い踵は、中央にある一本のネジだけで靴に留められています。ですが、完全に固定されているわけではありません。人が歩けば、足が接地したとき斜めの力がかかり、少しずつ回転します。踵が新しくてネジが密着しているときにはごくわずかしか動きませんが、踵がすり減って薄くなり、中央のネジ穴が大きくなるにつれて回転は速くなります。むろん、友人はこのことを知っていました。ですが今回、今までわからなかった回転の速度や方向を確認して、より正確な知識を手に入れる機会を得たわけです。従って、友人はリボン状の写真と測量図を並べて足跡を一つ一つ追跡し、距離と左右それぞれの踵の回転方向と角度を記録していったのです。

最初の十二個も観察しないうちに、予想どおり努力は報われました。私達の事件とは直接関係はないのですが、非常に重要な事実が判明したのです。友人は両方の踵が同じ方向、時計回りに回転していることを発見しました。むろん、左右の足はいわば〝あべこべ〟ですから、逆方向に回転すると思われるのに」

「たしかに」ポッターマック氏は答えた。「おもしろいお話です。ですが、それのどこが重要なのか、ぴんときませんね」

「証拠として重要なのは」ソーンダイクが説明した。「こういうことです。回転の偏差は靴そのものではなく、明らかに人の歩き癖によるものなのですよ。つまり、同じ靴でも別人が履けば、回転の仕方が変わるのはほぼ確実です。ですから、回転の仕方が個人を識別する手がかりとなるかもしれません。しかし、話が横道に逸れましたね。私達に関係があるのは、調査の結果、両方の踵がきわめて規則的に、かなり勢いよく回転している事実が判明したことなのです。両足とも、約百五十ヤードで一回転していました。

しかしながら、私の友人はこれで結論が出たとは決めつけずに、この一定の回転の割合が終わりまで変わらないかどうか、確かめようと観察を続けました。そして、リボンの中ほどまでは順調に調査が進んだのです。が、そこで思いもよらないことが起こりました。突然両方の踵の回転が止まったのです。まったく動かなくなりました。両足とも、同じ場所で。

さて、そんなことはおよそありえませんから、私の友人は見間違いだと考えました。で、問題の箇所を見直してみたのです。しかし、結果はやはり同じです。そこで、友人は計測を中断して、最後の写真までざっと目を通しました。それでも結果は同じです。最後までずっと、どちらの踵にもまったく回転した形跡がないのです。つまり、こういうことになります。一番から九十二番までの写真では、両足の踵は規則的に百五十ヤードごとに一回転していた。九十三番から百九十七番までは、まったく動かない。

私の友人はわけがわからなくなりました。写真を見る限り、歩くたびにくるくる一定の割合で回転していたこの男の靴の踵は、一瞬でぴたりと固定されたのです。しかも、両足同時に。何か合理的な説明を考え出そうとしてみましたが、皆目見当がつきません。まったく不可解な出来事です。そのため、友人は現場に謎を解く鍵がないかと、測量図を調べてみました。順番に点を追い、九十二番を探し、見つけました——壁の通用口のちょうど真向かいではありませんか。

この発見をしたときは、思わずぎょっとしました。こんな偶然の一致はとても無視できません。いいですか、通用口にさしかかるまでは、靴の踵は自由に回転していたのです。通過した後、踵はまったく動かなくなりました。踵の動きの不可解な変化は、この通用口となんらかの関連があると考えざるをえません。しかし、どのような関連でしょう？　靴にどんな変化があったのでしょうか？

最初の疑問については、男が通用口から中に入り、そこで踵が固定されるような何かが靴に起こったのではないかと、考えるべきでしょう。しかし、それでも靴そのものについての疑問が残ります。踵の回転を止める原因として、何が考えられるでしょうか？　私の友人は、この疑問の解答を見つけられませんでした。踵がはずれて前よりきつく留め直した可能性はありますが、まったく動かなくなった事実は説明できません。実際、留め直してはいなかったのです。ネジの跡は何枚もの写真にはっきり写っていますが、溝の位置は全て同じでした。第二の足跡、つまり通用口を通り過ぎた後の足跡は、ありとあらゆる点において最初の足跡、町から通用口までの足跡とそっくり同じなのです。この物理的な事実に適《かな》う唯一の状況として、私の友人が考えついた答えはこうです。第二の足跡群は靴そのものではなく、なんらかの複製品、例えば石膏とか他の材質の型でつけられたのです」

「いくらなんでも、それはちょっと無茶じゃありませんかね」ポッターマック氏は言った。

「たしかに」ソーンダイクは認めた。「実際、私の友人も最初は本気だったわけではありません。型でつけられたなら、あの足跡の様子と一致するなと、ふと思っただけです。型であれば、むろん靴底から踵までつながっていますから、踵は動きようがありません。それはともかく、ポッターマックさん、私達はこの足跡が誰のものかを忘れてはなりません。この足跡は、まったく不可解な謎の失踪をとげた男の足跡なのです。何もかも、きわめて異常なことばかりなのですよ。男の失踪も、足跡の奇妙な変化も、まるで合理的な説明がつきません。しかし、合理的な説明がつかないのなら、現在把握している事実に矛盾しない限り、飛躍的な説明を求めても差し支えないでしょう。型を用いたという考えは、物理的に筋が通っています。友人は慎重に検討した上で、型を使ったという考えを作業仮説として採用することに決め、そこからどういう結論が得られるかを考えてみました。

さて、通用口から荒れ地へかけての足跡が、ブラックの足跡の偽物、つまりブラックの靴底と踵の機械的な複製品でつけられたのなら、履いていたのはブラックではなく、別人と考えられます。その場合、ブラック自身の足跡は通用口で終わっているのです。となれば同時に、ブラック失踪の一番の謎、夜間原野の方へ逃げ出したという疑問も解決します。足跡が通用口で終わっていたのなら、ブラックは中へ入ったはずですからね。が、そのことに不自然な点はありません。ブラックは町はずれの家、いや、町の一角にある一軒の家を訪問しただけです。そこからなら、わけなく債権者との約束を果たしに出かけられます。ここまでは、例の仮説で事件が単純化されたようです。

しかし、ブラックは通用口から中へ入っただけではありません。二度とそこから出てこなかったはずです。そこから先の足跡はブラックのものではありませんし、町へ引き返した足跡もないのですから」

「ブラックは別の場所から出ていったかもしれませんよ。例えば、正面玄関からとか」ポッターマック氏が口を挟む。

「考えられますね」ソーンダイクは認めた。「ただし、状況が異なれば、の話です。偽の足跡がある、すなわち、ブラックは出ていかなかったのです。なぜか？　通用口から先の足跡が別人のつけた偽物ならば、その狙いはなんでしょう？　ブラックが中へ入ったという事実を隠すため、としか考えられません。さらに、ブラックがそこから出ていったのであれば、中へ入った事実を隠す理由はなかったでしょう。

しかし、出ていかなかったのなら、必然的にブラックはまだ中にいることになります。さて、どんな状態で、でしょうか？　身を隠しているだけでしょうか？　とてもそうとは思えません。第一に、ブラックには逃げ隠れする理由がありません。金は銀行へ引き返して戻すことができたのですから。が、ブラックが隠れていないという決定的な証拠は、偽の足跡です。もしブラックが敷地内にいるのであれば、靴の複製品など必要なかったはずです。ブラックの靴を借りて、偽の足跡をつければいいのです。ただ、全ての状況が明らかに、ブラック生存の推測を打ち消しています。仮にブラックが中へ入って行方不明になった証拠を採用するとなると、真っ先に浮上するのが、ブラックは消されたという見方です。ブラックが通用口の中へ入った事実を隠すために、非常に厄介で手の込んだ方法がとられたことを考えれば、この推測はきわめて有力と思われます。従って、私の友人は、ブラック氏が殺害されたとの見方を暫定的に採用しました。犯人は通用口の内側の庭にいた人物、以下、家主と呼ぶことにしましょう。

ですが、この考えを採用すると同時に、二つの疑問が発生しました。なぜ、死んだ人間の靴の複製を作る必要があったのでしょう？　家主はどうして単純に死体から靴を脱がせ、自分で履かなかったのでしょうか？　もしそうしていれば、もし死人の靴で偽の足跡をつけたなら、隠蔽工作は完璧だったでしょう。見破られることはなかったはずです。どうして、そうしなかったのでしょうか？　靴そのものに問題があったとは考えられません。靴は大きかったのです。大きな靴なら、ちゃんと準備さえすれば小柄な男でも履くことができます。

答えは自ずとこうなります。なんらかの理由で靴は使えなかったのです。足跡をでっち上げなくてはならないと気づいたときには、何かの事情で靴は手に入れられなかったのです。しかし、なぜそうなったのでしょう？　死体は埋められてしまったのでしょうか？　そんなはずはありません。死体を掘り起こして靴を取り戻す方が、複製を作るよりもよほど楽です。死体は焼かれたのでしょうか？　これも考えられません。死体の焼却そのものがきわめて難しい上に、そもそも時間が足りません。偽の足跡は失踪当夜につけられたのです、翌朝には警察が追跡したのですから。

死体が家から遠い場所に運び去られていた可能性も、見逃せません。しかし、これも多くの明白な理由から、きわめて可能性は低い。それに、やはり同じ問題が残ります。事件が発生したのは夜です。もう一度そこへ行って靴を取ってきた方が、偽物を作るより簡単で時間も節約できたはずです。実際、一分一秒が貴重なときに多くの時間を費やしたのはもちろん、偽物の製作に必要となる大変な手間を考えれば、本物の靴を手に入れることが物理的に不可能だったため、やむなくとった手段だったとしか考えられないのです。

では、靴の入手が不可能になったとして、どのような場合が考えられるでしょうか？　そのときの状況をよく考えてください。偽の足跡は翌朝発見されていますから、事件当夜につけられたことは間違いありません。しかし、足跡をつける前にまず、偽物の靴底を作らなければなりません。製作には長い時間と、うんざりするほどの手間がかかったはずです。従って、家主はブラック氏の死後ほとんど間をおかずに作業に取りかかったことになります。つまり、ブラック氏の死体はそれっきり手が触れられなくなる方法で、すぐさま処分されたに違いありません。

どのような死体の処分方法が、この条件を満たすでしょうか？　私の友人は三つ、ほとんど代わり映えのしない方法しか考え出せませんでした。白亜坑、汚物溜め、古井戸のいずれかに死体を落とす、という方法です。どの方法にしても、死体はすぐさま完全に手が届かなくなります。そしてこの三つの方法は全て、今回のような特殊な事情ではとりわけ採用される可能性が高い。殺人を犯そうという人間が直面する大問題は、死体の処分方法です。すぐに安全かつ永久に死体を隠しておける方法があるとなれば、殺人へ踏み切る決定的な要因となるかもしれません。従って、私の友人はこの三つのうちのどれかが、実際の犯行に用いられたのだとの見方を強めました。

どの方法がとられたかは、重要な問題ではありません。それでも、私の友人は検討してみました。白亜坑は地質学的理由から即座に除外されました。白亜坑は白亜層特有のものです。が、この地方は白亜層ではありません。

　汚物溜めは考えられないわけではありませんが、可能性はあまり高くないでしょう。もし使用中なら、定期的に清掃を受けなければならず、隠し場所としてはきわめて不適当ですし、下水に変更されていたら、普通はきれいに埋め立てられてしまいますから。一方、井戸なら、上水道が整備された後も万一に備えて残しておくことがよくあります」

「あなたの友人は」ポッターマック氏は言った。「井戸が存在すると決めつけていたようですね」

「確信があったわけではありませんよ」ソーンダイクは答えた。「ただ、昔の地図を調べたところ、かつてこの家は農家だったことがわかりました。つまり、昔は井戸があったはずです。今は他の家が建ち並ぶ道路、いわば町中の通りに面していますから、十中八九水道が引かれているでしょう。従って、井戸があること、その井戸がまず使用されていないことは、ほぼ確実ですね。

　さて、偽の靴底が必要になった理由を論理的に推理した友人は、別の問題にぶつかりました。本物の靴が手に入らないのに、どうやって偽物を作れたのか？　あの偽物は明らかに本物から型をとったものでしたからね。最初は到底不可能に思われました。しかし、ちょっと考えてみたところ、足跡そのものが答えになっているとわかったのです。小道に残されたブラック氏自身の足跡は完璧で、そこからいいものを選んで少量の良質な石膏を流し込めば、ブラック氏自身の靴底と踵と寸分違わぬ型がとれたことでしょう。おそらく、庭にも小道と同じきれいな足跡が残っていたでしょうが、それはたいした問題ではありません。小道に残っていた足跡で、十分目的は達成できたはずです。

私の友人はこの結論を検証し、ちょっとした確証をつかみました。この偽の足跡が複製品、つまり本物の靴ではなく足跡から作られた複製品でつけられたのなら、足跡のもととなった靴の特徴のみならず、足跡そのものの偶発的な特徴も見つかるはずです。まさにそのとおりでした。左の踵の星形の先端に一箇所、小さな砂粒が付着していたようなのです。これはブラック氏自身の足跡にはないのに、通用口から荒れ地へ向かう後半の足跡全てに見受けられます。後半ずっとそのままだったのですから、もとの足跡にあった欠点が原因で、実際に型の一部になっていたのでしょう。

これで、ブラック氏失踪に関わる真相について、私の友人の推理の連鎖は終わりです。おわかりのとおり、結論はこうなります。ブラック氏は通用口から庭へ入った。その後、ブラック氏は庭にいた誰か、私達が家主と呼ぶ人物によって殺害された。死体は家主によって、誰の手も届かないところへ、おそらく使われていない古井戸に始末された。それから、ブラック氏が通用口から庭へ入った事実を隠すために、家主は一続きの偽の足跡をつけた。

さて、まだ考えなくてはならない問題が残っています。その一、家主がブラック氏を殺害した動機は何か？　その二、家主とはいかなる人物か？　ですが、この二つの問題について私の友人の推理を検証する前に、今まで話した内容にご意見があれば、聞かせてもらいたいですね」

ポッターマック氏は今の話をしばらくじっくりと考え直していた。考えをまとめながら、ポッターマック氏はお茶のポットに手を載せ、渋い顔になった。

「ちょっと冷めてしまいましたね」ポッターマック氏はすまなさそうに言った。「こんなお茶でよろしければ、おかわりはいかがですか？」

「長たらしい論説は」ソーンダイクは微笑みを浮かべた。「お茶に冷却効果を与えるようです。しかし、同時に清涼飲料への欲求もかきたてるようですね。ありがとうございます、もう一杯いただければ嬉しいですね。そうすれば二人ともアルコールなしで大丈夫でしょう」

二人分のカップにお茶を注ぎ直して、ポットを下ろしたポッターマック氏は、やはり真剣に考え続けていた。

第十八章　日時計、結びの言葉を語る

「あなたの法律関係のご友人は」ポッターマック氏はようやく口を開いた。「もし、単なる一続きの足跡の特性、おまけに写真を見ただけで、今の推理を全部したのなら、並はずれて鋭い眼力と応用力の持ち主に違いありませんね。しかし、その人の事件の再構成はとどのつまり、空論でしかないと思います。あまりにも『もし』が多すぎますよ」

「お言葉ですが、ポッターマックさん」ソーンダイクの声に力がこもった。「これは全て『もし』の話なのですよ。推理の連鎖全てが、純然たる仮定段階なのです。この段階での私の友人は、自分の考えを真相そのものではなく、一見そのように解釈できる事実に基づいて導き出した、暫定的な真実としかとらえていません。しかし、作業仮説を完成させた科学的な人間は、次に何をするでしょうか？　それをもとに結論を導き出し、判明している事実と矛盾しない限り、推理を進めていくでしょう。推理を進めれば、遅かれ早かれ、矛盾もしくは無理が発生する――その場合、仮説は放棄されます――か、イエスかノーか決定的な判断ができる、事実の有無の認定に至ることになります。

そうです。私の友人はこのとおりにしました。ここまである特定の仮説を追求し、その仮説からある結論を論理的に導き出してきましたね。それは全部間違っているのかもしれません。しかし、筋は通っていますし、結論も事実と矛盾してはいません。従って、今度は事実の有無の認定をすることになります。つまり、イエスかノーか――仮説が正しいか否かを判定する〝決定的な検証〟の段階に至ったわけです。しかし、その前にもう少し仮説を突き詰めておかなくてはなりません。

考えなければならない問題が残っていましたね。その一、家主がブラック氏を殺害した動機はいったい何か？　その二、〝家主とはいかなる人物か？　私の友人はこの順番で考えることにしました。動機は推理で突き止められるかもしれません。動機がわかれば、家主の人となりについてもわかるかもしれません。一方、家主の身元それだけなら、調べれば確認できる事実問題です。しかし、動機と切り離した推理で正体をつかむことはできないのです。

さて、どのような動機が考えられるでしょうか？　友人の推理でまず注目すべきは、殺人を犯したのは家主本人、つまり召使いなどではなく、家屋敷の所有者であると推断したことです。この推理の根拠は二つ。犯人は誰であれ、偽の足跡を作るのに必要な材料や道具を自由に使えたらしいという事実、死体を隠し、見つけられないように事件発生時から将来まで家屋敷を意のままに管理できなければならないという事実です。では、このような立場の人間に、ブラック氏を殺さなければならないどんな動機が考えられるでしょう？

強盗目的でしょうか。しかし、状況を考えれば、あまり現実的とは思えません。たしかにブラックは百ポンド所持していましたが、誰かがそのことを知っていたとは考えにくい。いずれにしても比較的少額ですから、家主のように見るからに裕福な人間の殺人の動機としては、きわめて薄弱です。強盗であった可能性は否定できませんが、現実味は薄いという結論になります。

ブラックが喧嘩、もしくは個人的な恨みを晴らすために殺された可能性も、忘れてはなりません。ですが、その可能性を裏付けることもできなければ、否定することもできません。純理論的な可能性として、残しておくしかないでしょう。しかし、私の友人は他にも検討する価値のある可能性を思いつき、その線を追ってみることにしました。既に判明したある事実を発展させた結果、浮上した動機です、それをこれから検討してみましょう。

まず、友人が注目したのは、ブラック氏が現場へ自発的にやってきたという事実でした。ブラックが通用口の内側の庭を訪問するつもりで来たのは、火を見るよりも明らかです。小道にある家はここで終わりで、先は町はずれですから。他にブラックが訪ねそうな家は一軒もないのです。さて、当時、ブラック氏は非常に金に困っていました。銀行から百ポンド持ち出し、支払いを迫られている借金に回そうとしていたのです。しかし、その金は返さなくてはなりません。何がなんでも、大至急戻しておかなければならないのです。金を戻す前に抜き打ち監査が入れば、横領で告訴されてしまいますからね。この状況からして、ブラック氏はすぐにでも返せるあてがあって、金を持ち出したと思われます。

さて、ご存じのとおり、失踪後、ブラック氏にはなんらかの秘密の収入源があったこと、何度か大金を現金、必ず五ポンド紙幣で受け取り、そのまま支払いに回していたことがわかりました。ブラックが普段使う銀行口座はもちろん、他の口座にも、該当する金の記載はありません。記録は一切なく、従って総額もつかめないわけです。ですが、ブラック氏のある筋への支払いが発覚し、それによって受け取ったとされる金額が突き止められました。これらの事実が示すいかがわしさ、重大な意味は、改めて指摘するまでもないでしょう。銀行口座を持っている人間が大金を現金で受け取り、しかも口座に入金せずに現金のまま使っていたとなれば、受領した金が何か秘密の取引に関わっていること、その取引が違法であることはほぼ確実です。そのような取引で真っ先に思いつくのが、恐喝です。実際、大金が密かに貨幣もしくは紙幣で支払われていた証拠があれば、すなわち、恐喝の推定的証拠といっても過言ではありません。従って、私の友人は、ブラック氏が恐喝者だとの強い疑いを持ったのです。

この疑いが正しかった場合、どれほど状況にぴったりあてはまるかはおわかりですね。当時ブラック氏は財政的に追いつめられていました。自分のものではない金に手をつけ、もう待てないと脅す債権者に払うつもりでした。そして、まっすぐ債権者の家に向かう代わりに、ブラック氏はまずここへ来たのです。しかし、正面玄関からは入りませんでした。人通りの少ない小道に面した通用口から、家と離れた庭に入ったのです。それも、あんな夜遅くに。何から何まで、秘密めいた匂いがぷんぷんしているではありませんか。

さて、次に別の推測をしましょう」

「なんですって、別の?」ポッターマック氏は不服そうだった。

「そうです、別の推測です。今までの仮説と同じように、第一の仮説も状況に符合するかどうか、試してみるだけですよ。さて、ブラック氏が問題の謎めいた金を引き出していた相手、恐喝の被害者が、家主だったと仮定しましょう。ブラック氏は債権者のところへ行く途中、もう百ポンド搾り取れないかと家主のところへやってきた。うまく巻き上げられれば、債権者に支払ってしまう前に金を戻せますからね。被害者の方はもう我慢の限界に達していて、自分を苦しめる男を安全に片づける機会もつかんでいた。そしてその機会を利用して、ブラック氏を殺したのです。どうです、この事件における犯罪行為の〝相当な根拠〟について、首尾一貫した完全な理論ができあがってはいませんか？」

「全て純然たる憶測にすぎませんよ」ポッターマック氏は反論した。

「全て純然たる仮説です」ソーンダイクも認めた。「しかし、全てつじつまが合うこと、事件の状況にぴったり符合していることは、おわかりですね。一つの矛盾も、無理も生じないのです。この特別な状況では、仮説は何もかも本質的に事実でありうるのです。いいですか、今取り上げているのは普通の説明が通用しない状況であることを忘れてはいけませんよ。

さて、最後の問題です。ブラック氏が脅迫者で、家主がその餌食だったと仮定します。餌食の名前を明らかにすることは可能でしょうか？　この点、私の友人はブラック氏とは赤の他人で、家庭の事情も友人知人関係も一切わからず、不利でした。例外は一人だけ。私の友人は、ブラック氏の友人を一人だけ知っていたのです。なるほど、その友人は死んだことになっています。ただし、その死は決して確定的ではありません。また、仮にその男が生きていれば、恐喝には格好の餌食です。男は脱獄囚で、刑期はまだかなり残っているのですから。もちろん、私の友人が思い浮かべていたのは、ホワイト氏です。万一ホワイト氏がひとかどの資産家になり、社会的地位にも恵まれて何不自由なく暮らしていたなら、世間から後ろ指をさされ、刑務所に戻るよりも、際限なく金を搾り取られてもやむなしとするでしょう。そんなホワイト氏の正体を見抜く可能性がとりわけ高く、かつ恐喝を働きそうな性格の人物が、ホワイト氏の旧友、ブラック氏です。

　これらの事実を踏まえ、私の友人は、一見《プリマ・ファキエ》ありそうもない考えとして否定したいと思いながらも、暫定的に家主はホワイト氏であるとしました。たしかに、一か八かの賭けで、的を射抜くかどうかはわかりませんでしたがね」

「そのとおり」ポッターマック氏は言った。「あなたの友人は、ロビン・フッド顔負けですね」

「それでも」ソーンダイクは言葉を継いだ。「可能性を秤にかければ、この仮定には見込みがあります。様々な状況が家主こそホワイト氏だと示しているのに対し、否定的な要素はたったの一つだけで、それもさして強力なものではありませんから。死体――六週間も水につかってから発見され、実際、身元の判別不可能な溺死体――の身元が間違って特定された可能性がどれだけ少ないかにかかっているのです。ともかく、私の友人は場に出て的を確かめる潮時だと感じました（お気に召したようですから、隠喩を続けましたよ）。仮定に基づく長い理論の連鎖は、ようやく、真偽をはっきり検証できる段階まで達したのです。家主がホワイト氏と同一人物であるかどうかは、疑問の余地なく立証できるか否定されるかの事実問題となりました。もちろん、この試みは一方向にしか作用しませんから、厳密な〝決定実験《エクスペリメントゥム・クルーキス》（一方を肯定し、他方を否定する実験）〟にはなりません。家主がホワイト氏ではないと判明した場合も、その他の結論が否定されるわけではないので。しかし、家主がホワイト氏だと判明した場合、その事実は今までの結論を強力に裏付けることになります。

そこで、私の友人は写真と測量図の研究を中断し、この奇妙な事件の現場に赴き、その場所と家主を自分の目で見ることにしました。友人はまず、小道と住居の外観を調べ、次に壁に囲まれた敷地内の調査を行いました」

「どうやってそんな調査を?」ポッターマック氏は訊いた。「壁はかなりの高さがありますよ――少なくとも、私はそう思っていました」

「昔からある光学器械を使用したのですよ。改良されて〝潜望鏡〟という名になり、最近また使われています。昔は二枚の鏡を利用しましたが、現代では細い筒の中に全反射のプリズムを二個用いるのです。上の部分、つまり筒の先端の対物レンズを壁の上に突き出し、接眼レンズを覗くと、内部を手に取るように眺められたわけです。私の友人が見たのは広い庭園でした。四方をすっかり高い壁に囲まれ、小さな出入口が二つあるきりの。それぞれの扉には夜錠《ナイト・ラッチ》が取りつけられていて、内側からか、もしくは外から鍵を使わなければ開けられません。外部からの侵入の恐れはまずありませんでした。横手には長屋のような建物があって、屋根の明かりとりから見ると、アトリエか作業場のようでした。芝生の端には、非常に大きな石板の土台に載った、日時計がありました。石板は相当な幅があり、庭用の日時計を載せるにしては馬鹿に大きな土台でした。また、その日時計が設置されたばかりなのは、一目でわかりました。日時計の石柱部分は古びているのに、土台の石板は真新しかったのです。日時計の周囲の芝生もごく最近敷かれたらしく、まだところどころ土が見えていました。設置されてまもないという証拠は、それだけではありません。ちょうどそのとき、一人の紳士がホイッティカー年鑑と時計を見ながら、日時計の文字盤を正しい方位に合わせようとしている最中だったのです。

その紳士こそ、謎の家主です。当然、私の友人の注意を引きました。その紳士にはいくつかおもしろい点がありましてね。家主が使っていたのは、日曜大工ではなく本格的な工具でした。それをいかにも手慣れた手つきで、危なげなく使いこなしています。それから、家主は眼鏡を外していました。つるには〝クセ〟がついており、普段からかけているようです。つまり、家主は近眼です。老眼もしくは遠視であれば、あのときのような手元での細かい作業では、眼鏡は必需品ですからね。

ここまで観察した後、私の友人は写真を二枚撮ることにしました。家主の横顔、左右です」

「どうやってそんなことを？」ポッターマック氏は呆気にとられた。

「カメラを壁の上に置いたんですよ。特別仕様の小型カメラでロス・ツァイスの望遠レンズとケーブルレリーズがついています。もちろん、露出は潜望鏡を見て行いました。

写真を露光してしまうと、友人はもっと近くで家主を観察することに決めました。そこで、壁を回って通用口をノックしたのです。すぐに日時計の紳士が扉を開けました。今度は眼鏡をかけています。その眼鏡を見たとき、私の友人は非常に奇妙な発見をしました。家主は近眼ではないのです。眼鏡は凸面二焦点レンズで、上の部分はただのガラスに近い。ですから、手元の作業でその眼鏡が必要ないのであれば、むろん遠くを見るときにも必要なはずがありません。つまり、家主にその眼鏡は不要なのです。しかし、それならばなぜ、わざわざ眼鏡をかけるのでしょう？顔の印象を変えるため、としか考えられません。要するに、変装のためなのです。

この紳士が近所の地理についての質問に答えてくれたとき、私の友人は畳んだ地図を手渡しました。そうしたのには、二つの目的がありました。一つには気づかれることなく相手をよく観察できるから、もう一つは指紋が手に入ると思われたからです。最初の目的については、私の友人は家主の主な特徴を目に焼きつけた上、外科医には〝単純性血管種〟として知られる、右の耳たぶの紫がかった痣を特に念入りに眺めることができました」

「で、指紋は?」ポッターマック氏は答えをせかした。

「あまりうまくいきませんでしたが、完全な失敗でもありません。検出した結果はかなり不鮮明でしたが、専門家なら十分照合は可能でした。

さて、私の友人の観察全てが、仮説理論によって到達した結論に矛盾しないばかりか、むしろ裏付けているのには、もうお気づきですね。しかし、現実の試験はまだ終わっていません。家主はホワイト氏か、否か? この問題に決着をつけるため、友人は家主の顔と指紋の拡大写真を作り、ポケットに入れてスコットランド・ヤードへ向かったのです」

この不吉な名前が出ると、ポッターマック氏はぎくりとし、顔からさっと血の気が引いた。しかし、一言も発さない。ソーンダイクは先を続けた。

「友人はスコットランド・ヤードで、指紋はおそらく死んだ人物のもので文書から撮影したと説明し、専門家の意見を求めました。詳しいことは何一つ話しませんでしたし、何一つ訊かれませんでした。しかし、専門家の照合の結果、その指紋が十五年ほど前に死んだホワイトという有罪犯のものと判明したのです。さらに、私の友人は刑務所で撮られた故ホワイトの写真を観察し、人相書を読むことができました。いうまでもなく、全ての特徴が完全に一致しました。耳たぶの〝単純性血管腫〟までもです。

ここで、私の友人は仮説の領域を出て、動かしがたい事実に到達しました。この時点で、私達が〝家主〟と呼んできた人物はホワイト、死んだと思われていた有罪犯に間違いないと判明したのです。この事実が今まで話してきた理論の積み重ねによって得られたからには、他の、途中で出した結論もまた正しいはずです。実際、全体としてみれば、仮説はおおむね真実をついていたのです。認めていただけますか？」

「もはや逃げ道はないようですね」ポッターマック氏は答えた。そして、ちょっと間をおき、少し震える声で質問した。「で、あなたの法律関係の友人はどのような行動をとったんです？」

「家主の身元が特定されたことについてですか？　何もしませんでした。そのときにはもう、そもそもホワイト氏が有罪にされるべきではなかったことが、はっきりしていましたのでね。その不幸な紳士は、正義の誤りの犠牲者なのです。ホワイト氏が生きていることを暴いてさらに間違いを重ねるのは、実質的に公序良俗に反するでしょう。

ブラック氏殺害に関しては、少々事情が異なります。もし市民が、ことに正義の番人である法廷弁護士《バリスター》が犯罪の存在を知ったなら、しかるべき当局へ通報することが市民としての義務です。しかし、私の友人は知っているわけではないのです。いくつかの事実から引き出された推論に基づき、ブラック氏が殺害されたとの考えを抱いたのです。ただし、自分の考えを通報しなくてはならない、という義務はどこにもありません。

これは少々詭弁《きべん》かもしれませんね。しかし、私の友人は弁護士です。弁護士とは、おそらくやや詭弁にはしる傾向があるのでしょう。そして、今回の事件には、この傾向に拍車をかける事情がありました。私はこう思います。ある人間が不当に苦痛を受けた。それに対して法が救済策を提供し、保護できるのであれば、道徳的にも法的にもその救済策を受け入れ、法律の保護下に置かれるべきです。ですが、法がなんの救済策もとれず、保護もできない場合には、その人物は最善の自己防衛策として自然権は取り戻せるのではないでしょうか。いずれにしろ、私の友人はそう考えました。

もちろん、砂利坑で発見されたブラック氏の偽の死体は、事件にまったく新しい性格を与えたように思われました。友人はこの知らせにひどく動揺しました。その死体が、本物のブラック氏の死体とは考えにくい。しかし、誰かの死体には違いありませんし、人間の死体を故意に〝放置〟する行為は、ほぼ必然的になんらかの犯罪が事前に犯されたことを示唆しています。従って、友人は大急ぎで調査に出かけました。そして死体がミイラだと判明したとき、死体発見についての友人の関心は消えてしまいました。事件に介入する必要はまったくありません。これは害のない詐欺で、むしろ世のためになるでしょう。結果的に、ブラック氏の死が広く世間に認められたのですからね。

ポッターマックさん。これが生きている死者と死んでいる生者の物語です。世にもまれで興味深い事件だという、私や私の法律関係の友人の意見に賛成してもらえますね」

ポッターマック氏は頷いたきり、黙り込んでいた。そしてついに、不安を押し隠そうとして隠しきれない、静かな口調でこう尋ねた。

「ですが、話はまだ終わっていませんよ」

「そうでしたか？」ソーンダイクは聞き返した。「何を言い忘れたんでしょう？」

「あなたはホワイト氏のその後を、話してくれていませんよ」

「ああ、ホワイト氏ですか。そうですね、ここからあなたの日時計に刻まれた言葉が読めるようです。その短い言葉が、ホワイト氏の行く末をきわめて簡潔に語っていますよ。ソレ・デケデンテ・パクス。ホワイト氏は耳から痣を取り除き、昔の恋人と結婚し、いつまでも幸せに暮らしたのです」

「ありがとう」ポッターマック氏は言った。そして、不意に顔を背けた。

名探偵の世紀
――ソーンダイク博士と生みの親フリーマン――

戸川安宣（編集者）

本書*Mr. Pottermack's Oversight*は一九三〇年十月、ロンドンのホダー&スタウトン社より刊行された、シャーロック・ホームズと並ぶミステリ史上屈指の名探偵ソーンダイク博士が活躍する十二作目の長編ミステリであり、かつまた著者オースティン・フリーマンが考案した倒叙推理小説の秀作である。アメリカ版も同年、ニューヨークのドッド・ミード社より上梓されている。

無実の罪で服役していた主人公が、ふとしたことから脱獄し、アメリカに渡って成功を収める。だが、彼には本国に帰りたい事情があったので、アメリカで築いた地位を擲《なげう》って帰国する。しかし、その彼を待っていたのは、昔のことを知る恐喝者だった……。

恰《あたか》もユゴー『レ・ミゼラブル』のジャン・ヴァルジャンを髣髴とさせるような劇的な生涯を送る主人公マーカス・ポッターマック。「並外れて粘り強く、意志の強い紳士」という彼は、執拗に強請を繰り返す男を死に至らしめてしまい、念入りに仕組んだ隠蔽工作で保身を図る。これに対し、科学者の眼で事件を追究するソーンダイク。この両人の闘いを克明に描いたのが、本書である。最後に二人が直接対決する場面――隠蔽工作の主と、それを見破ろうとする探偵の対峙を通し、この正反対の立場にある両人が、互いの力量に敬意を抱くが如き印象さえ受ける。このクライマックスシーンを読んでアメリカのＴＶドラマ「刑事コロンボ」の中でも名作との誉れ高い「別れのワイン」を思い出したのは、筆者だけだろうか。謎解き小説の解決編とはまた趣を異にした緊迫感に溢れ、フリーマンの本領が遺憾なく発揮されている。それはまた、倒叙推理小説の魅力を存分に表したもので、本稿を書くに当たって大いに参考にさせていただいたフリーマンの詳細な評伝*In Search of Dr. Thorndyke*（Bowling Green University Popular Press, 1971）の著者ノーマン・ドナルドスンが、倒叙長編のベストと評するのも宜《むべ》なる哉《かな》、と思わせる出来である。

本書を絶賛しているドナルドスンだが、ただひとつ、ソーンダイクがポッターマックの偽装工作を見破るきっかけとなった証拠について、小説の最初の段階で伏線を敷いておくことが可能だったのに、と残念がっているのはまさに同感である。

本書はセヴンオークス付近に住む陸軍少将アーサー・リンデン＝ベル卿（一八六七―一八四三）の夫人、レディ・リンデン＝ベルに捧げられている。この女性とフリーマンとの関係はいささか謎めいていてよくわからないようだ。美術関係の趣味が共通していたこともあって親交が始まったようで、フリーマンは一九三三年三月に作成した遺言の中で、彼女に自分が描いた絵や美術道具、美術書などをすべて遺贈する、と認《したた》めているという。

オースティン・フリーマンの生涯

リチャード・オースティン・フリーマンRichard Austin Freemanは一八六二年（文久二年）四月十一日、リチャード・フリーマンとアン・マリア・ダン夫妻の四人兄弟の末子として、ロンドンのソーホー区に生まれた。父親は洋服の仕立屋で、フリーマンは子供の頃から家業を継ぐよう申し渡されていたというが、彼はそれを嫌って医学の道を志した。十八歳の時、ミドルセックス病院附属医科大学に入学、一八八七年には王立外科医科大学に勤める。王立医大から開業医の免許を受け、薬剤師会の開業免許も取得し、ミドルセックス病院の住込医師となった。しかし生活は苦しく、同年四月十五日に、アニー・エリザベス・エドワーズと結婚（二人はジョンとローレンスという二人の息子をもうけている）、その後数週間して、アフリカは黄金海岸のアクラ（現在ガーナの首都）に植民地付医師補として赴任する。固定給が得られるからだった。翌年、ボンツク行の部隊に加わり、アシャンティ王国やジャーマンへの探険に出かける。この体験をフリーマンは一八九八年*Travels and Life in Ashanti and Jaman*として上梓する。これが彼の処女出版となった。地図や写真を豊富に収めたこの本は医師として、博物学者としてのフリーマンの力量を窺い知るに足る傑作である。そして、この探険旅行の体験から処女長編の*The Golden Pool*が生まれ、アシャンティにおける地図作製の技法が、ソーンダイクものの第三長編*The Mystery of 31 New Inn*のアイディアとなった。この旅行中、フリーマンは病いと闘いながら、自然に対する鋭い観察眼を随所に発揮している。そして原住民に溶け込んでいく彼の気さくな人柄が、この紀行文を読んでいると快い。だが、当時猛威をふるい始めた悪性マラリアにフリーマンも冒され、いったん帰国を余儀なくされる。しかし、彼の技術と博識に目をつけられて、一八九一年には英国領とドイツ領トーゴとの国境紛争の解決のため国境行政長官に任命され、ここで黒水病に罹り本国に送り還された。それから一九〇二年にグレーヴゼンドに居を構えるまでの十年間、ジャーヴィス医師やその他ソーンダイク譚に登場する多くの医者のように報われない《代診《ロークム・テネンス》》仕事をつづけていたが、それも健康が思わしくなくてやめざるを得なくなる。以降、第一次大戦中、野戦衛生隊に属していたほかは医者の仕事からは遠ざかってしまった。

一八九八年、前述の紀行書を刊行したのをはじめ、西アフリカの体験を基にした学術論文から小説にいたるまで、雑多の原稿を、本名やペンネームで、場合によっては匿名で書いてはわずかな収入を得ていた。小説の処女出版は一九〇二年の*The Adventures of Romney Pringle*だが、これはクリフォード・アシュダウンClifford Ashdownの名で刊行された。同年、〈キャッセルズ・マガジン〉に連載された六編の怪盗ロムニイ・プリングルを主人公とする短編集だが、アシュダウンという筆名が合作であるとほのめかしているだけで、正体は明かされなかった。翌年、同誌に続編The Further Adventures of Romney Pringleが連載されたとき、小さくCopylight by R. Austin Freeman, 1903と付記されていたが、共作者の名は依然不明だった（この続編は単行本にならずじまいだったのを、ようやく一九七〇年になってアメリカの小出版社オズワルド・トレインから上梓された。同書のコピイライトは一九六九年になっているが、刊行が遅れ、実際に出版されたのは一九七〇年の五月ないし六月のことだったという）。けっきょくフリーマンの生前には、彼の書簡から共作者が「友人の医者」であると明かされただけで、その正体が判明したのは彼の死の翌年だった。ジョン・ジェイムズ・ピトケアン（一八六〇―一九三六）という、フリーマンも関係したことのあるホロウェイ刑務所の嘱託医だった。アシュダウンというのはピトケアンの母

*The Red Thumb Mark*のホダー・アンド・スタウトン版の原書ジャケット

方の姓で、クリフォードはフリーマンが一時住んでいたクリフォード・インからとったという。二人はこの筆名で、さらに一九〇四年から五年にかけての六か月間、〈キャッセルズ・マガジン〉に、From A Surgeon's Diary を連載する一方、フリーマンは自分の名前でも同誌に小品を寄せた。さらに二人は共作で The Queen's Tresure という宝捜しの長編を書き上げたが、これは陽の目を見ずに終わった（この二作も一九七五年になって、前者がイギリスのフェレット・ファンタシイから、後者がロムニイ・プリングルものを上梓したアメリカ、フィラデルフィアの出版社オズワルド・トレインで一本に纏《まと》められた。さらに同社は七七年に前者も出して、アシュダウン名義の四作品をすべて出版した）。

一九〇五年、フリーマン初の長編小説 *The Golden Pool* が刊行される。西アフリカの黄金海岸を舞台にしたライダー・ハガードばりの冒険小説だった。だが売れ行きは芳しくなく、筆で立つつもりでいたフリーマンは新しい方向を模索せざるを得なくなる。その時、頭に浮かんだのが、アシュダウン名義のプリングルものや From A Surgeon's Diary で試みた推理的な手法と、当時〈ストランド・マガジン〉で圧倒的な好評を博していたドイルのホームズ譚のことだった。一九〇三年には、死んだはずのホームズが復活する新シリーズの連載で、英国じゅうが沸き返っていたのだ。かくして、ジョン・ソーンダイク博士が誕生する。

　フリーマンが初めて書いたソーンダイク譚は、一九一二年に刊行された*The Mystery of 31 New Inn*の基になった中編だったという（この中編は一九一一年になって、アメリカの新雑誌〈アドヴェンチュア〉の一月号に31 New Innのタイトルで掲載された）が、それが陽の目を見ない内に、長編第一作の『赤い拇指紋』が一九〇七年に、コリンウッド社から出版された。従って書誌的にはこの長編がソーンダイクの初登場作品ということになる。同時にジャーヴィス、ポルトンも顔を揃え、トリオが結成された。ジャーヴィスはこの事件で未来の伴侶ジュリエット・ギブスンなる女性とめぐり合う。いわば、ホームズ譚の『緋色の研究』と『四人の署名』を併せたような内容だった。この作品は指紋の偽造をメイン・トリックにしていて、大きな話題を呼んだ。そもそも指紋が犯罪捜査に活用されるようになったのが一九〇一年のこと。従って、さらに一歩進んでその偽造にまで思いをいたしたこと自体、当時では画期的なことで、警察もフリーマンの小説に注目し、長いあいだ、指紋偽造の可能性が論争の的になったほどだった。

　だが、ソーンダイク譚が大衆の人気を贏《か》ち得るのは、初めの八編の短編物語が雑誌に連載されるようになってからだった。〈ストランド・マガジン〉の前身に籍をおいていたシリル・アーサー・ピアスン（一八六六―一九二一）が一八九六年に創刊した〈ピアスンズ・マガジン〉の一九〇八年クリスマス号に、記念すべき第一作は発表された。それが「青いスパンコール」である。

　この第一シリーズが非常な人気を呼んだ理由の一半は、物語に添えられた写真や図版に負うと

オースティン・フリーマン（1930年初頭に撮影）

ころが大きい。たとえば「モアブ語の暗号」の暗号文、「アルミニウムの短剣」の短剣の図、あるいは「深海からのメッセージ」の死んだ女性の枕から検出された砂の顕微鏡写真等々といったものである。この写真類はフリーマンと同じグレーヴゼンドに住む土木技師で「科学心を持った鋭利なアマチュア・カメラマン」フランク・スタンフィールドがフリーマンと協力して撮ったものだった。フリーマンの息子ジョンによると、たとえば「アルミニウムの短剣」の際などは、何回も繰り返してこの作品に使うトリックを二人で実験してみたという。ホームズ譚と違って、読者を推理に参加している気にさせるところが大いに受けたのだろう。

この第一シリーズと次の連載のあいだに十七か月の空白がある。その間、フリーマンは第二長編の筆をとる一方、新しい分野を開拓するべく短編の創作に没頭していた。これがやがて《倒叙推理小説》と呼ばれる新しいジャンルの誕生となった。その結晶が即ち一九一二年刊の短編集『歌う白骨』である。

フリーマンはその後も、着実に新作を発表していく。ソーンダイクの活躍する長編が圧倒的に多いが、彼自身は処女長編 *The Golden Pool* のような冒険小説が好きだったらしく、一九一三年に発表した海洋冒険小説*The Unwilling Adventurer*は男性的な筆致の好編で、フリーマン自身もっとも愛する作品だったという。

一九一四年、ソーンダイクものの四番目の長編*A Silent Witness*の刊行直後、折からの第一次世界大戦に巻き込まれ、翌年二月、軍医として応召された。はじめは陸軍中尉だったが、六か月後には大尉に昇進している。軍医としての精力的な活動が認められたものだが、激務のあいだを縫って創作の筆をとっていたのだから、お国柄とはいえ驚かされる。ソーンダイクは登場しないが、またも指紋の偽造をテーマにした犯罪小説*The Exploits of Danby Croker*を書き上げたほかに、戦前に発表したソーンダイク譚を集めた第三短編集の*The Great Portrait Mystery*を上梓しているのだ。

ノーマン・ドナルドスン著*In Search of Dr.Thorndyke*。表紙の絵は、1908年の〈ピアスンズ・マガジン〉に掲載されたソーンダイク博士のイラスト（H・M・ブロック画）

四年間の軍務のあと、フリーマンはハーバート・スペンサーに触発されて筆をとった哲学的なエッセイ*Social Decay and Regeneration*に精力を傾注し、優生学に熱を入れるようになる。だが、生活のためには小説の筆を擱《お》くゆとりがなかった。戦後も、フリーマンは次々と長編を執筆し、〈ピアスンズ・マガジン〉に三冊分の短編を発表する。ソーンダイクものの長編は二十一を数え、短編も四十を超す。死の前年まで書きつづけ、最後の長編*The Jacob Street Mystery*は八十歳の出版であった。

ホームズ随一のライヴァルとしてスタートしたソーンダイク譚が、その最後の雄姿を見せた時には、E・C・ベントリー（『トレント最後の事件』一九一三年）、H・C・ベイリー（フォーチュン初登場は一九二〇年）、アガサ・クリスティ（『スタイルズの怪事件』一九二〇年）、F・W・クロフツ（『樽』一九二〇年）、ドロシー・L・セイヤーズ（『誰の死体？』一九二三年）、アントニイ・バークリー（『レイトン・コートの謎』一九二五年）といった本格黄金時代を経て、すでにエリック・アンブラー（『あるスパイへの墓碑銘』一九三八年）やレイモンド・チャンドラー（『大いなる眠り』一九三九年）が登場する時代になっていた。推理小説の世界も急激な変換期を迎えていたが、フリーマンは最後まで自己の小説世界を貫き通した。

一九四三年九月二十八日、リチャード・オースティン・フリーマンは、第二次大戦の最中にパーキンソン病で八十一歳の人生を閉じたのだった。

ソーンダイク博士の横顔　「ソーンダイク博士は実在の、あるいは小説上のいかなる人物にも基いていない。彼は熟慮の末考え出した人物である。専門分野の点で、法医学の父アルフレッド・スウェイン・テイラー博士（一八〇六―一八八〇）から示唆を受けたかもしれない。私は学生時代、彼のこの分野での偉大な業績を親しく学んだ。けれども、ソーンダイクの人となりはある主義に基き、そのような人物ならこうするに違いないと私の信じるところに従って作り上げたものだ。精神と肉体上の特性が通例調和しているように、素晴らしい知性はすぐれた肉体に宿ることが多い。私は彼を背の高い、強靭な、活動的で、はつらつとした容姿に作り上げた。鋭い知性と健全な判断力を持つ男にするため、私は彼を風変わりさから解放しようと決めたのだ」

こう作者フリーマン自身が言うように、ソーンダイクは、あらゆる名探偵の中でも、もっとも紳士的な常識人で、かつ鼻筋の通ったいわゆるギリシア鼻をした随一の美男子（今風に言うとイケメン）探偵であった。性格的には、「人あたりの柔らかい物腰や真に心優しい気質にもかかわらず、ソーンダイクはいつも本質的には孤独だった。ソーンダイクは他の誰よりも、自分自身と自らの考えを語り合うのを好んだ」と本書に記されている。

ソーンダイクとジャーヴィス（H・M・ブロック画）

ジョン・イヴリン・ソーンダイク博士は、フリーマンによると（ケネス・マゴーワン編のアンソロジー*Sleuths*）、一八七〇年七月四日生まれというから、作者より八歳年下ということになる。ロンドンの聖マーガレット病院附属医学校に学び、のちに法医学の教授、博物館の管理者などを歴任、一八九六年には法学院より弁護士の免許を得た。

ロンドンはイナー・テンプルのキングズ・ベンチ・ウォーク五Aに住み、助手で時計師のナサニエル・ポルトン（「どこか聖職者めいた雰囲気を持つ、しわだらけの顔の小柄な男」）やクリストファー・ジャーヴィス医師とともに犯罪捜査にとり組む。緑色のズックの実験箱を携帯していて、自宅には実験室を持ち、まさに科学者探偵の名に恥じない活躍ぶりを示している。ポルトンが作る秘密兵器がときたま登場する（本書では、潜望鏡のような機能を持つ仕込み杖）が、007シリーズにおけるQの先輩格といった存在である。

ソーンダイクが犯罪捜査に関わった初仕事は一八九七年のガマー事件だというが、記録には残っておらず、一九〇一年のホーンビイ事件（『赤い拇指紋』）が記録上の初見参というわけだ。

ソーンダイク譚の語り手はジャーヴィス医師が一番多いが、作品によっては弁護士のアンスティの場合もある。アンスティは、「モアブ語の暗号」などに顔を出していて、準レギュラーといった存在である。なお短編「砂丘の秘密」などに登場するアンスティの妻は、一九二二年刊の長編 *Helen Vadon's Confession* の事件の際に出会うウィニフレッド・ブレイクという女性だ。また、「バーナビイ事件」では、長編 *A Silent Witness* に登場するジャーディンが語り手を務めている。

倒叙推理小説　従来の推理小説では最後まで必ず伏せられていた犯人が、冒頭からその正体を現わして登場するという画期的な試みを、フリーマンは「オスカー・ブロズキー事件」で実践した。これが《倒叙推理小説》である。

フリーマンは短編集『歌う白骨』の序文で、従来の推理小説の興味が、「犯人は誰か？」という謎に集中していることに疑問を投げかけた。現実の事件なら犯人をつきとめるのが先決だが、小説の世界では犯人がつかまらなくても読者にまでは実害が及ぶわけではないから、読者は性急に犯人の正体ばかりを知りたがるものではなく、発見にまで漕ぎつける方法をこそ知りたがるものだ――と切り出して、「結末の解決より、そこに至るまでの筋の運び」こそ大事である、と力説したのだ。

つづいて、一九二九年刊のオムニバス短編集 *The Famous Cases of Dr. Thorndyke* の序文で、前述の主張を引きながら、倒叙推理小説を書こうと思い至った理由や、倒叙もののあり方を説いているのが、重要であるので引用してみよう。

推理小説が他のどんな分野の小説とも違う点は、その面白さがまず第一に知的だということである。感情だとか、ドラマチックな動き、ユーモア、ペーソス、〝恋愛興味〟といったものも当然あろう。けれども、それらは単なる装飾的なものにすぎず、随意削ったとしても、推理小説には何ら支障はきたさない。もっとも大事な sine qua non（必要欠くべからざるもの）は、謎とその解決であって、それが聡明な読者に、快い知的鍛錬をさせるのである。

しかし、そのためには、推理小説というものは三つの不可欠な制約に従わなければならない。それは、（一）その謎は、読者にとって――百パーセントと言わないまでも――解くことのできるものでなければならず、（二）小説の探偵を通して著者が提出する解決は、完全に確固たる、説得力のあるものでなければならないし、（三）推理の材料となる事実は、読者に隠してはならない。手の内はすべて、解決が知らされる前に、公正にさらけ出さなければばならないのである。

これらの条件——ことに三つ目のものをいろいろと考えている内に、数年前のことだが、興味ある疑問が浮かんだのである。それを『歌う白骨』の序文のとおりに記してみよう——

「最初から、読者に作者の秘密をすっかり明かしてしまって、読者がその犯罪をじかに目撃し、推理に必要と思われるすべての事実を知らされているような、そんな推理小説がはたして書けるものだろうか？　読者がすべての事実を知ってしまって、なお何か書くものが残っているだろうか？　私は大丈夫、書ける、書くものがある、と確信していた。そして、その信念が間違っていないことを試すために筆をとったのが『オスカー・ブロズキー事件』なのだ。

この作品では、通常の形態が逆になっている。読者はすべてを知り、探偵は何一つ知らない。そして、とるに足らない情況の中に含まれた思いもかけない重要さに物語の興味が集中している」

この主張が明確に物語っているのは、彼の考案した倒叙という形式が、あくまでも探偵の側に力点を置いたものだ、ということである。ソーンダイク博士のような実証的探偵法をとる探偵の魅力を存分に発揮するには、この形式がもっとも効果的だと考察した結果、案出されたのが倒叙推理小説だったのである。

それが証拠に、フリーマンはその後、倒叙推理から、犯罪小説《クライム・ストーリー》への道はとらなかった。あくまでソーンダイクの活躍を描く本格ものを書きつづけたのだ。もっとも、同じ謎解き譚でも、彼の倒叙ものは、フリーマンの序文にもあるように、興味の中心がWhodunit（誰がやったか）からHowdnit（いかにやったか）へ移行していて、同時代作家の中で一歩進んだ存在であった。

こうしてみると、フリーマンの考えた倒叙推理小説は、その後継者と目されているフランシス・アイルズの『殺意』（一九三一）やリチャード・ハルの『伯母殺人事件』（一九三四）とは、明らかに一線を画したものだ。フリーマンの主張を忠実に実践したのはF・W・クロフツの『クロイドン発12時30分』（一九三四）や『二重の悲劇』（一九四三）、ロイ・ヴィカーズの『迷宮課事件簿』（一九四七）に始まる連作短編、あるいはアメリカのTVドラマ、刑事コロンボやわが国の古畑任三郎シリーズということになろう。

*The Shadow of the Wolf*の原書ジャケット

いずれにせよ、フリーマンは科学者探偵の父であるとともに、倒叙推理小説の祖として推理小説史上に偉大な足跡を残したわけだが、『歌う白骨』中の四編以外の倒叙ものというと、わずかに短編が三編、そして長編が二作あるにすぎない。

倒叙ものの短編は、『歌う白骨』に収録された「オスカー・ブロズキー事件」「計画殺人事件」「歌う白骨」「おちぶれた紳士のロマンス」の四編と、一九一八年刊の第三短編集*The Great Portrait Mystery*に収録された「パーシヴァル・ブランドの替玉」、「消えた金融業者」、それに〈ピアスンズ・マガジン〉の一九一二年十、十一月の二月にわたって掲載された、The Dead Handという作品なのだが、フリーマンはその後、この最後の短編を書きのばして*The Shadow of the Wolf*（一九二五）という長編に仕立てている。一九九九年に、雑誌発表のまま単行本にならなかった作品ばかりを集めた短編集に収録されるまで、この短編が公刊されることはなかった。

倒叙ものの長編は、その*The Shadow of the Wolf*と、もう一つが本書『ポッターマック氏の失策』なのである。

『ポッターマック氏の失策』は、題材的には競売場で手に入れた人体骨格セットを使った「パーシヴァル・ブランドの替玉」（一九一三年執筆）や、顔のない死体テーマの「消えた金融業者」（一九一四年執筆）に相通じているが、プロットやキャラクター設定などにオリジナリティがあって、The Dead Handと*The Shadow of the Wolf*のケースとは違い、フリーマンが初めて長編で倒叙形式を試みた作品、とドナルドスンは評価している。

著作リスト　次にフリーマンの全作品を掲げる。この内、＊印を冠した作品がソーンダイク博士ものである。発行年度は、イギリス版のもの。タイトルは英米版で相異のある場合のみカッコ内にアメリカ版題名及び発行年を記した。

1　Travels and Life in Ashanti and Jaman 1898

2 The Adventures of Romney Pringle 1902（クリフォード・アシュダウン名義）＝短編集

3 The Golden Pool : A Story of a Forgotten Mine 1905

4 ＊The Red Thumb Mark 1907『赤い拇指紋』（創元推理文庫刊）

5 ＊John Thorndyke's Cases 1909（米題：Dr. Thondyke's Cases 1931）＝短編集

6 ＊The Eye of Osiris: A Detective Romance 1911（米題：The Vanishing Man 1912）『オシリスの眼』（早川書房）

7 ＊The Mystery of 31 New Inn 1912

8 ＊The Singing Bone 1912（別題：The Adventures of Dr. Thorndyke 1946）＝短編集『歌う白骨』（嶋中文庫）

9 The Unwilling Adventurer 1913

10 A Savant's Vendetta 1920（米題：The Uttermost Farthing: A Savant's Vendetta 1914＝この作品のみ、アメリカ版の刊行のほうがイギリス版より六年早い）＝短編集

11 ＊A Silent Witness 1914

12 The Exploits of Danby Croker: Being Extracts from a Somewhat Disreputable Autobiography 1916＝短編集

13 ＊The Great Portrait Mystery 1918＝短編集

14 Social Decay and Regeneration 1921

15 ＊Helen Vardon's Confession 1922

16 ＊Dr. Thorndyke's Case-Book 1923（米題：The Blue Scarab 1924）＝短編集
17 ＊The Cat's Eye 1923『猫眼石』（平凡社）
18 ＊The Mystery of Angelina Frood 1924『男装女装』（平凡社）
19 ＊The Puzzle Lock 1925＝短編集
20 ＊The Shadow of the Wolf 1925
21 ＊The D'Arblay Mystery 1926『ダーブレイの秘密』（ハヤカワ・ミステリ）
22 ＊The Magic Casket 1927＝短編集
23 The Surprising Experiences of Mr. Shuttlebury Cobb 1927
24 ＊A Certain Dr. Thorndyke 1927
25 Flighty Phyllis 1928＝短編集
26 ＊As a Thief in the Night 1928『証拠は眠る』（原書房）
27 ＊The Famous Cases of Dr. Thorndyke 1929＝オムニバス短編集
28 ＊Mr. Pottermack's Oversight 1930『ポッターマック氏の失策』（論創社）＝**本書**
29 ＊Pontifex, Son and Thorndyke 1931
30 ＊The Dr. Thorndyke Omnibus 1932＝アメリカ版のオムニバス短編集。27とは収録作品に異動があって、別のものとみることができる。
31 ＊When Rogues Fall Out 1932（米題：Dr. Thorndyke's Discovery 1932）
32 ＊Dr. Thorndyke Intervenes 1933

33　＊For the Defence: Dr. Thorndyke 1934（米題：For the Defense: Dr. Thorndyke 1934）
34　＊The Penrose Mystery 1936『ペンローズ失踪事件』（長崎出版）
35　＊Felo de Se？ 1937（米題：Death at the Inn 1937）
36　＊The Stoneware Monkey 1938『猿の肖像』（長崎出版）
37　＊Mr. Polton Explains 1940
38　＊Dr. Thorndyke's Crime File 1941＝アメリカ版のみの、6・18・28の三長編を収めたオムニバス本。
39　＊The Jacob Street Mystery 1942（米題：The Unconscious Witness 1942）
40　The Further Adventures of Romney Pringle 1970（クリフォード・アシュダウン名義＝2の続編を集めて作られたアメリカ版のみ）＝短編集
41　The Best Dr. Thorndyke Detective Stories 1973＝オムニバス短編集。（8の基になった中編31，New Innが初めて単行本に収録された）
42　The Queen's Treasure 1975（クリフォード・アシュダウン名義。アメリカ版のみ）
43　From A Surgeon's Diary 1975（クリフォード・アシュダウン名義）
44　The Dead Hand and other uncollected stories 1999＝短編集

これ以外に、一九二三年、アメリカのディテクティヴ・ストーリー・クラブ社で、*The Case of Oscar Brodski*と題し、表題の一編だけを収めた本と、一九三〇年ロンドン大学出版局から刊行された*Dr. Thorndyke Investigates*という独自の編集による短編集が出ている。

また、ザ・バタード・シリコン・ディスパッチ・ボックスからThe R. Austin Freeman Omnibus Editionという十一巻の全集が刊行されている。一巻から八巻は、フリーマンの処女出版*Travels and Life in Ashanti and Jarman*やクリフォード・アシュダウン名義のものまで既発売の作品を収め、九巻に当たる44は単行本未収録の短編やエッセイを集めた作品集、そして十巻にノーマン・ドナルドスンの*In Search of Dr. Thorndyke*、十一巻にはオリヴァー・メイヨーの*R. Austin Freeman: The Anthropologist at Large*ほかを収録する、というほぼ完璧な編集の全集である。

また日本では、これも独自編集の短編集『ソーンダイク博士の事件簿』Ⅰ・Ⅱ（創元推理文庫）をはじめ、数種のソーンダイクものの短編集が編まれている。

この数年、フリーマンの作品が相次いで翻訳されるようになったのは、大変に喜ばしい。ソーンダイク譚がホームズ物語に比べ、ちょうどクロフツ作品がクリスティやクイーン、カーのものに比して地味な印象が強いように、人気の点で一歩及ばないのは残念だが、じっくり読むとその面白さは抜きんでているように思う。実際、読むほどにフリーマンという作家の凄さがわかってくる。ハワード・ヘイクラフトが、「フェア・プレイの方法を初めて唱えた開拓者として、ジョン・ソーンダイク博士の生みの親は、現代派以前の現代作家であった。彼は言葉の最高の意味で真の、疑いをいれない科学者探偵の《親》である。今日、たしかにあらゆるスタイルや流派のではないにしても、この型の推理作家の現役最古参である」と評しているように、様々な意味で特筆大書されるべき偉大な存在であるのは間違いない。そして本書は、今後、倒叙推理小説を語る上で逸することのできない作品として評価されることだろう。

本稿はこれまで書いてきたフリーマンに関する拙文に、新しい資料を加えて加筆修正したものであることをお断りしておく。また、大久保康雄、鬼頭玲子両氏の邦訳からの引用以外は、すべて拙訳による。

〔訳者〕
鬼頭玲子（きとう・れいこ）
藤女子大学文学部英文学科卒業。インターカレッジ札幌在籍中。札幌市在住。訳書に『レディ・モリーの事件簿』（論創社）他。

ポッターマック氏《し》の失策《しっさく》
——論創海外ミステリ 77

2008年5月15日　初版第1刷印刷
2008年5月25日　初版第1刷発行

著　者　オースティン・フリーマン
訳　者　鬼頭玲子
装　丁　栗原裕孝
発行人　森下紀夫
発行所　論 創 社
〒101-0051 東京都千代田区神田神保町2-23 北井ビル
電話 03-3264-5254　振替口座 00160-1-155266

印刷・製本　中央精版印刷

ISBN978-4-8460-0785-0
落丁・乱丁本はお取り替えいたします